Not Another Bad Date
by Rachel Gibson

恋愛運のない理由

レイチェル・ギブソン
織原あおい[訳]

JN283486

ライムブックス

恋愛運のない理由

主要登場人物

アデル・ハリス……………………………SFおよびファンタジー作家
ザカリー(ザック)・ジェームズ・ゼマティス………セダークリーク高校アメフト部の監督
デヴォン・リン・ハミルトン＝ゼマティス………ザックの妻
シェリリン・モーガン………………………アデルの姉
ケンドラ・モーガン…………………………シェリリンの娘
ティファニー・ゼマティス…………………ザックの娘
ジョー・ブラナー……………………………セダークリーク高校アメフト部のディフェンス・コーチ
ウィリアム・モーガン………………………シェリリンの夫
ルーシー・ロスチャイルド＝マッキンタイア………アデルの親友。ミステリー作家
クレア・ヴォーン……………………………アデルの親友。ヒストリカル・ロマンス作家
マディ・ジョーンズ…………………………アデルの親友。犯罪ノンフィクション作家
ドウェイン・ラーキン………………………アデルの元彼
ハイバーガー先生……………………………デヴォンの小学校時代の担任

プロローグ

デヴォン・ハミルトン＝ゼマティスは美しい女性だった。死してもそれは変わらなかった。ある侘びしい金曜の午後、暗く厚い雲に覆われた空の下、三一番街とエルム通りの角のグレース・バプティスト教会に集った人々の中に、異を唱える者はいなかった。デヴォンの遺体はきれいだった。命を失った今も、デヴォンは母が育て上げたとおりの女性だった。ゴージャスで、スタイリッシュな、皆の羨望の的。マホガニーの棺の中、淡いピンクのサテンに囲まれた遺体は、完全無欠だった。抑えめの明かりがアッシュブロンドの髪を輝かせ、つるりとした顔を優しく照らしている。皺一つない肌は、丹念なスキンケアとボトックス注射のたまものだ。アートメイクのアイラインに縁取られた両目と、かたちの良い唇。葬儀場の主オスカー・セニエの見事な仕事のおかげで、左のこめかみの裂傷と陥没した頭蓋骨は目立たない。

友人や女子青年連盟《ジュニア・リーグ》のメンバーたちが次々に棺の前に現れては、刺繍入りのハンカチで涙を押さえ、自分ではなかったことを内心、神に感謝していった。六番街とヴァイン通りの交差点で赤信号を無視し、ウィルソン・ブラザーズ社のごみ収集車に側面から突っ込まれたのが、デヴォンでよかった、と。

ごみ収集車は、とミーム・サンダーズは小学一年からの友人を見下ろして思った。すばらしく気品のある終わり方とは言えないわね。でもとりあえず、シャネルのブークレツイードのスーツとミキモトのパールのネックレスは似合ってるわよ。

ごみ収集車って。ジュヌヴィエーヴ・ブルックスはハンカチで目頭を軽く押さえ、笑みを隠した。デヴォンはリー・アン・ウィルソンをジュニア・リーグから締め出しておく案を強引に通した。そしてまさにその日、デヴォンはウィルソン社のごみ収集車にはねられて、この世から締め出された。こんなにも愉快な皮肉はないのに、誰も気づいていないのかしら。それにしても、デヴォン、あなたはきれいね。初めての美少女コンテストで競い合い、打ち負かされて以来の知り合いを見下ろしながら、ジュヌヴィエーヴは思った。まるで生きているみたいよ……死んでいるのだけれど。ところで、そのスーツとお揃いのシャネルのツートンのパンプスは履いているの？　それとも、もしかして、人は死んだら裸足で葬られるのかしら。

ごみ収集車よ。セシリア・ブラックワース・ハミルトン・テイラー・マークス＝デイヴィスは五番めの夫にもたれ、ブルックス・ブラザーズのスーツの襟元で涙をぬぐった。私のかわいい娘が、ごみの収集車とぶつかって死んでしまった。ひどい話じゃないの。三二歳の若さで逝くなんて。せっかく素敵な容姿と素敵な人生を手に入れたのに。それにしてもねえ、あの娘婿がこの娘をきれいに見せてくれようとしたのは認めるわ。でも、はっきり言って、この白のブークレツイードは去年の流行なのよね。

セシリアは肩越しに義理の息子と孫娘を見やった。かわいそうな孫娘は小さな手で父親にしがみつき、オーダーメイドの黒のスーツに顔を埋めている。その義理の息子ザカリー・ゼマティスのことが、セシリアは昔から気に入らなかった。どうしてデヴォンがこの男を選んだのか、さっぱり理解できない。ハンサムなのはわかる。でもなんと言うか、その……男くさすぎるのよ。太い腕、広い肩幅、厚い胸板。セシリアは昔から、男性ホルモンが血管をどくどくと流れているような男がそばにいると、落ち着かない性質《たち》だった。

ごみ収集車、か。よりによって。ザック・ゼマティスは最前列に座り、一〇歳の娘を抱きながら思った。デヴォンは間違いなくこの事実が気にくわないに違いない。今どこにいるにしろ、きっと大声でわめき散らしていることだろう……。

「……ごみ収集車なのよ！」デヴォン・ハミルトン＝ゼマティスは後ろに並ぶ死んだ男に愚痴った。男は失礼にも、あきれ顔を返してきた。

「なあ、みんな問題があるから、ここにいるんだろ」

デヴォンの見るかぎり、この人の場合、最大の問題は安物のスーツで葬られたことだ。あれはたぶん、庶民らしくJCペニーのオリジナルブランドってところね。

デヴォンはしとやかに肩をすくめた。少なくとも、ザックは私をシャネルといちばん高いパールで着飾って天国に送ってくれた。もっとも、このブークレは流行遅れだし、お揃いのパンプスも履かせてもらっていないけれど。足元に目をやると、むき出しの足が白い霞に似た雲に覆われている。デヴォンは神に願った。ザックが私の洋服をジュニア・リーグのオークションに出さないでくれますように。そんなことをされたら、あのシャネルのパンプスがジュヌヴィエーヴの手に渡ってしまう。あの人は初めての美少女コンテスト以来、ずっと私に嫉妬していた。大切なパンプスにあの骨張った大足を無理やり押し込まれるなんて、考えただけでもぞっとする。

足を動かさずに、デヴォンは前に進んでいた。なんだか妙な感じがする。透明なベルトコンベアにでも乗っているみたい。でも妙だというなら、死んでいること自体がそうだ。デヴォンはザックと話をつけるべく、帰り道を車で飛ばしていた。それなのに、気がついたら白い光に吸い込まれて高く舞い上がり、どこもかしこもふわふわとした、だだっぴろい所に降りていた。並んでから、まだ一、二時間の気がする。でも、それはありえない。デヴォンは知っていた。自分の葬儀が執り行われて、白のスーツで葬られた。事故から四、五日はたっているはず。でも、そんなことって、ありうるのかしら?

幼い娘を思うと、胸の奥に今まで経験したことのない感覚が湧いてきた。生きていた時に感じた、痛みに似たうずきとは違う。愛と思慕でいっぱいの、温かくてこそばゆい感覚。かわいそうなティファニー、あの娘はこれからどうなるのだろう? ザックはいい父親だった。でも、それは家にいる時の話で、あの人は家にあまりいなかった。それに、女の子には母親が必要だ。

再び前に進むと、目の前に大きな白い机が現れた。その奥には、巨大な金の門扉。「やっとね」デヴォンはため息をついた。

「デヴォン・ゼマティス」机の向こう側に座る男性が言った。口を閉じたまま、目の前の巻物から顔も上げない。

「デヴォン・ハミルトン＝ゼマティス」デヴォンは正した。

それで初めて男性は目を上げ、デヴォンを一瞥した。青い瞳に白い霞雲が映る。男が無表情のまま手をひと振りすると、年配の女性が現れた。引っ詰めた髪に、金ボタンのラベンダー色のスーツ姿。

「ハイバンガー先生、ですか？」

「ハイバーガーです」と六年生の時の担任が正した。

「いつお亡くなりに？」

「人間の時間で五年前です。ただし、神の時間で一日は一〇〇〇年、一〇〇〇年が一日です」

小学校の算数の時間に戻った気がした。相変わらず、この先生は早口だ。

「はあ？」

「神は時間を、地上の人間がするようにはお数えになりません」

「はあ」ふうん、だから死んでから一時間くらいしかたっていない気がするのかしら。「それで、先生は私を天国に連れていってくれるのですね」神とお会いする準備は万端だ。聞きたいことがいくつかある。どれも重要なことだ。神はどうしてあんな世にも恐ろしい悲劇をお許しになったのだろう。セルライトとか、外反母趾とか、いくらやっても髪型が決まらない日とか。それから、人生最大の謎の答えもいくつか聞いてみたい。ケネディ大統領を殺した真犯人が誰なのか。それと……。

「そうはいきません」ハイバーガー先生の言葉に、頭の中で神への質問リストをめくっていたデヴォンの手が止まった。

「え？」聞き間違いに決まってるわ。「私はこれから天国に行く。ですよね？」

「地上であなたは、天国へ行くに値する徳を積みませんでした」

「冗談でしょ？」

答える代わりに、ハイバーガー先生は足を動かさずに動きだした。デヴォンは引っ張られるように後をついていった。

「徳はたくさん積んだじゃないですか。ジュニア・リーグの誰よりも寄付金を集めました。それに、私の企画したチャリティ・イベントは誰のよりも盛り上がりましたよ」

「それはすべて他人のためではなく、あなた自身のためにしたことです。新聞の社会面にご自分の写真を載せて、友人たちに大きな顔をしたかっただけでしょう」

べつにいいじゃない。

「神にはよくありません」彼女の元担任が言った。

「えっ、ひょっとして、私の心が読める？」

「ええ」

最悪。

でしょうね。

目に見えないエスカレーターに乗っているかのごとく、二人は音もなく下がっていった。

デヴォンは急に恐ろしくなり、パニックを起こしそうになった。「まさか、行き先は地獄？悪魔がいて、火柱が立っている所なんですか？」

「いいえ」ハイバーガー先生が身震いした。「天国と地獄の中間といった所です。それに、地獄は人それぞれで違うのです」

ふと、ジュニア・リーグのミーティングで議事録を読むジュヌヴィエーヴ・ブルックスの姿が浮かび、脳みそを串刺しにされた気がした。ジュヌヴィエーヴの話を永遠に聞かされるのは、間違いなく地獄だ。

「神は慈悲深いお方です。ですからあなたには、天国に上がるための徳を積むチャンスが与えられます」

助かった。少し気が楽になった。テキサス大学でチアリーダーの座をつかんだのだ。それに比べたら、楽勝でしょ。「どうすればいいんですか？」

「まずは人を不当に扱った過ちを正すことから始めます」

過ち？　私はいい人だった。というか、完ぺきな人間だったのよ。「誰かを不当に扱ったことなんて、一度もありませんけど」

こちらを振り返ったハイバーガー先生の顔の前に、ある映像が浮かび上がってきた。ブロンドの巻き毛。ターコイズブルーの瞳。一角獣《ユニコーン》。

「あら」デヴォンは手でその画《え》を払いのけた。「彼女は何から何まで彼にふさわしくなかった。彼も彼女を愛していなかったし。少なくとも本気では。彼が愛したのはこの私です。私は二人のためになることをしたんですよ。今ごろは誰かと結婚して、かわいくない子供を山ほど作っているんじゃないかしら」

「彼女はあれ以来、一度も愛を見つけていません」

どうやら神は、あのことを反省させたいらしい。でも反省どころか、デヴォンは悪いとも思っていなかった。あの女はザックを盗んだのも同然だ。ザックが私の男だと知らない人はいなかったのに。あの女は身のほど知らずのことをして、当然の報いを受けたのよ。

下へ下へと向かうなか、デヴォンのお気楽な性質が再び、シャボン玉のようにふわりと浮かんできた。「それで、何をすればいいのかしら?」

「過ちを正しなさい」

「三つのお願いを叶えてあげる、とか?」

どこに向かっていたにしろ、とにかくいちばん下に着いたらしい。二人はさっきよりもやや暗い色の雲の中にいた。

「というよりは、贈り物をするのです」ハイバーガー先生が人差し指を立てた。「チャンスは一度。しくじらなければ、あなたは天国に一段近い次のレベルに上がり、そこでまた別のチャンスをいただきます。その繰り返しです」

なるほどね。例のくしゃくしゃ頭の女に償いをしなくちゃならない、と。小学校の時から大嫌いだったあの女に。しゃくにさわるったらないわ。最悪ね。

「ただし、期限があります」元担任が釘を刺した。「もしもあなたが過去を正すよりも早く、彼女が愛する男性を見つけたら、その時点で上に行けるチャンスは消滅します」

デヴォンは完ぺきな贈り物を思いつき、顔に笑みを浮かべた。「これでいいわ」

ハイバーガー先生が首を振った。「あなたはちっとも学んでいませんね」

どこからともなくガラスの引き戸が現れ、先生は一歩下がってその中に入った。扉が自動で閉まるとすぐに周りの灰色の霧が硬い壁に変わった。デヴォンの顔から血の気が引いた。牢屋に閉じ込められた気がした。寒気がして鳥肌が立つ。見下ろすと、きれいなシャネルのスーツがもやになり、おぞましいねずみ色のスウェットの上下に変わった。胸には大きくトゥイティーがプリントされている。「ここ、どこなのよ?」デヴォンが声を上げたが、ハイバーガー先生は黙って霧の中に消えていった。

振り返ると、幾重にも連なるショッピング・カートの列と、どこまでも続く「セール」の札。目の前に、ピンクのワンピースにブルーのベストを着て、日焼けした顔で微笑む小柄な年かさの女性が立っている。彼女はデヴォンに言った。

「ウォルマートにようこそ」

1

「ベイビー、キスしてよ」

「だめだったら」自宅ポーチの六〇ワット電球の下で、アデル・ハリスは知り合って間もないデート相手の胸に手を置いた。「今夜はもう、十分に楽しんだでしょう」

元オタクの投資銀行家で、ついさっき世界クラスの最低男に変貌したサム・キングは、胸の手を好意の表れと勘違いしてさらに一歩踏み出してきた。アデルは玄関扉まで追いつめられた。一〇月のひんやりとした風が彼女の頬とコートの襟の間を抜けていく。サムの顔が上から迫りくる。アデルは恐怖におののいた。

「ベイビー、本当のお楽しみはこれからさ。おれのキスで火をつけてやるよ」

「遠慮しておくわ。とくに寒くもな……んぐぐぐっ……」サムがいきなり唇を押しつけ、すかさず舌を突っ込むと、妙な動きを始めた。左に素早く三回転。続いて右に三回転。その繰り返し。こんな幼稚なキスは、小六の時のカール・ウィルソン以来だ。

アデルはもう片方の手を顔の間にねじ入れ、なんとかサムを押しのけた。「やめて！」慌てて肩に下げたハンドバッグから鍵を取り出した。「おやすみなさい」

サムは口をあんぐりと開け、情けない顔になった。「入れてくれないの？」

「ええ」きびすを返して玄関の鍵を開けた。

「おい、ふざけんなよ。晩めしに一二〇ドルも出してやったのに、やらせないっていうのか？」

扉を押し開けて振り返り、ポーチに突っ立っているマヌケを肩越しに見やった。今日のデートは、出だしはまずまずだった。でも食事が始まるや、急降下が始まった。

「私、そういう女じゃないから。そっちがお望みなら、プロに頼めばよかったんじゃない？」

「おれはモテるんだよ。プロなんていらないね。女どもはサム様が欲しくてたまらないのさ」

はあ？　最低にもほどがある。料理の皿が下げられたころにはもう、デートは最悪の一歩手前だった。この一時間ばかり、アデルは怒りださないようにずっと我慢してきたのだった。

「ええ、そうでしょうねえ」平静を装ったが抑えきれず、言葉に皮肉が混じってしまった。

アデルは家に入ってから振り返ってサムと向き合った。

「ふん、なるほどね。だから三五でまだ独り身なんだよ」サムがせせら笑いを浮かべた。

「いい年なんだから、男の扱い方くらいは覚えたほうがいいぞ」

アデルはこの自分大好き男のくだらない話に興味があるふりを続けてきた。ノンストップの自慢話につきあってやった。自分ほどいい男はめったにいない。そんなおれとデートができるなんて、きみは本当にラッキーなんだよ、と言いたいだけのおしゃべりに。アデルは自分に言い聞かせてこらえようとした。これはこの人のせいじゃない。少し前から疑いはじめたあれのせいかもしれない。自分の中にある、男性に正気をなくさせる何かのせいではないか、と。でも、もう我慢の限界だった。この人は一線を越えた。突いてはいけない所を突いたのだ。

「そっちこそ、いい年なんだから、大人の男らしいキスくらいは覚えたほうがいいわよ」あぜんとしているサムの目の前で扉を勢いよく閉めてから、こわばった顔で天を仰いだ。「まったく、何がどうなってるわけ？」

片手で豊かな巻き毛を耳にかけ、玄関の扉にもたれる。絶対に何かがおかしい。このところ……どれくらいだっけ？……二、いや三年くらいずっと、デートの相手は最低男ばかりだ。初めはそうでなくても、すぐに最低に化ける。最初はただ、自分がそういう男を磁石みたいに引き寄せているのだと思っていた。マヌケ男に好かれているだけなんだと。でも少し前から、ひょっとしたら別の何かが関係しているのではないかと疑っている。何もなければまあまあの男性を突如、最低やマヌケにしてしまう何かが自分の中にあるのかもしれない。だって、いったいこの世の中に最低男とマヌケ男が何人いるっていうのよ？　で、デートのたびにそいつらと出会う確率がどれくらいあるっていうわけ？　それも毎回、一度も欠かさずに。

ありえない。内鍵を閉め、身体を起こして扉から離れる。三カ月くらい前から、もしかしたら、と思っていた。呪いをかけられているのかもしれない。永久にひどい男としか出会えなくされる呪いを。

玄関脇のクローゼットにコートをかけ、リビングに向かう。ハンドバッグをグリーンのソファに放り、天板がガラスで脚が鉄製のコーヒーテーブルの上にあるリモコンに手を伸ばした。二カ月ほど前に、呪われているかもしれないと友人のマディに打ち明けてみたが、笑って相手にされなかった。以来、このことは誰にも言っていない。

アデルのことを少々変わっている、いや、かなり変わっていると思う人もいる。アデルはずっと魔法を信じていた。妖精の粉やユニコーン、虹の端にあるという金の壺の存在を。子供のころは、時間には裂け目があるし、別の惑星にも生命体がいると思っていた。幽霊も、ここととは違う現実もあると思っていた。ずっと、無限の可能性を信じていた。大人になってからはさすがに、何もかもを否定はしていないにしても、無限の可能性は信じられなくなったけれど。

テレビをつけ、ソファのアームに腰かける。確かに、無限の可能性はもう信じていない。とはいえ、想像力と子供のころに信じていた可能性のおかげで、悪くない暮らしを送れているのも確かだ。これまでにSFとファンタジー小説を一〇冊書いた。その準備や調べ物を通じて不可思議な体験をいくつもしてきたし、科学では説明のつかない超常現象もたくさん目の当たりにしてきた。それだけに、非現実的だとしてすべてをあっさり片付けることはできなかった。

テレビのチャンネルを次々に変え、一〇時のニュースで止める。小説のためにリサーチはかなりしたが、呪いについて調べたことはなかったし、たいした知識もない。呪いの仕組みも、それが魔法や黒魔術の一種なのかも知らない。狙った特定の相手にかけられるものなのだろうか。だとすると、それには呪いや呪文や魔女についてある程度の知識がいるのかしら。**やっぱり私、頭がどうかしてる。**アデルは脳みそをぐしゃぐしゃにされた気がして、リモコンをソファの上に落とした。みんなにどうかしてると思われるのももっともね。立ち上がり、リビングを抜けてバスルームに向かった。だって呪いなんて、誰が本気で信じるのよ？

頭がどうかした人、だけだ。

シャツの袖をまくり上げ、シンクの上の蛇口をひねり、洗顔用の石けんに手を伸ばす。そういうことを本気で心配するのは、何年もまともなデートやいいセックスをしていない、頭のどうかした女だけ。永遠に花嫁の付添人で、自分は花嫁になれない女だけよ。この二年で、二人の親友の結婚式に出た。もう一人の親友マディにも、先日、来年の春に結婚すると言われた。男はみんな潜在的連続殺人犯と信じて疑わなかったマディ。想像を膨らませて一人で怯え、護身用に催涙スプレーとメリケンサック、スタンガンまで持ち歩いていたあのマディが、愛してくれる人を見つけた。通称クレイジー・マディが残りの人生を一緒に過ごしたいと思ってくれる人を見つけたのに、私は一晩、それも日をまたぐまで一緒にいたいと思ってくれる人さえ見つけられないなんて。

丁寧に泡立てていた両手の間から、石けんが滑って落ちる。顔を上げて鏡に向かい、指の腹で優しく洗顔を始めた。正直、悲しかった。ほんの何年か前は四人とも独身で、よく一緒にランチをしたし、バハマ旅行だってした。四人とも作家で、共通点が多かった。それが一人、また一人と結婚し、もう一人も間もなく結婚する。これで独身はアデルだけだ。もういつでも好きな時に電話をかけるわけにはいかない。好きな時に好きなだけ、小説のプロットや、男性の話や、テレビドラマの話題で盛り上がることはできない。ずっと女同士で社交生活を謳歌していたのに。アデルは急に一人ぼっちの気がして、寂しかった。私だけが孤立している。そんな自分が哀れだし、哀れに思っている自分もイヤだ。呪いにしろ何にしろ、自分の中にあるらしい問題もイヤでたまらなかった。

フェイスタオルを手に取ってぬるま湯に浸し、それで顔の泡をぬぐう。これまでに恋愛は二回した。二度めは、三年前。彼の名前はドウェイン・ラーキン。背が高く、髪はブロンドで、セクシーだった。完ぺきではなかったけれど、多少の欠点は仕方がないと思って受け入れた。シャツの脇のにおいを嗅ぐ癖や、ジーンズのファスナーでエアギターをする趣味とか。でも共通する部分もあった。二人とも古いSF映画に目がなかった。土曜の午後はだらだらと過ごすのが好みで、互いに若くして片親を失うつらさを知っていた。優しくて面白い人だったし、アデルは内心、ラーキンの名字になるのもいいかしら、と思っていた。どういう食器を揃えようかしら、とまで想像を膨らませていた。それもこれも三年前のあの日、キッチンでいきなり、下半身デブと言われるまでは、の話だ。それまで、ドウェインは普段どおりに職場での出来事を話していた。でも次の瞬間、話の途中で口をつぐみ、アンドロイドか何かのように不自然な動きで振り向くと唐突に言った。「おまえの下半身、太いな」

あまりのことにわけがわからず、アデルは聞き返した。でも、聞き違いではなかった。

「アデル、おまえってほんと、下半身デブだな」彼はビールを置くと、両腕を何もそこまでしなくても、と思うくらい大きく開いた。「うん、これくらいだ。そのケツ、ビール瓶三本ぶんはあるぞ」

傷つく言葉は数あるが、アデルにとって、これ以上のものはない。バカやブスのほうがまだましだ。それだったら、こんなにも深く傷つくことはなかっただろう。お尻はいちばん気にしているところだから、というだけではない。それを言われたらアデルがどれほど傷つくか、ドウェインはわかっていたはずだからだ。大きなお尻は祖母サリーの遺伝であり、アデルが毎日、何があろうとも一〇キロのジョギングを欠かさないことを、下半身のお肉を少しでも落とそうと涙ぐましい努力をしていることを、彼はよく知っていた。その晩の前まで、きみのお尻はかわいいね、ぼくの手の大きさにぴったりだよと言っていたのに。つまり、ドウェインは嘘つきだった。いやもっと性質《たち》が悪い。意地の悪い大嘘つきだったのだ。

アデルは自分の人生からドウェインを叩き出した。でも何らかの理由で、ドウェインは完全に姿を消そうとはしなかった。ほぼ毎月、アデルが玄関を開けると、ポーチにいろいろな物が置いてあった。ぼろぼろの靴下の片方。頭の取れたダース・ベイダー。どれもドウェインの家に置いたままにしたアデルの私物だった。

蛇口を閉め、乾いたタオルで顔を拭く。相談した友だちからは、警察に通報するか、誰かに頼んでぶん殴ってもらいなさいと言われた。確かにドウェインはストーカーに近い。アデルはベッドルームに向かいながら思った。でもなぜか、怖さや気持ち悪さは感じなかった。オーク材のドレッサーに積まれたシュシュの山から一つを手に取り、長い巻き毛をまとめる。感じたのは、むしろ困惑だった。早く立ち直って欲しい、というのが正直なところだった。簡単ではなかったが、アデル自身も立ち直ったように。

無地の白いTシャツに着替えてリビングに戻る。凝ったランジェリーを買うのは、呪いが始まってから二年ほどしてやめた。セクシーな下着はお金のむだだし、着心地のいい普通のTシャツはパジャマに最適だからだ。

喪失や挫折はいくつも味わったが、そのたびにアデルは踏ん切りをつけて前に進んできた。一〇歳で経験した母の死からも立ち直ったし、初恋に破れた時の深い傷もなんとか癒した。母の死と初めての失恋の痛みが同じだと言っているわけではない。ただ、それぞれの喪失はそれぞれのかたちで彼女の人生を大きく変えた。母を失ったことで、自立を学んだ。初恋の人を失ったことで、たやすく心を許してはいけないことを学んだ。

ニュースが終わり、トーク番組の『トゥナイト・ショー』が始まったので、チャンネルを変える。初恋相手のことを考えたのは久しぶりだ。それなのに、あんなにもあっという間に、それも激しく彼に夢中になったことを思うと、今でも胸がざわつく。アデルはその彼、ザック・ゼマティスのすべてを愛していた。屈託のない笑顔が、耳に心地いい、よく響く笑い声が大好きだった。彼女の肩を抱く腕の重みや、Tシャツと温かな肌のにおいも大好きだった。初めてキスした時は、文字どおり全身が感じた。ハートも。みぞおちも。膝の裏も。

出会ったのは、テキサス大学の四年生の時。でも彼のことは、新入生でキャンパスに初めて足を踏み入れた日から知っていた。ザック・ゼマティスは有名人だった。テキサス大のアメリカン・フットボール・チームは地元で大人気だったし、チームの中心でクォーターバックのザックを、戦績もルックスも抜群のスター選手の彼を知らない人はいなかった。彼がプロフットボール・リーグのNFL入りする星の下に生まれたことは、公然の事実だった。そして彼とテキサス大のチアリーダーのキャプテン、デヴォン・ハミルトンとは、公認の仲だった。

ザックを知ったのは大学に入ってからだったが、デヴォンのことは幼いころから知っていた。アデルとデヴォンは同じテキサスの田舎町に生まれた。小中校と同じ公立に通ったものの、友だちというわけではなかった。それどころか、話したこともないに等しかった。デヴォンの家は代々裕福だったが、アデルの父は二人の娘に中流のわずか上の暮らしをさせてやるのが精いっぱいだった。デヴォンの家族は裕福な者が集うシーダークリーク・カントリー・クラブの会員で、母親はジュニア・リーグに属していた。デヴォンはそういう家の娘としかつきあわなかった。だからデヴォンにしてみれば、アデルは眼中にない存在だった。六年生の時、アデルが許されざる大罪を犯すまでは、の話だ。デヴォンとアデルは学芸会の出し物『ピーターパン』の妖精ティンカーベル役を巡って争った。勝ったのはアデルだった。以来、デヴォンはことあるごとにアデルを地獄に突き落としてきた。その最後がテキサス大時代、二人がザックのガールフレンドの座を奪い合った時のことだった。

SFチャンネルの『ドレスデン・ファイル』でリモコンの手を止める。ソファに腰を下ろしてぼんやりと思う。土曜の晩だけど、こうやって一人で好きな番組を見ているほうがいい。おなじみのレザーコートに身を包み、ひげをうっすらと伸ばした主演の男優ポール・ブラックソーンが超常犯罪を解決し、シカゴの街を吸血鬼や狼男、その他もろもろの悪者から救う活躍を眺めているほうがよっぽど楽しい。最悪なデートをして、みじめな思いをするよりはましだ。

けれど、今夜のアデルはポールの活躍に集中できず、いつの間にかザック・ゼマティスを思い出していた。頭に浮かぶのは、色あせたリーヴァイスのジーンズと洗いざらしのTシャツに身を包んだ彼の姿ばかりだった。

アデルとザックは同じコミュニケーション研究の授業を取っていた。アデルはそのころ、将来はジャーナリストになれたら、と思っていた。学期が始まってからの数週間、アデルはいちばん後ろの列に座り、ザックの両耳や、アスリートらしい長く太い首の後ろにブロンドの毛先がかかっている様子に目を奪われてはいけないと、必死で耐えた。教室の女子のほぼ全員と同じく、アデルも彼の厚い胸板とたくましい腕に集中力を妨げられないようにがんばった。そしてほかの女子たちと同じく、やっぱりできなかった。

ザックは容姿と才能の二物に恵まれていた。いわばロック・スター的な存在だったが、誰からも好感を持たれていた。アデルもその鍛えられた身体と端整な顔立ちには惹かれたけれど、彼はきっと頭に問題があると思っていた。ヘルメットに激しい衝撃を受けすぎたせいで、どこかがおかしくなってしまったに違いない。せっかく完ぺきな肉体があるのに、もったいない話だ。そうでもなければ、ザックのような人がデヴォン・ハミルトンみたいな最低の女を選ぶわけがない。確かに、デヴォンはきれいだ。それは認める。でもきれいな子なら、ほかにもたくさんいる。間違いない。あの人は頭が弱いか、中身がない。もしくはその両方だ。

と思っていたある日のこと。ザックがアデルの席の前列に座ると、いきなりこちらを振り返ってきた。長いまつ毛に囲まれたダークブラウンの瞳で急に見つめられただけでも衝撃なのに、なんと、テキサス独特のアクセントで気さくに声をかけてきたのだった。「前から思ってたんだけど、その髪、どうやってるの？」

「え？」あまりのことにアデルは頭が真っ白になった。別の誰かに話しかけているのだろうと思って、後ろまで振り返った。でも誰もいなかった。アデルは前に向き直って聞いた。「私に言ってるの？」ザックのような体育会系の男子が、かわいいチアリーダーの彼女までいる人が、私みたいな女子に話しかけるはずがない。アデルがはまっているのは演劇だし、友だちはみんな、惑星間のテレポーテーションの可能性について真剣に話し合うタイプだった。

自分のことをみっともないほどさえない、と思っていたわけではない。ただ、ザックとは住む世界が違うと信じて疑わなかった。ボールを狙いどおりに投げられたり、完ぺきなバク転や開脚ジャンプができたりすれば、黙っていても崇められる。そんな世界とは縁がないはずなのに。

彼の柔らかな笑い声が二人の間の沈黙を満たした。「うん、きみに聞いてるんだよ。それ、パーマなの？」

からかわれているのだろうか？　もちろん『セックス・アンド・ザ・シティ』のキャリー・ブラッドショーやシンガーのシャキーラといった巻き毛がキュートなセレブが人気者になる前の話だ。アデルは自分の髪が大嫌いだったし、きれいなストレートの髪をわざわざねじ曲げる人の気持ちがさっぱりわからなかった。

「何もしてないけど」アデルは来るに決まっている次のきついひと言に備えた。中学のころのあだ名は、陰毛頭だった。つけたのは、この人のチアリーダーの彼女だ。

「自然にそうなるの？」彼のまなざしがアデルの顔から髪に移った。

「ええ」こんなに長いまつ毛の男性を見たのは初めてだった。こんなに男っぽい人も。

「そっか。それ、いいね。すごくかわいいよ」彼は視線を戻すとアデルの目を見つめ、白い歯を覗かせて満点の笑みをたたえた。「ザックです」

えっ、今、私の髪がかわいいって言ったの？　**衝撃**。

「アデルです」

「知ってるよ」

衝撃二。「知ってる？」

「もちろん」

それだけ言うとザックは前に向き直り、ノートと鉛筆を自分の机の上にひょいと放った。

一人残されたアデルは、彼のうなじを見つめて呆然としていた。

　翌週の授業でも、ザックはアデルの前に座った。そしてまた振り向くと、今度はアデルがつけていたシルバーのブレスレットについて聞いてきた。ブレスレットにはケルトノット模様が三つ彫ってあった。

「これは自然の相互依存の象徴なの」と説明しながらも、アデルは不思議でならなかった。この人はどうしてまた話しかけてきたのだろう。アメリカン・フットボールの試合の応援に行ったこともないこの私に。「これが人間と大地の関係で、これは愛し合う男女の結びつき」

　アデルの手首から視線を上げ、ザックが笑みを浮かべた。「ふうん、男女の結びつきね」

　アデルは手を引っ込め、肩をすくめた。「考古学にそういう説があるの。ケルト文明の記録はほとんど残っていないから、本当のところは誰にもわからないんだけど」

　彼は手を伸ばすと、その温かい手のひらでアデルの指を包み、軽く引き寄せた。「男女がこんなふうに絡み合う姿は、見たことがないなあ」

　アデルは手を引き抜こうとしたが、彼が握る手に軽く力を込めてそれを許さなかった。

「『ペントハウス』とか『ハスラー』とかの男性誌にはまず載ってないな」

　ザックは落ち着いたよく通る声で軽やかに笑い、手を離した。「だから見たことがないんだろうね」

　ザックはじっとアデルの瞳を見つめ、それから前に向き直った。授業が始まっていた。

　彼の温もりが残る指でボールペンを握り、講義に集中しているふりをした。でも教授を見るには、Tシャツに包まれた広い肩が、たくましい上腕でぱんと張った袖口が目に入ってしまう。アデルは諦めて、彼の輝くブロンドの髪を見つめた。

ザックはバカではないらしい。少なくとも、頭を打ちすぎてはいないようだ。しかも、どうやらいい人らしい。それでもやっぱり、この人はどこかおかしいに決まっている。絶対におかしい。いい人がデヴォン・ハミルトンとつきあうのには、何かあるはずだ。

それから五時間ほどたっても、まだそのことを考えていたアデルの前に、再びザックが現れた。そこは週に五日、アデルが夜にアルバイトをしているピザ・レストランで、ザックは三人のチームメイトと食事に来た。でも彼だけは帰らず、アデルのシフトが終わるまで店に残っていた。

「彼女はどうしたの？」アデルは、ドアを開けてくれたザックに聞いた。

「彼女って？」

外の空気は冷たかった。アデルはセーターに片腕を通しながら言った。「彼女といったら、彼女よ」

もう片方の腕を入れやすいようにと、ザックがアデルの後ろでセーターを持ってくれた。

「詳しく説明してくれる？」

「ブロンドでスリム。チアリーダーのミニのユニフォームで飛んだり跳ねたりする人」

「ああ、あの彼女ね」ザックがセーターの首元から、中に入ったアデルの髪を出した。温かな指先がうなじに触れた。「ぼくの彼女じゃないよ」

アデルは陰になった彼の顔を見上げた。「いつから?」

「なんだか取り調べみたいだね」

そのとおりだ。いつからだろうが、私には関係ない。べつにデートに誘われているわけでもないのだから。

「寒くないの?」

「身体がヒーターみたいでね、寒くないんだ」

筋肉が発達しているからだろう。ザックはアデルを寮まで送ってくれ、部屋の前で手を握っただけで帰って行った。でも翌晩はアデルの背を寮の壁に押し当てて唇を奪った。そして、きみのことで頭がいっぱいなんだと言った。それから二カ月もしないうちに、アデルは彼に夢中になった。好きすぎて、一緒にいると胸が苦しく、息もできなかった。いつも彼のことばかり考えて、ほかのことが手につかなかった。本当にあっという間に、どうしようもないほど激しく、どこまでも深く、アデルは恋に落ちた。そしてためらうことなく、自分のすべてを、心と身体をザックにあげた。

結婚まで取っておくつもりはなかったけれど、最初の相手は心から愛する人がいいと思っていた。そして、ザックこそその人だと思った。でもすべてを差し出したとたん、彼はアデルの心をぺしゃんこに踏みつぶした。アデルをあっさりと捨て、デヴォンの元に帰っていった。アデルはあまりのショックに大学を中退し、テキサスからも遠く離れ、アイダホ州ボイシの祖母の家に身を寄せた。その数カ月後、アデルに郵便が届いた。セシリア・ブラックワース・ハミルトン・テイラー＝マークスとチャーラ・メイ&ジェームズ・ゼマティス夫妻からの結婚式への招待状だった。結ばれる両家の娘と息子の名は、デヴォン・リン・ハミルトンとザカリー・ジェームズ・ゼマティス。差出人は書かれていなかったが、確かめるまでもなかった。

ザックとデヴォンが結婚するとは思っていた。でもデヴォンは、ザックを手に入れただけでは足りなかったらしい。アデルにしっかりと見せつけてやらないと気が済まなかったのだろう。

ザックとのことは、誰にも言わなかった。友だちにも、姉にだって秘密にしていた。今になってみると、我ながら本当にばかだったと思う。いとも簡単に心を捧げてしまっただけじゃない。よりによって、身体だけで中身のない男に許してしまったことが、だ。

卒業後、ザックはデンバーのプロチームに入ったと噂で聞いた。スポーツに関心があったわけではない。でもときどき、夜のニュースのスポーツ・コーナーで彼の名前は耳にしたし、スポーツ飲料やデオドラント・クリーム、いんきんたむしの軟膏のテレビCMに出ているのも目にした。いや、いんきんたむしの軟膏は嘘だけど。

今もデンバーでプレーしているのか、違うチームにトレードされたのかは知らない。どこに住んでいるのか、何をしているのかも知らない。第一、アデルにはどうでもいいことだ。願わくは、まだデヴォンと結婚していて欲しい。あの女のせいで最悪の人生を送っていてくれるとうれしいんだけど。

クッションに頭をあずけて長いため息をつく。私、イヤな女になってる。自分の生き方に対しても男性に対しても、刺々しくなりすぎている。こういうのは私の好みじゃない。今の暮らしは好きだし、これまでの人生にも基本的には満足している。初恋の相手には最低のふられ方をしたし、このところデートはどれも最低だけれど、男嫌いではない。

そう、よね？

身体を起こしてぼんやりと壁を見やる。もし最低のデートばかりなのが、じつは自分の中に潜む、男性に対する怒りや憎しみのせいだとしたら？　アデルはかぶりを振った。いや、そんなことはない。心の奥底に怒りや憎しみを抱えてなんかいないはず。少なくとも自分では意識していない。でも、もしあるとしたら……どうやって確かめたらいいのだろう？

「もうっ」アデルは不満の声を上げた。やっぱり私、頭がどうかしてるわ。

電話が鳴った。アデルはほっとした。この責め苦からとりあえずは逃れられる。立ち上がってキッチンに行く。コードレスの受話器を取ろうとした瞬間、発信者の市外局番を見てまた不満のため息が漏れた。「もうっ」

責め苦はまだ終わりではないらしい。今は、シェリリンと話す気分ではない。申し分のない人生を送っている立派な姉シェリリンと話せば、自分がますますみじめになる。歯科医と幸せな結婚をし、テキサスのフォートワースで申し分のない一〇代の娘と一家三人、幸せに暮らしている姉。四カ月後には男の子まで産む、女としても申し分のない人。呪われてもいなければ、頭がおかしくもない。

留守電にしようかとも思ったが、やっぱり出ることにした。ひょっとしたら、大事な用かもしれないし。

「もしもし。シェリ、元気？」

「ウィリアムが出ていった」

アデルは我知らずに眉をつり上げ、目を大きく見開いた。

「どこに？」

「二一歳の歯科助手のところに転がり込んだの」

「ウソ」

アデルはキッチンの椅子を引き、腰を下ろした。義兄のウィリアムのことは以前から好きになれなかったが、まさか妊娠中の妻を捨てて出ていくほどどうしようもない男だとは思わなかった。

「本当なの。女の名前はストーミー・ウィンター」

もっとほかにたずねるべきことがあるはずなのに、その冗談みたいな名前を聞いて、アデルは思わず聞いてしまった。「ストリッパー？」

「ウィリアムは、違うって」

つまり、旦那にじかに確かめたということだ。

「ケンドラは？」アデルは一三歳の姪の様子を聞いた。

「怒ってる。私に。ウィリアムに。何もかもに。どう受けとめていいのかわからなくて、すごく混乱してるんだと思う。私が妊娠していることも、父親が自分と年が八つしか違わない女のところに転がり込んだことも」

あらら。シェリリンのほうが、私よりもずっとひどいことになっている。こんなのは初めてだ。

「私の人生、もうめちゃくちゃよ！」大声を上げると、シェリリンは泣きだした。「わからないの、なんでこんなことに。昨日までは何もかもが、か……完ぺきだったのに、気づいたら、ウィリアムはいなかったのよお」

何かしらの兆候はあったに違いないが、それをシェリリンは無視したのだろう。「私に何かできることある？」そうは言ってみたものの、姉の話を聞いてやる以外、できることは何もないだろう。

「田舎に、シーダークリークに帰る。だから、デルも一緒にうちに帰って」

は？　私のうちはここなんだけど。

「ねえデル、そばにいてよ」

七年前の父の葬儀以来、シーダークリークには帰っていなかった。

シェリリンは再び号泣し、そのまましばらく嗚咽を続けてから、またせがんできた。

「ど、どうしようもないの。ほんとに、こ、困まってるの。家族に、そ、そばにいて欲しいのよ」

声から察するに、困っている、では済まなそうだ。このままノイローゼに向かってまっしぐらに落ちていきそうな勢いだ。

「お願い。ここにはいられないの。そんなことできない。ウィリアムが出ていったことは、お友だちみんなが知ってるし、哀れな目で見られるし。もう、どうしていいかわからない」

アデルは抜群にできる女性をたくさん知っている。その中でもシェリリンはダントツだ。だからこそ、そしてその他もろもろの理由で、シェリリンと一緒にいるのは一回に五分が限界だった。

「シェリ……」

生まれて初めて、姉に必要とされている。姉が頼れる家族は自分しかいない。でも……アデルの生活はボイシにある。持ち家があるし、近々、仕事場の壁を塗るつもりだった。パグ犬を飼おうかとも思っていたのに。

「少しの間でいいから。私とケンドラが、お、落ち着くまで」

アデルはこの町で、一人で人生を築いてきた。ここには友だちもいる。仲のいい友だちが……でも二人は結婚しているし、もう一人もじきに結婚する。三人ともいまや、私とは違う人生を送っている。私はかなりの確率で最低のデートしかできない呪いをかけられているし、かなりの確率で頭がおかしくなっている。たぶん、気分転換が必要なんだ。日常から少し離れてみるのも、いいかもしれない。

二週間くらいなら。「いつ行けばいいの?」

2

テキサス人が愛するもの。それは神、家族、アメリカン・フットボール。ただ、いつもこの順序とは限らない。今が何月かによっても、最近どんな女性を妻にしたかによっても変わる。

彼女に神のご加護があらんことを。

日曜は神のものであり、信仰心の厚いこの辺り一帯は、神が治めている。罪や贖罪についての説教に人々は熱狂し、その魂のこもった言葉に教会の空気が熱を帯びる。

アーメンの声を聞かせてくれるかな。

日曜は神のものだろう。でも金曜の夜は、ハイスクール・フットボールのものだ。テキサス一帯のスタジアムは、高校のアメリカン・フットボール・チームが治めている。選手の一挙手一投足に人々は熱狂し、その魂のこもった声援にスタジアムの空気が熱を帯びる。

勝利の美酒に酔わせてくれよ。

シーダークリークの地平線に陽が落ち、一五〇〇ワットの照明がウォーレン・P・ブラッドショー・スタジアムの緑の芝を照らし出す。観客席を埋め尽くす人々の胸にはフェルト製のペンダント、手には派手な色のポンポン、膝には観戦用のブランケット。シーダークリークの住人の大半がシーダークリーク・クーガーズと同じ町のライバル・チーム、リンカーン・パンサーズとの試合を見守っている。あと少しで州選手権への切符が手に入る。両チームとも、普段にも増して熱の入った練習を積み、この試合に臨んでいた。

キックオフの瞬間から一進一退の攻防が続き、スタンドの人々は何度も立ち上がっては歓声を上げた。パンサーズの監督は何度もレフリーに向かって怒鳴り、クリップボードをグラウンドに投げつけた。

対照的に、クーガーズの監督ザック・ゼマティスはサイドライン脇から動くことなく、冷静な面持ちで立っていた。よく冷えたアイスティーの背の高いグラスを思わせるほど涼しげに。だが目は熱く燃えていた。その目で敵のディフェンス・ラインを読み、的確な指示を選手に次々と送った。

ザックはアメリカン・フットボールをこよなく愛している。ただ、物心ついたころからフットボール漬けの毎日だが、熱くなりすぎて、大切なものを台無しにするまでのものではない、とも思っている。生まれも育ちも地元テキサスのオースティン近郊だ。それだけに、ハイスクール・フットボールが命をかけるほど大切なものであることは理解している。この試合の結果に将来がかかっている選手がいることも承知している。しかし、この大会を楽しむことが何より大切であることも、彼にはよくわかっていた。たぶんこれが、この子たちが純粋な意味でフットボールを楽しめる最後の機会になる。もうじき大学のスカウトがうろつきだし、注目、契約金、大学の奨学生といった誘惑を目の前にちらつかせるのだから。

両チームとも一歩も譲らない白熱の試合展開が続いた。終了直前、クーガーズがタッチダウンを決めた。点差は一点、残り時間は三秒。クーガーズ・オフェンスはパンサーズのゴールラインの二ヤード手前に陣形を組んだ。センターが出したボールをクォーターバックがランニングバックにハンドオフ。ランニングバックがエンドゾーンに飛び込む。ツー・ポイント・コンバージョン成功。スタジアムの片側から大歓声が上がり、電光掲示板に二点の文字が点灯した。だが不幸にもクーガーズを救ったこのプレーで、チームの中心のランニングバックは西中央バプティスト病院に送られてしまった。

病院の救急治療室。蛍光灯がすべてを青白い光で包んでいる。緑とえび茶色のカーテンで仕切られたベッドには、さまざまな病気、事故、中毒の患者が寝ている。ザック・ゼマティスは両手を腰に当てて立ち、目の前のストレッチャーに横たわる若者を見つめていた。ドン・テイトの引き締まった褐色の顔が痛みで歪んでいる。

ザックは横に立つ医師を向いて言った。「どれくらいかかりますか?」だが経験豊富な彼には、答えは聞くまでもないことがわかっていた。

「術後、最短でも二カ月は」

思ったとおりだった。最悪じゃないか。まだ高二だが、ドンはシーダークリーク校で史上最高のランニングバックだ。いや、テキサス州史上でもトップだろう。高校生のランの平均一〇〇〇ヤードに対して、ドンの記録は一五〇〇ヤード以上。ドンの走りを見たネブラスカ大、オハイオ州立大、テキサスA&M大のスカウトは皆、かなりの好印象を抱いていた。ドンにしてみれば、フットボールは西テキサスを出るための大切な切符だ。それなのに、これだ。膝のけがのせいで、こいつはまだ何も始めていないのに終わってしまうかもしれない。くそっ、なんてことだ。

ドンが乾いた唇をなめ、恐怖に眉をひそめた。ドンの不安はザックにも痛いほどわかった。

「監督、おれ、二カ月も休んでられないよ」

「心配するな」そうは言ったものの、ザックにも確信はなかった。左膝の靱帯が二本切れている。選手によっては、二度と元には戻らない。

ザックは腰に当てていた手を下ろし、もう一つ約束をした。これも確信はなかったが、何としても守るつもりだった。

「おまえのポジションは、誰にもやらない」

「おれ、州選抜にならないと」

「大丈夫だ。来年がある。いいか、卒業生のジェリー・パルティアも八九年にゴーファァーズとの試合で膝の靱帯を切ったのに、次の年の代表に選ばれた。しかも、あいつよりおまえのほうがはるかに速い。だから心配するな」

ザックはドンから目をそらし、ベッド脇に立つ母親のローズ・テイトを見やった。肩からグリーンとゴールドの合成皮革のハンドバッグを下げている。フットボールを象ったデザインで、「クーガーズ」のロゴの刺繍が入っている。昨年の夏、ヘルメットを新調する資金を集めるために支援者たちが売ってくれたものだ。

「手術には、いくらかかるのでしょうか？」ローズが手元のクリップボードから顔を上げて言った。不安から、額に深い皺が寄っている。「いえ、いくらだからどう、というわけではないんです。息子のためですから、手術は受けさせてやりたい。ただ、ゴーマン社がなくなって以来、うちは保険に入れなくて」

一昨年、ソフトウェア会社ゴーマンの破綻で、町の住民の多くが職を失っていた。

「テイトさん、心配はいりません」ザックはベッド越しに手を差し出した。「手続きは私がしておきます。学校で保険に入っていますから、ドンの治療費はそれでカバーできますよ」

ローズがクリップボードを手渡し、ザックはそれを脇に挟んだ。

「息子さんに付いていてやってください。これは私が出しておきます」

ザックは目の前に横たわる生徒に視線を戻した。この後すぐ、ドンは近隣の街ラボックの整形外科センターに移されることになる。

「退院したら、すぐ顔を見に行くからな」ザックはベッドの足元のほうへ向かった。仕切りのカーテンのところで立ち止まると、肩越しに振り返って念を押した。「早く復帰したいのはわかる。でも、焦って無理だけはするなよ」

その足でナース・ステーションに行って書類の残りに記入していると、カウンターの中の看護師が話しかけてきた。「いい試合だったわね、Z監督」

ザックが視線を上げると、淡いブルーの瞳と目が合った。目尻に刻まれた深い皺が、緩くまとめたブロンドの生え際まで伸びている。

「どうもありがとう」いい試合とは言い難いが、勝ったのには違いない。

「孫もクーガーズだったのよ。二〇〇二年、ディフェンシブ・ラインマンでね」

二〇〇二年にはまだ、ザックはシーダークリークにいなかった。デンバーでプロとして活躍しており、今とはまるで違う暮らしをしていた。それから六年後、彼はゲームプランどおりとは言えない暮らしを送っていた。

「ドン・テイトはラボックの整形外科センターに送られるんでしょう？」

「ええ」ザックは書類に視線を戻した。人口およそ五万人の町シーダークリークには、大きな街と違って十分な施設がない。

「次の試合に影響はないのかしら？」

ザックは笑みを浮かべた。彼女の質問に驚いたわけではない。「タイラー・スミスにチャンスが巡ってきた、ということです」タイラーは控えのランニングバックだ。

ザックは署名欄に自分の名前を書き、近づいてきた医師に渡した。

医師は書類に目を通して言った。「これを見るかぎり、シーダークリーク高校の保険ではカバーできませんが」

「ええ。治療費の全額は出ません。ですから残りは私が。テイトさんには黙っていてください」ザックは医師と握手をした。「ドンのこと、よろしくお願いします」

床にプーマの黒いソール跡を残し、ザックは救急治療室を後にした。自動ドアが開き、背後で閉まる。明るすぎる屋内を出た彼を、黒い大空に無数の星が瞬くテキサスの夜が包んだ。グリーンのジャージのファスナーを閉める。背中にはシーダークリーク・クーガーズのゴールドの文字。三時間ほど前に来た時と比べて、駐車場はかなり空いている。電灯がアスファルトを所々、丸く照らしている。

歩きながらベルトの携帯に手を伸ばして電源を入れ、シルバーの高級SUVキャデラック・エスカレードに向かう。キャデラックがとくに好きなわけではないが、車内が広いから選んだ。身長一九五センチ、体重一一〇キロのザックには、何でも普通より少々広いほうがありがたい。ポルシェを買ったこともあるが、三週間で返した。あまりに窮屈で、運転していると缶詰の中身になった気がしたからだ。

携帯が着信ありを告げた。明かりのついた液晶ディスプレイに目を落とす。着信履歴をチェックし、いちばん新しい履歴を出して通話ボタンを押す。二、三回の呼び出し音に続いて、一三歳の娘の声が耳いっぱいに広がった。

「どこなの？」とティファニーがいきなり聞いてきた。心配が声にありありと表れている。

「さっき、これから行くと言った所だよ」不安がるのはわからないでもない。ただ、母親のデヴォンが死んでから三年にもなるのに、父親と少しでも連絡が取れないと、いまだに大騒ぎするのは困りものだった。「何が欲しいんだ？」

「コーラがないの。買ってきて」

シルバーのロレックスに目をやる。NFLを引退した日にもらったものだ。「もう真夜中だぞ」

「二人とも、のどがカラカラなんだもん」

今夜は学校の友だちが泊まることになっている。何もなければ、もっと早くに帰ってやれたのだが。試合後、スタジアムから病院に直行したのだから仕方ない。

「それと、ポテチも」

ポケットに手を入れて車のキーを出す。「スーパーに寄っていくよ」娘のことは甘やかしている。それはわかっているが、罪の意識から、どうしても厳しくできない。生まれてから一〇年間、娘とはほとんど一緒にいなかった。それが今は父親と母親の二役を務めている。思いどおりにいかないのは無理もない。

「何がいい?」

「レイズのバーベキュー味」

なんとなく、キャデラックの先にあるえび茶色のセリカを見やった。一つ先の駐車列にこちらを向いて停まっている。女性の長い脚と丸いヒップが目に留まった。助手席側の外に立ち、開けたドアに片手をかけ、中の誰かと話している。ジーンズに白いセーター姿。ちょうど照明の光が当たり、長い巻き毛が輝いている。

「パパ?」

その豊かなブロンドの髪を目にした瞬間、ザックの脳裏にある女性のことが蘇ってきた。ターコイズブルーの大きな瞳と柔らかなピンク色の唇。耳の後ろの急所にキスされるたびに甘い吐息を漏らし、ぼくを燃え上がらせたあの子。

「パパ？」

ザックの口元に小さな笑みが浮かんだ。彼女のことを思ったのは何年ぶりだろう。

「ねえパパ、聞いてるの？」

女性から目をそらし、手のキーに視線を落とした。

「聞いてるよ。ほかにご希望は？」エスカレードのドアを開け、身体を滑り込ませた。

「何も。ねえ、早く帰ってきて」

「わかってるよ」アクセルを踏み、最後にもう一度、先ほどの女性に目をやる。彼女は腰をかがめ、中の誰かが降りるのに手を貸していた。セーターが少しめくれ上がり、髪が顔の片側にかかっている。ザックは車を駐車場から出し、ヘッドライトをつけた。

スーパーに向かう車中、今日のパンサーズ戦を頭の中で再現した。ドンを欠いた布陣で残りのシーズンに臨むからには、パスプレーに頼るしかない。だがそれにはいくつか問題がある。いちばんの課題はクォーターバック、ショーン・マクガイアの判断スピードだ。ショーンはクォーターバックにしては小柄で、ボールを持ちすぎる癖がある。判断をあと二、三秒は早くしないと。体格の不利は練習でなんとかなるだろう。あいつなら、その点は大丈夫だ。厳しい自己管理と強い気持ち、生まれついてのリーダーシップで十分に補っている。いずれも人に教えられて身につくものではない。才能はあるが自己管理能力のなかった選手をザックは数多く知っている。その手の選手は才能のおかげでＮＦＬに入れたが、ほとんどは芽が出ずに早々と引退していた。

赤信号で停まった。パワーウィンドウのボタンを押すと、夜の風が秋の気配を車内に運んできた。次第に冷えていく土。枯れゆく草木の葉。コンチョ川の水のにおい。おまえはこのシーダークリークに腰を落ち着けて、高校のフットボール部の監督になる。三年前にそんなことを言われたら、笑って相手にしなかっただろう。シーダークリークに腰を落ち着けて、高校のフットボール部の監督になり、ましてその生活が気に入ることになるなどと言われたら、笑って相手にしないばかりか、いい医者を紹介してやるから頭を診てもらったほうがいいぞ、と返したに違いない。

信号が青に変わった。交差点を抜け、スーパーの駐車場に車を停めて店に入る。コーラの六缶入りを一パックとバーベキュー味のポテトチップス一袋、それとコーンフレークも一箱手に取る。シリアルを切らしているのを思い出したからだ。妻のデヴォンは生前、ティファニーに毎日ろくなものを食べさせていなかった。ザックも昔と違い、今ではジャンクフードも多少ならいいと思っている。じつは、ディン・ドンのチョコレート・ケーキの隠れファンだ。でも自分にもティファニーにも、その類の食べ物はなるべく週末だけにしている。成長期のティファニーは栄養価の高い食べ物を摂る必要があるし、成長期を過ぎた自分はいつも栄養価の高い食べ物を摂る必要がないからだ。

「Z監督、いい試合だったね」レジ係がコーラとポテトチップスを袋に詰めながら言った。

「どうも」その若者に二〇ドル札を手渡す。アイラインにモヒカン頭。西テキサス界隈ではあまり見かけないタイプだ。

「二〇〇四年、双子の弟がクーガーズのバックスだったんだ。今はオハイオ大でやってるよ」

「きみも？」

「まさか」ザックに釣りを渡し、その若者が言った。「オレゴンのポートランド大でアートの勉強中だよ」

なるほど、それでモヒカンか。

「来学期、またオレゴンに戻るんだ」

「そうか、がんばれよ」釣りをジャージの前ポケットに入れ、レジ袋を手にして出入り口に向かう。エスカレードに乗り込み、ザックは二〇〇四年に思いを馳せた。

四年前はまだデンバーにいて、妻とティファニーはシーダークリークに住んでいた。こっちが行くことも、向こうが来ることもあったが、一年の大半は別々に暮らしていた。一〇年の結婚生活の内、最初の三年以外はそれぞれ違う州に家があった。夫婦ともに、それでよかった。

テキサス大の四年時、ザックの活躍でチームは全米選手権を制した。その年のドラフトの一巡目でマイアミ・ドルフィンズに指名され、ザックは大学卒業と同時にドルフィンズのキャンプ地に向かった。デヴォンはテキサスに残ってティファニーを産み、それから二人でフロリダに越してきた。

最初の三年間、一家はフロリダで幸せに暮らした。デヴォンはフロリダを愛していたし、ぼくのことも愛している、とザックは思っていた。ドルフィンズで四年目を迎える前、ザックはデンバー・ブロンコスにトレードされた。これで名クォーターバック、ダン・マリーノの重圧から逃れられる、とおおいに喜んだが、デヴォンはデンバーでの暮らしが気に入らなかった。半年後、彼女はティファニーを連れ、生まれ育ったテキサスの田舎町に帰っていった。お山の大将の暮らしへと。このときに初めて彼は知った。デヴォンは自分ではなく、ザック・ゼマティスの妻という地位を愛していたのだった。

それから七年間、二人は別々の人生を送った。彼女はテキサス、彼はデンバーで。ザックはブロンコスが好きだった。入団からの五年間、充実した毎日を送れたと思っている。だがあの一一月一八日、カンザスシティとの試合ですべてが一変した。その日のことはよく覚えていない。気づいたら病院にいて、医師から選手生命の終わりを告げられた。

NFLでの一〇年間、ザックは脳震とうを八回起こした。もっともそれは重症なものだけで、軽度のものも入れたら何倍にもなる。MRIや検査を繰り返した結果、あと一度でも脳震とうを起こせば、命の保証はないと言われた。彼は絶頂期に引退を余儀なくされた。まだ三二歳だった。

スポーツ専門のテレビ局ESPNから声がかからなければ、あるいはひどい鬱になっていたかもしれない。大学時代になんとかコミュニケーション学の学位を取ったことが幸いした。ところが同局の担当者と前向きな話し合いを進めていた最中に、妻が事故で他界。それを境にザックの人生は一八〇度変わった。

エスカレードの速度を落とし、コンチョ川方面にハンドルを切る。ESPNの仕事が決まったら、ティファニーを引き取って二人で暮らすつもりだった。だがデヴォンの葬儀の日に思い直した。娘を仲のいい友だちから、物心ついて以来ずっと暮らしてきた家から引き離すわけにはいかない。棺に横たわる妻の遺体を見つめているうちに、自分は岐路に立たされているとの思いがふつふつと湧いてきた。そしてスーツの襟に娘の涙が一粒、また一粒と染み込んでいくたびに、ザックは変わっていった。コンパスの針がぐるりと回って北を示すのと同じく、彼の人生はまったく違う方角に向かいはじめていた。

デヴォンが生きていたころは、言い逃れができた。ティファニーは母親とテキサスで暮らすほうが幸せなんだ。デヴォンが幸せでなければ誰もが不幸せだ。デヴォンはシーダークリークで暮らすのがいちばん幸せなのだ、と。でもあの日の教会で、ザックははっきりと認めた。自分は現実から逃げていただけだった。そして心に誓った。これからは娘の希望、要望、願望を第一に考えよう。

周りを壁で取り囲まれた住宅地ゲーテッド・コミュニティの前で、車のサンバイザーに留めてあるリモコンに暗証番号を入れる。昼間は訪問者や配達人らの簡便性を考えて開けてあるが、門《ゲート》は毎晩、夜八時に閉まる。ゲートが上がり、SUVの背後で下りる。ゴルフ練習場とクラブハウスの前を過ぎる。左手にある地中海様式のヴィラは、暗がりで見ると白い壁が異様に映る。クラブハウスの角で右に折れ、家を三つ積み上げたようなフレンチ・モダン風の邸宅や、小塔のあるヴィクトリア朝風の家の前を抜ける。三三〇〇平米の敷地に立つ、トスカナ様式のプランテーション風の屋敷に続く長い車寄せに入る。玄関ポーチの前を通ると、センサーが感知し、自動でガレージのドアが開いた。小型クルーザーの横に車を停めた。

この家は、デヴォンがシーダークリークに戻って間もなく建てた。美しいのは認めるが、ザックの趣味ではない。広いのは好みだが、三三〇〇平米の敷地にゲストハウス、広大な庭にプール、おまけに使用人の部屋付きは、いくらなんでも三人家族には広すぎる。しかも、その内の一人はたまにしか帰らないというのに。

建築中のある日、彼はデヴォンに聞いた。テキサスの真ん中にどうしてこんな巨大なトスカナ様式の屋敷を建てるんだ？

デヴォンはザックをまじまじと見つめて真顔で言った。「どうしてって、理由はベンツに乗っているのと同じよ。五カラットのダイヤの指輪をするのとも。できるからするの」

この言葉がデヴォンという人間をよく物語っていた。そしてこれが夫婦を別居に導いたいくつもの違いの一つだった。好きにできるからといって、どんなに常識外れなことをしても許されるわけではない。ザックにはそれがわかっていたが、デヴォンにはわからなかった。

助手席のレジ袋をつかみ、前庭を横切って家に入る。ランドリー室と収納室の前に差しかかると同時に、騒音に襲われた。壁に据え付けのスピーカーからヒップホップ音楽が大音量で流れている。屋敷の全機能を調節できる小部屋に入り、音響システムの電源を落とす。この家にフルタイムで住みだしてから丸三年、大量のボタンやスイッチ類の扱いはほぼ心得ている。

「ティファニー」ザックは娘の名を呼んだ。

キッチンに向かい、レジ袋を蜂蜜色の大理石のカウンターに置く。テラコッタ・タイルの階段を駆け下りてくる音がしたかと思うと、目の前に娘が現れた。ブロンドの長い髪を後ろでまとめ、服はブルーのTシャツにフランネルのパンツ姿。腕も脚もひょろりとして、口元とグリーンの瞳にはあどけなさが残っている。でもじきに、母親に負けないくらい美しい女性になるのは間違いない。

ダークブラウンの髪とはっとするほど美しいブルーの瞳の少女が、ティファニーの後について来た。

「コーラ、買ってきてくれた?」と言うが早いか、ティファニーはレジ袋に手を突っ込んだ。ザックが答えるまでもない。ティファニーは六缶入りのパックを引っ張り出し、ステンレス製の冷蔵庫に向かっていた。「おいおい、友だちの紹介が先じゃないかな?」

「そっか」ティファニーはコーラの缶を二本手に取り、冷蔵庫を閉めた。「ケンドラ、これがわたしのパパ」それからその女の子のところに行き、コーラを手渡して言った。「パパ、ケンドラよ。こないだ転校してきたの」

「はじめまして、ケンドラ。よろしく」ザックは戸棚を開け、コーンフレークの箱をしまいながら聞いた。「どこから来たのかな?」

「フォートワースです」

「じゃあ、カウボーイズのファンだ」

「いえ。フットボールはべつに」彼女は缶のプルトップを開け、一口飲んだ。「サウス・カロライナのおばあちゃんのうちにパパとよく一緒に遊びに行ったから、たまにダーリントンには行ったけど」

「へえ、NASCARか。カーレースが好きなんだね」

少女は肩をすくめると、キッチンに目をそらした。「つまんなかった」

「信じられないでしょ？　フットボールが好きじゃないなんて」ティファニーがポテトチップスの袋をつかんで言った。「そんな人、いると思わなかったわ」

「前の学校でサッカーはしてたわよ」ケンドラがザックに向き直った。「同じようなものでしょ？」

ティファニーは大きなため息をつき、ザックはおかしそうに笑った。「この町では、そういうことはあまり大きな声で言わないほうがいいね」

ザックは話題を変えることにした。少女にこれ以上、許し難い失言をさせるのはしのびない。「どうしてシーダークリークに？」

「前にママが住んでたから。パパと離婚するの。だからしばらくここに」

ケンドラはそれ以上言わなかったし、ザックもそれ以上は聞かなかった。

「行こ」ティファニーが歩きだし、ポテトチップスの袋を開けた。「DVD見ようよ」

「パパはもう寝るから、静かにな。それと、夜更かしはだめだぞ」階段の先の部屋に向かう少女たちの背中に、ザックが言った。亡き妻はそこを「シアタールーム」と呼んでいたが、実際は広い娯楽室といったところで、七二インチの超大型の高画質テレビがある。

ザックはキッチンの明かりを残し、ほかをすべて消して回った。リビングに行くと、レザー製のソファと椅子、木製のエンドテーブルが端に寄せられていた。ティファニーがダンスの練習をしたのだろう。あの大音量の音楽は、そういうわけか。

母親と違って、ティファニーはチアリーダーではない。娘が選んだのは学校のダンスチームだった。運動神経とリズム感の良さは両親譲りだが、猛烈な負けん気は父親の血を受け継いでいる。生前、デヴォンは負けん気が強すぎるとよく言われていた。でもあれは、負けん気というより独占欲だった。

玄関口を過ぎ、短い廊下の先にある自分の部屋に入る。デヴォンは自分とザック用にウォークイン・クローゼットを二つ作らせた。だがザックは着る物にとくにこだわりがない。仕立ての良いスーツは何着か持っているが、好きなのはもっぱらコットン一〇〇パーセントの服だ。だから彼のクローゼットは今、ほぼ空に近い。一年前、そろそろママの服をジュニア・リーグに寄付してもいいだろう、と言ってティファニーを説得するまで、デヴォンの衣服が彼女のクローゼットに収まりきらないほどあり、ザックのクローゼットも半分占領していた。

厚いベージュのカーペットが敷かれた部屋を横切り、一揃いのチェストに向かう。キングサイズ・ベッドのヘッドボードを挟む格好で大きな窓が二つあり、グリーンとブルーのストライプのカーテンがかかっている。この家に移り住むと決めてすぐ、ザックはデンバーのコンドミニアムの家具を運び込み、デヴォン好みのパステル調を男性的な色合いに変えた。家の中でここだけがザックの好みが現れた部屋だ。そして、亡き妻の写真を見ずにいられる数少ない場所でもある。

Tシャツとボクサーショーツ姿になったが、ティファニーの友だちが来ていることを思い出して、グレーのスウェットパンツをはいた。娘はいまだにデヴォンの写真に囲まれていないと落ち着かないらしい。ザックにしてみれば、家中どこでもあのグリーンの瞳に見られているのはとくに気にはならないにしろ、けっしていい気分とは言えないのだが。

引退記念の腕時計をメープル製のチェストに置く。一〇年のプロ生活でパスを合計で四〇〇〇〇ヤード近く決め、ランも一〇〇〇ヤードを超える記録を残した。オールスターには三回出場。スーパーボウルの栄冠を一度手にし、MVPにも選ばれた。あと二年で殿堂入りの選考資格を得る。おそらく満場一致で選ばれるだろう。貯金は一生どころか二生かかっても使い切れないほどあるし、投資の儲けで日々増えてもいる。さらにグッズ関連の事業を営み、年に二万五〇〇〇ドルの契約で高校フットボールの監督もしている。

窓の前に立ち、裏庭にある照明つきのグラウンドとプレキシグラス製の開閉式ドームに覆われているプールを眺める。現状にとりたてて不満はない。人生は自分でも驚くほど順調だ……ただ一つ、セックス・ライフを除いて。まったく無理というわけではないが、一〇代の娘がいることで、セックス・ライフを楽しむのはかなり難しい。以前の生活で恋しく思うことといえばたくさんあるが、なかでもセックス・ライフがいちばんだった。

ひんやりとした窓ガラスに手をつき、病院の駐車場で目にした女性を思い出す。女らしい丸みを帯びたヒップとブロンドの長い巻き毛。それから大学四年の時に知り合った彼女に思いを馳せた。大きなブルーの瞳で見つめ、彼をたちまちのうちに狂おしくさせたあの子を。

アデル・ハリスのことを思ったのは何年ぶりだろう。それなのに記憶は変わらず鮮明だった。これまで頭に強い衝撃を何度も受けただけに、よく思い出せないこともある。でも、あのワイルドな髪と吸い込まれそうな瞳はよく覚えている。あの子に触れた時の感覚も、あの子に触れられた時の感覚も。彼女の寮で初めてキスをした時のことも、服の上から初めて彼女の身体に触れた日のことも。つきあった期間は短かったが、あの子のことは忘れなかった。ザックが裸に触れたあの夜まで処女だったからだろうか。

視線を落として奥のゲストハウスを見やる。さまざまな点で、アデルはザックがそれまでにつきあった女性とは違っていた。ザックは彼女のそういうところが好きだった。いや、あのころは彼女のすべてを愛していると思っていた。

あれからずいぶんと年を重ね、ずいぶんと賢くなった。だが以前はわかったつもりでいたのに、今はわからないことがある。あの激しい思いは、いったい何だったのだろう。

3

広大な屋敷だった。テキサスに大きな家は多いが、ここは飛び抜けている。イタリア漆喰と石造りの壁に赤いタイル屋根。トスカナ風のヴィラをイメージしたのだろうが、どことなくチェーン店のイタリアン・レストランに似ている。アデルは海老料理のシュリンプ・スキャンピが無性に食べたくなった。でもそれはこの家のせいというより、朝まで病院にいてまともな食事がとれなかったからだろう。

ポーチに張り出した屋根の下に車を停めると、蔦のアーチの下を進み、錬鉄製のノブのついた重厚な木製の玄関扉の前に立った。ドアベルを押し、朝の寒さに腕を組む。昨晩は慌てて家を飛び出したから、上着を持ってくるのを忘れてしまった。

ゲーテッド・コミュニティに乗り入れた瞬間、なんとなく落ち着かないものを感じた。アデルをいつも不安にさせていた拝金と排他のにおいが微かにしたからだ。自分が部外者の気がして、どうも居心地が悪い。いや、ここにふさわしいだけの稼ぎがアデルにないわけではない。作家として身を立て、いい暮らしを送れている。でも、シーダークリークに戻ってきたことで、少女時代にずっと抱えていた感覚が蘇ってきた。持てる者と持たざる者との境界線にいた、あのころの思いが。

小中高と、裕福な地域の学校にバスで通わされた。学校には最後までなじめなかった。それは家が中流だったからでも、アデルがいつも想像の世界に生きていたからでもある。中高では何人か友だちができた。でもアデルがテキサス大に入学して町を出ると、その友だちとの縁も切れた。

アイダホでできた友だちとのほうが、ずっとうまくいった。生まれ育った故郷よりもアイダホのほうが自分に合っている気がしたし、はるかになじめた。けれど今また、こうして故郷のテキサスに戻り、大邸宅の玄関ポーチに立っている。コーヒーの染みがついた白の薄いセーター姿で、昔と同じ場違いな思いを抱いて。

戻ってから一週間が過ぎていた。姉シェリリンの世話に追われた七日間。その集大成が昨晩だった。シェリリンを病院に連れて行き、朝まで付き添った。それからとりあえず顔だけは洗い、病院の売店で買った歯ブラシで歯を磨いて、ケンドラを迎えに来たのだった。

重そうな扉の片側が開くと、中にブロンドのロングヘアの少女が立っていた。

「ケンドラのママ?」母音の伸ばし方に、テキサス人独特の癖がある。

「叔母です」

痩せた小柄な子だ。なぜだか、どこかで見た覚えがあるような。いや、ただの気のせいだ。ひどく疲れているから、頭がぼんやりしているのだろう。

「わたし、ティファニー」少女が扉を開け、にっこりと笑うと、歯の矯正ブレスが思い切り覗いた。「どうぞ。ちょうど、朝ごはんを食べ終えたところ」

アデルは中に入った。中央に立派な飾りのある広々とした玄関口から、テラコッタ・タイルの廊下が延びている。サンダルをぱたぱたいわせて歩く少女の後について廊下を進み、キッチンに入った。見渡すかぎりの大理石と御影石とステンレス。朝の陽光が大きなガラス窓から差し込み、床やプロ仕様の設備機器を明るく照らしている。

その眩い光の中に、ケンドラがいた。カウンターに寄りかかって立っている。目はハリス家の血を引いているが、そのほかは父親のウィリアムにそっくりだ。

「ママは？」そっけなく言うと、ケンドラはピンクのアイシングが付いたケロッグのポップタルトをかじった。

「ゆうべ、病院に行ったのよ」

ケンドラが身体を起こし、口の中のものを飲み込んだ。「どこが悪いの？　まだ入院してるの？　大丈夫なの？」

「子癇前症という病気だって」

「何それ？」

アデルにもよくわからなかった。尿のタンパク質濃度が高くなり、血圧も命に関わるほど上がる、といったことを医師から詳しく聞かされたが、なぜそうなるのかまでは理解できなかった。確かなのは、かなりの重症ということだけだ。アデルはできるかぎりの説明をした。

「胎盤に問題があって、それで血圧が上がるの」たぶんだけど。「大丈夫よ。ただ、しばらくは入院しないといけないって」

シェリリンが出産までの四カ月を病院で過ごす可能性は十分にある。つまり、アデルはテキサスに予定よりも長くいなければならない、ということだ。それも、かなり長く。

「赤ちゃんは？」

「元気よ」今のところは、だけど。「荷物を取ってらっしゃい。お母さんのところに行きましょう」

ケンドラがうなずき、その頬をダークブラウンの長い髪がなでた。キッチンから出てきた姪は呆然とした様子で、ポップタルトを握っていることも忘れている。この子のことをもう少し知っていれば、とアデルは思った。もっとほかに何か言ってあげられればいいのだけれど。でも何も知らない。アデルは軽い罪の意識を感じた。最後に会ったのはケンドラの七歳の誕生日で、それから六年の間に姪はずいぶんと成長していた。もう大人の身体に変わりはじめていて、学校へ行くのにもメイクを少々している。まだ薄いが、じきに厚く塗りたくるようになるだろう。

「おばさんも、フォートワースから？」後ろでティファニーの声がした。

アデルは振り向いて言った。「ううん、アイダホよ」

ティファニーはうなずき、髪を耳の後ろにかけた。「デモインに行ったことがある」

それはアイオワだ。でもあえて正さなかった。大人の中にも、アイダホが中西部だと勘違いしている人は多い。

「それで、ゆうべは楽しかった？」

会話を続けるために、今度はアデルが何か言う番だった。とはいえ自分が一〇代の時以来、周りにティーンの女の子はいなかったし、二二も年下の相手にどんな話をしたらいいのか、よくわからない。最近の中高生は何をしているのだろう？

「ケンドラは、うちのダンスチームに入る試験《トライアウト》を受けるの。それで昨日は一緒に練習したんだ。メンバーが二人、パーティーでケグ・スタンドをしたんだけど。知ってるでしょ？ビールの樽《ケグ》に逆立ちして、一気飲みするやつ。それが先生にばれて、メンバーを外されちゃったから」

なるほど、最近の中高生はケグ・スタンドをしているらしい。アデルのビール・デビューは大学時代だった。

「ケンドラは前の学校でもダンスをしてたのよ。あっ、それはおばさんも知ってるか」

いや、知らなかった。アデルはティファニーのとめどない話をぼんやりと聞いていた。ダンスチームのこと。あと何回か勝てば、全国大会に行けること。少女がしゃべればしゃべるほど、どこかで見たことがある、との思いはますます強くなったが、疲れ切ったアデルの頭では答えが出なかった。

「ダンスシューズがないんだけど」ケンドラが戻ってきて言った。片手にスウェットシャツを握り、もう一方の肩にバックパックを掛けている。目が赤く、頬に涙の跡がある。手でぬぐったのだろう。

ティファニーがきびすを返し、キッチンから出ていった。「リビングじゃない?」

アデルは姪の肩に腕を回し、二人並んでティファニーについていった。

「お母さんも赤ちゃんも平気よ。今朝も私が出てくる時、お母さんは朝ごはんを食べていたし、赤ちゃんはお腹を蹴ってたのよ」少なくとも、姉はそう言っていた。

「ほんと?」

「うん。お母さん、たくさん休まないといけないけど、その間は私が面倒を見てあげるから」明かりのついていないリビングに着いた。アデルは最後に姪の肩を強く握り、手を離して言った。「心配しすぎちゃだめよ」

「わたし、弟が欲しいなって、ずっと思ってたんだ」ティファニーが言った。

彼女がスイッチを入れると、凝ったデザインの鍛鉄製のシャンデリアが広い室内を照らした。家具類が壁際に、大きなラグは丸めて隅に寄せられており、中央の床がむき出しになっている。

「でも、うちのママとパパはわたししか作ってくれなくて」

「私はお兄ちゃんがいればいいな、と思っていたのよ」アデルはケンドラの靴を探そうと部屋の中へ歩を進めた。奥の壁は一面がゴールドとブラウンの大理石製の暖炉だ。つるりとした石に円柱と葉の模様が彫ってある。美しいのは認めるが、ここもまた過剰なまでの豪華主義だ。「弟でもよかっ——」アデルは口をあんぐりと開けたまま固まった。暖炉の飾り棚の上から、柔らかな照明のスポットライトを浴びた等身大のデヴォン・ハミルトンがこちらを見下ろしている。あのグリーンの冷たい瞳。そして口元に浮かぶ〝私のほうが上よ〟的な微笑みは、忘れるはずもない。

ティファニーが横にやってきて言った。「わたしのママ」

アデルは何かしゃべろうとしたが、言葉が出てこなかった。衝撃波が胃を襲い、ちくちくとした熱い痛みが胸から顔に広がる。彼女は一歩、後ずさった。そしてまた一歩。

「少し前に死んじゃったの」

アデルは後ずさりを止めた。第二の衝撃波。**デヴォンが死んだ？**

「そうなの……」アデルはかすれ声でどうにかつぶやいた。

「きれいでしょ？　天使みたいよね」

「う……うん……」と返すのが精いっぱいだった。

「今はパパと二人なんだ」

パパ。ティファニーとケンドラは同じ学年だ。ということは、ティファニーは一三歳。ということは……ってウソ！　そうだ、パ、パ、のことをすっかり忘れていた。「ケンドラ、行くわよ。早く！」

少女たちは不思議そうにアデルを見つめた。

「だって、シューズが」ケンドラが言った。

「今度にしなさい」アデルはもう玄関に向かって歩きだしていた。

「別の階かも」

「早くしなさい。車で待ってるから」振り返って肩越しに言い残すと、アデルは玄関から表に出た。

「こんなことって」アデルはひとりつぶやいた。指先が冷たい。血を通わせようと、手を何度も振るった。敷石で足首をひねり、すねに鋭い痛みが走ったが、そんなものにかまって立ち止まっている暇はない。

「ウソでしょ。信じられない」玄関ポーチの屋根の先で右に折れ、姉のセリカを急ぎ足で目指す。ばったり出会った元彼や前夫が、すっかりきれいになった自分を見て、振ったことを悔やむ。そんな妄想を抱いたことは、女性なら誰しも一度や二度はある。アデルにも何度かあった。登場人物は毎回、ザック・ゼマティス。でも妄想の中のアデルは極上のいい女で、セーターにコーヒーの染みをつけた、極めつけのさえない女ではなかった。

ジーンズのポケットからキーを引っ張り出した。**神様、どうかここから私を連れ出してください。**

ふと顔を上げた瞬間だった。第三の衝撃波に襲われ、もはや感覚のなくなった指先からキーの束がこぼれ落ちた。車寄せをジョギングでこちらに向かってくる男性の姿がアデルの目に飛び込んできた。朝の陽光が後光のごとくに射し、ザック・ゼマティスの金色の髪とオークリーのサングラスをまぶしいほど輝かせている。ランニングシューズのソールが敷石を軽やかに踏むたび、彼女の鼓動は耳ではっきりと聞きとれるくらいに高鳴った。

ポーチ屋根の影の中で、アデルは固まっていた。ザックが近づいてくるにつれて、息まで

って、全部のドアにロックをかけてしまわないように。

潜めた。彼はまっすぐ前を見つめている。私に少しでも運があれば、気づかないまま行ってくれるかもしれない。でもやっぱり、アデルは運にすっかり見放されていた。もう少しで視界から消えるというところで彼はこちらを向き、アデルを見すえた。

ザックが速度を落とし、そして足を止めた。何歩か下がり、眉根を寄せる。そのまましばらく、じっとこちらを見つめている。目はサングラスで隠れている。でも、アデルには視線が自分に向けられているのがはっきりとわかった。彼はジョギングで乱れた息を深呼吸で整えると、ゆっくりとした動作でサングラスのフレームに内蔵のＭＰ３プレーヤーを止めた。イヤホンを耳から外し、サングラスを押し上げると、ダークブラウンの瞳でアデルを見つめた。それはかつて彼女の胸の奥を痛いほど締めつけた、あの瞳だった。

目元に優しい笑みをたたえ、ザックが陽光の下からポーチ屋根の影の中に歩み入ってきた。一歩、また一歩とこちらに近づいてくる。胸がどきどきして、アデルは思わず車のトランクに片手をついた。倒れてしまわないように……気を失ってしまわないように……車に飛び乗って、全部のドアにロックをかけてしまわないように。

彼の身のこなしは、昔とちっとも変わっていなかった。肩の力が抜けていて、動きにむだがない。大切な何かのために、体力を温存しているみたいだ。空気を切り裂くロングパスを投げるために。獰猛な相手ディフェンス陣の間をすり抜けて走るために。あるいは、ベッドで激しく動くために。広い胸をゆったりと覆うブルーのＴシャツの脇が汗で湿っている。腰ばきしているグレーのコットン製ランニングパンツの裾が、がっちりした太ももの上で揺れている。ザックはアデルの記憶の中の彼よりも大きかった。顎がさらに力強く、頬骨もさらに高く張っている。顔つきは以前と変わらず精悍そのもの。いや、以前にも増して素敵だ。アデルは必死でその場に留まり、彼と向き合っていた。車に飛び乗って、きれいに石が敷かれた車寄せから飛び出していきたい気持ちをぐっとこらえて。アデルは最後の望みにすがった。どうか、私だと気づきませんように。

「アデル?」願いは、はかなく消えた。

「こんにちは、ザック」アデルはどうにか平静を装った。「お元気?」

「驚いたな」声は変わっていた。いっそうの深みが感じられる。男性らしさが増しているが、テキサス人らしいアクセントは昔のままだ。「久しぶりだね」

一四年ぶりよ。

ザックがアデルの収まりのつかない巻き毛に視線を移した。「変わってないね」

あなたもね。いや、さらに格好良くなっている。あのころとは違う、大人の男性だ。

「姪を迎えに来たの。ケンドラ」

「ああ」彼の視線がアデルの顔に戻った。鼓動だけが響く、長い長い数秒が過ぎた。「呼んでくるよ」と言うと、ザックが玄関に向けて歩きだした。

「いいの。あの子、私がここにいること知ってるから」

ザックが振り返ると、頭上の蔦の間からこぼれる早朝の日差しが一筋、目と唇を照らした。

「あの子の母親の具合が急に悪くなって、病院に連れて行ったの。そうしたら入院することになって」

汗が一粒、ザックの右のこめかみを伝って落ちる。彼は右腕を上げ、Tシャツの袖でぬぐった。

「ゆうべのこと?」

「ええ」

ザックは右腕を下ろすと、視線を下げてアデルのセーターのコーヒーの染みに目を留めた。

「お姉さん、大丈夫なのかい?」

「ええ、心配ないと思う」アデルは真実を隠し、手で胸の染みを隠した。「デヴォンのこと、聞いたわ」

ザックが顔を上げた。「ああ。三年前、交通事故で」

「大変だったでしょう」第四の衝撃。口ごもらずに、すんなりとお悔やみの言葉を言えるなんて。

「いや。でも心配してくれてありがとう」

彼がこちらに近づいてくる。ちゃんと息をするのよと自分に言い聞かせないと、そうするのを忘れてしまいそうだった。

「ただ、彼女がいなくなって、ジュニア・リーグは大変」彼が腰をかがめ、アデルの足元のキーの束を拾った。「らしいけど」

ザックが身体を起こすと、温かな肌の香りがアデルの鼻をくすぐった。思い切り息を吸い込み、その香りで胸をいっぱいにできた時もあった。でもそれは、はるか遠い昔の話だ。

「知らなかったな。シーダークリークに戻ってきていたなんて」

「こっちにいるのは、姉の出産まで」

「予定日は？」

いつ、だっけ？　彼がさらに近づいてきた。アデルは後ずさりし、姉の車のトランクにぶつかった。

「来年の、バレンタイン・デイあたり」

「四カ月か」ザックは手を伸ばしてアデルの手首をそっと握ると、手のひらを優しく上に向けた。「しばらくはいるんだね」アデルの手の中にキーを落とした。

「そうね」

視線を落とすと、ザックの腕の内側にある大きなタトゥーが目に入った。"Carpe Diem"——ラテン語で「今を楽しもう」という意味。消していなければ、左の上腕に絡み合う二つのZのタトゥーもあるはずだ。

重い玄関扉が開き、ケンドラとティファニーが現れた。アデルは慌てて鍵を握りしめ、手を引っ込めて言った。「長すぎるくらい」

二人の少女が蔦のアーチを抜けてこちらに歩いてくる。意識を無理やり姪に向けたくて、アデルはすぐに声をかけた。「シューズはあった？」

ケンドラがうなずいた。「ゼマティスさん、ありがとうございました。とても楽しかったです」

「お母さん、早く良くなるといいね」

ザックが何歩か下がった隙に、アデルはすかさず車の横に回った。

「ぼくらにできることがあったら、何でも言ってくれ」ザックは穏やかな笑みを感じさせる声で言い添えた。「再会できてうれしかったよ、アデル」

アデルが車のドアハンドルに手をかけたところで振り返ると、ザックはにこやかに微笑んでいた。でも、アデルには再会できてうれしいとは言えなかった。久しぶりの再会に伴う衝撃のほかには、何も感じられなかった。胸のときめきもなければ、みぞおちがきゅっとなることも、膝の裏がくすぐったくなることもなかった。

「さようなら、ザック」

アクセルを踏む。バックミラーはあえて見ないようにした。十分に離れてから、ちらりとだけ目をやった。かつて自分の心をずたずたにした男の姿を、最後にもう一度だけ。彼は娘の肩に手を回し、家に向かって歩いていた。

アデルは視線を前方に戻し、車を敷地から通りに出した。ザックはアデルの初めての相手だった。それまで取っておいたのは、愛を交わすなら愛する人と、と思っていたからだ。ふん、ばかばかしい。アデルは鼻を鳴らして、サングラスに手を伸ばした。以来、そんな思い入れはきっぱりと捨てた。これまでの一四年でわかったのは、最高のセックスは愛と無関係の場合もある、ということだ。たまった欲望を思い切り解き放ってやる、ただそれだけのこと。だけど、そういう快感とも最近はご無沙汰だった。あのいまわしい呪いのせいで。

「誰かパパに電話したかな？」

アデルはサングラスをかけてケンドラを見やった。「どうだろう」と言ってはみたものの、誰も電話をしていないのは間違いない。「電話したい？」

ケンドラは肩をすくめた。「わかんない。パパ、ママとわたしのことなんかどうでもいいかもしれないし」

アデルは自分を戒め、ケンドラに意識を向けた。昔のボーイフレンドとか、セックス不足とか、呪いのことなんかで思い悩んでいる場合ではない。「そんなことないわ。お父さんはあなたのことは今も好きよ」

「ウソ」ケンドラは激しくかぶりを振った。「男の子が生まれるのがわかれば、パパはまたみんなで一緒に暮らしたいって言うと思ってた。でも、違う。パパが好きなのは、ストーミーだけでしょ」

「ストーミー」腐ったにおいを嗅がされたかのごとく、アデルは眉間に皺を寄せて口をへの字に曲げた。「バカみたいな名前」

「超ムカつく」ケンドラは目の端でアデルを盗み見た。汚い言葉を使ったことで、叱られると思ったのだろう。

「ほんとよね。バカみたいな名前のバカ女」

車はゲーテッド・コミュニティのゲートを過ぎ、本物の世間に戻った。息苦しさを感じずに済む、現実の世界に。

「ママにいつも言われてるんだ。ムカつく、なんて言葉は使っちゃダメって。でも、ストーミーはムカつく」

アデルはコンソールボックスのミネラルウォーターをつかみ、キャップを開けた。シェリリンはいつだって優等生だった。中身も外見も完ぺきな南部女になろうと努めていた。姉と違い、アデルは完ぺきな女になろうとは思わなかった。でも、人への思いやりは欠かさないようにしてきたし、与えられた容姿をできるだけきれいに見せようとは努めた。

口いっぱいの水を飲み干し、キャップを閉める。私は夫に出ていかれた妊婦ではないかもしれない。でもいまだに独り身だし、ろくでもない男にしか出会えない呪いをかけられている。「ムカつくことばっかり」アデルは声に出して言った。驚いたことに、今、ムカつくことリストのいちばん上にいるのは、あの元彼氏だった。

「わたしも。サヤエンドウがムカつく」ケンドラがバックパックのファスナーをいじりながら言った。「あと、シーダークリークも。田舎だし」

「そうね。でも、もうお友だちはできたんでしょ？　ティファニーはいい子そうじゃない」

あの母親の娘とは思えないほど。いや、父親のザックは紳士だった。紳士的すぎて嫌味なときもあったけど。そういえば、昔、こんなことを言っていたっけ。母親の前で汚い言葉や失礼な発言をうっかり口にすることに比べたら、体重一五〇キロ級の敵ディフェンスの恐怖など、何でもないと。

再会できてうれしかったよ、アデル。あの人はそう言った。でも、あれはただの社交辞令だろう。どちらにしろ、私には関係ないことだ。

アデルのしゃべり方に、テキサス訛りはなかった。ザックは口元に笑みが浮かべた。南部独特の甘いイントネーションは、あの燃えるように赤い唇から漏れ出てはこなかった。でも、彼女は以前と変わらず燃えるような魅力をたたえていた。巻き毛のロングヘアにターコイズブルーの瞳。目がいつも潤んでいて、少しとろんとして見えるところも変わっていない。そのほかもすべてが美しかった。

髪を拭いたタオルをバスルームの乾燥機能付きのタオルラックにかけると、電気シェーバーを手にしてベッドルームに向かう。三〇分後にはシーダークリーク高校に行き、ほかのコーチたちと昨晩の試合のビデオを見つつミーティングをすることになっている。ひげを剃りながら、ブルーのボクサーショーツの上にリーヴァイスのジーンズをはき、クーガーズのスタッフ用スウェットシャツをかぶった。

ただ、彼女は再会をあまり喜んでいないようだった。実際、やけに急いで帰っていった。でも、それでよかったのだと思う。ザックは過去に生きるタイプでも、あの時にこうしていれば、といつまでも悔やむタイプでもない。NFL時代の栄光を引きずってもいなければ、同じ過ちを繰り返しもしない。間違いはもうごめんだ。

首を軽く後ろにそらして顎の下を剃る。ザックはこれまでの人生を三つに分けて考えている。NFL以前、NFL現役時代、そして現在。アデルははるか昔、つまりNFL以前の知り合いであり、過去を蒸し返す趣味はザックにはない。自分に興味のない女性が相手なら、なおさらだ。

シェーバーのスイッチを切ってドレッサーの上に放る。それにしても、アデルはきれいだった。昔と変わらずに。それと、あのセーターの染みはおかしかった。ザックは両の口角をさらに上げた。あの格好じゃ、寒かっただろうに。

「パパ」ティファニーの声に続いて、扉をノックする音が聞こえた。いかにもティファニーらしく、ザックが応える前に小さな顔を戸口から覗かせて言った。「帰りは何時？」

「二時くらいかな」

ベッドの端に腰かけ、洗濯済みの靴下を履く。今季の残りをドン抜きで戦うからには、パスプレーの精度を上げる必要がある。作戦はいくつも考えてある。ピストル隊形もその一つだ。コーチたちに相談してみよう。本当は、ピストル隊形からのランプレーのほうがはるかに楽なのだが。

「パパが帰ってくるまで、お友だちをうちに呼んでいい？」

「パパが帰ってくる前に、リビングを片付けておきなさい」

ティファニーが肩を落とした。「パパー」

ザックは黒いプーマのスニーカーに足を入れ、身体をかがめて靴ひもを締めた。「それと、テレビの部屋が散らかってるぞ。ゆうべのコップとお皿が出しっぱなしだ」

「お手伝いさんを頼んでよ」長いため息をつくと、ティファニーは細い腕を薄い胸の前で組んだ。

デヴォンがいたころは、フルタイムのメイドがいた。今は一週間に一度だけ頼んでいる。

「だめだ。自分のことは自分でやりなさい」

「お片付けをしたら、パーティーをしてもいい？」

ザックは立ち上がってドレッサーに向かい、腕時計をはめた。「いつ？　どんな？」

「来週の週末。うちのダンスチームのメンバーをみんな呼ぶの」

一三歳が一二人。何かというとすぐに甲高い声で大げさに騒ぐ、多感な一三歳が一二人、か。去年の夏は、遊びに来た子の一人が携帯を持ってバスルームにこもり、一日中ボーイフレンドと大声で話していた。一三歳の少女とボーイフレンドのつきあい、か。もう一度あのころに戻ってやり直すくらいなら、強力ディフェンスのタックルを股間に受けるほうがまだましだ。

「土曜はミッドランドで試合なんだよ。キックオフが昼の一時だから、パパは金曜の夕方には家を出ないと」

「リアナが来るの？」リアナは近所の若い女性で、ザックが町を離れる時に留守番を頼んでいる。

「ああ」

「やったあ。じゃあ日曜は？　パパもいるんでしょ」

「ティファニー」ザックがため息交じりに言った。「パパはきっとくたくただし、おまえも次の日は学校があるだろ」

「パパはゆっくり寝てて。準備は全部、自分でするから」ティファニーが組んでいた腕を解いた。母親に似て、言いだしたら聞かないところがある。「みんなを早く帰らせるから。ね、いいでしょ、パパ」

　ザックが顔をしかめると、ティファニーはその表情を「仕方ない」のしるしと受け取り、飛び上がって喜んだ。「天気が良かったら、お外でバーベキューしてもいい？」

「天気は悪いんじゃないかな」ザックは戸口に向かった。「まあ、もし晴れたら、だめと言う理由はないか」

　ティファニーは祈るように手を合わせ、指で小さく拍手をした。「イェーイ。じゃあ、男の子も呼んでいい？」

　ザックは足を止め、娘の顔をまじまじと見た。この子が異性のことを口にしたのは初めてだ。「だめだ。男の子はなし」人差し指を娘の鼻に当て、ザックは念を押した。「絶対に」

「どうして？」

　ザックは黙って部屋から出ると廊下を進んだ。一三歳の男の子がどういう生き物か、よく知っているからだ。自分もかつてそうだったのだから、知らないはずがない。

「男の子には近寄らないこと」

「パパも男でしょ」

キッチンに行き、冷蔵庫を開けてミネラルウォーターをつかむ。男の子の話はしたくない。すれば、必ずセックスの話題になる。そんな会話は、かわいい娘と交わしたくない。まだ幼すぎる。二カ月ほど前、初めてブラジャーの話をした。それでも大変だったというのに。

「彼女、いい子じゃないか。ほら、新しい友だちのケンドラ」ザックは話題を変えた。

「うん。ダンスもうまいのよ。たぶん、トライアウトに受かると思う」

「あの子のママは、どうして入院してるのかな？」ザックはキャップを開け、水を飲んだ。

「血圧が高いんだって」

ザックは口元にこぼれた水滴をなめながら思った。高血圧？　さっきの口ぶりでは、もっと重症みたいだったが。

「あの子のおばさんとは話した？」

「うん。でもちょっと変だった」

ザックはボトルを見下ろした。「変って？」

ティファニーが肩をすくめた。「なんか、急いでたし」

それはザックも気づいていた。彼は目を上げ、娘を見やった。

「おばさんもフォートワースから来たのかな？　ケンドラと同じだって？」

ティファニーがかぶりを振った。「オハイオだって。デモイン、だと思う」

「ティファニー、デモインはアイオワだよ」

「そっか」

ザックはボトルのキャップをしきりに緩めたり締めたりした。「それで、おばさんは言ってたか？　結婚、してるって」車のキーを渡した時に見たかぎりでは、指輪はしていなかった。でも、だからといって未婚とは限らない。理由はともかく、多くの夫婦は指輪をしていない。

「言ってなかった」

「子供は？」

「知らない」ティファニーが疑わしげに眉根を寄せた。母親そっくりだ。「なんで？」

そのとおりだ。どうして聞く必要がある？　ザックは片方の肩をすくめ、もう一口、水を飲んだ。

「まさか、あの人のこと、カワイイと思ってるんじゃないよね」

かわいい？　子犬はかわいい。子猫も。でもアデル・ハリスは、ポール・ダンサーが束になっても敵わないくらいセクシーだった。ポール・ダンスだけでなく、その手のダンスはもうずいぶんとご無沙汰している。ザックにしてみれば、ポール・ダンスと聞くだけでどきりとするほどなのだが、アデルのセクシーさはその上をいっていた。ザックはボトルを下ろして言った。「ティファニー、パパはただ、ケンドラの家族がどんな人か知りたいだけだよ」

それは嘘だが、胸の中にしまっておいたほうがいいこともある。

ティファニーはにっこりと笑った。「ママもそうだった」

確かに。それはザックもよく知っている。デヴォンは相手の家族がどんな人間かに、ことさらこだわるタイプだった。

ティファニーがザックに抱きついて頭を胸にあずけてきた。「ママがいなくて、さびしい。でもわたしにはパパがいる。ほかには誰もいらない。だよね？」

ザックは娘の細い肩を抱き、明るいブロンドの髪にキスをした。

「ああ、そうだね」娘の言うとおりだ。巻き毛で、ターコイズブルーの瞳をした、セーターにおかしな染みを付けた女性は、ぼくにはいらない。

4

「ウィリアムからやっと電話があった」

月曜の午後、アデルが病室に入るなり、シェリリンが言った。アデルは白のデイジーと青のカーネーションを花瓶にいけ、グミキャンディの袋をベッド脇のナイトスタンドに置いた。

「のんきなものね」

花のバランスを整えながら、アデルが言った。シャワーを浴びてすぐに出てきたから、うなじの毛はまだ濡れている。ボンダッチの黒のリブ編みセーターとラッキーブランドのジーンズ姿。いつものように一〇キロ走り、着替えてきたところだ。

振り向いて姉に目をやった。ベッドの上で身体を起こしている。首元と袖にレースをあしらった白のナイトガウン姿。女優のニコール・キッドマンみたいにきれいだ。輝くブロンドの髪は後ろで小さなお団子にしている。こんな状況なのに、だらしないところが一つもない。繊細で、美しい……目尻の深い皺と、顔と手のむくみを除けば、だけど。それは妊娠中毒症と高血圧が引き起こす頭痛によるいらいらが原因だ。

「で、何だって？」

「何かぼくにできることはないかって。だから一つだけある、と言ったの」シェリリンは両手を丸いお腹に置いた。

アデルは不安になった。お願いだから帰ってきて、と泣いてすがるような卑屈なまねをしていなければいいけれど。私なら「なめるんじゃないわよ」と言い渡して、電話を叩き切っただろう。でも「なめるんじゃないわよ」なんて、この姉が一度でも口にしたことがあるとは思えない。いつでも淑女になるのに一生懸命で、悪態を覚える暇もなかったのだから。

「一つって？」アデルは金色のプラスチック・カップを片手に、氷水の入ったお揃いのピッチャーをもう片方の手に握った。

「うん……言ってやったの。ファック・ユー、死んじまえって」

アデルは思わず息をのんだ。ピッチャーの注ぎ口をカップから数センチ前まで持っていったところで手が固まった。目の前にいる女性は、見かけはシェリリンだ。でも中身はエイリアンに乗っ取られているに違いない。そんな汚い言葉が姉の口から出るはずがない。

「下品な言葉だし、はしたないのはわかってる。でも、あの人には言ってやろうと思っていたの」シェリリンが赤ん坊を優しくなでるようにお腹をさすって続けた。「ファック・ユー、死んじまえって」

開いたドアから、淡いピンクのガウン姿の女性が点滴スタンドを押して廊下を歩いていくのが見える。アデルは気を落ち着け、水を注いだ。カップとピッチャーをトレイに置いて、姉の額に手を当ててみる。子癇前症の症状に発熱があるとは聞いていない。でも、何かとんでもないことが起きているのは間違いない。

「大丈夫よ」シェリリンがアデルの顔を見上げ、手を軽く押しのけた。「血圧が高くて頭痛とむくみもあるけど」

「ビデオカメラ、あったわよ。パソコンと一緒に箱に入ってたわ」アデルは話題を変えた。少しでも気を紛らわせてやらなければ。姉の横に腰を下ろして脚を組んだ。「バッテリーの充電も完了。ケンドラのトライアウトの撮影は、カメラマンの私に任せておいて」

「私も行けたらよかったんだけど」

「終わったらすぐに戻ってくるから。一緒に見ましょうよ」

「かわいそうなケンドラ。パパが出ていって、次はこれでしょ」シェリリンはどうしようもないというように両手を上げ、力なく下ろした。

簡単に気を紛らわせられるはずもない、か。

「生まれ育った家と友だちから無理やり引き離したうえ、今度は……」

今度は見ず知らずの叔母と暮らすはめになった、と。「でも新しい友だちができたのよ。ティファニーはいい子みたい」

「だといいんだけど。いいお友だちじゃないと困るの。このあいだの土曜日、ティファニーのお父さんに会ったんでしょう?」

「ええ」出会ったのは、そのずっと前だけど。

「どう思った?」

この何日か、ザックのことは考えないようにしていた。身体をほてらせて汗を流し、ゆっくりとこちらに近づいてくるあの姿のことは、とくに。

「いい人そうよ」アデルは肩をすくめた。「どうして?」

「ケンドラに聞いたんだけど、シーダークリーク高のフットボール部の監督で、元プロ選手だったんでしょう。あの子、言ってたわ。チーム名は覚えていないけれど、ティファニーにポスターやバブルヘッド人形、ガラスケースに入ったユニフォームを見せてもらったって」

枕に頭をあずけて深いため息をつく。「いい人かもしれない。でもケンドラのお友だちのご両親には、じかに会っておきたいの。しつけの甘すぎる家庭の子とは遊んで欲しくないから」

シェリリンの眉間に皺が寄った。ブルーの瞳に疲れが見える。「去年、あの子とけんかしたのよ。門限もない、ブリトニー・スピアーズみたいな格好が好きな、やけに早熟な子とお友だちになったんだけど、そうしたらケンドラ、急にミニスカートやTバックの下着が欲しいなんて言いだして」

「大丈夫、私がちゃんと目を光らせておくから。まあ、ティファニーにその心配はないと思うけど」

「ケンドラが言ってたわ。家にお母さんがいないんでしょう。それに、お父さんはとても忙しいみたいだし」

忙しいのは仕事？ それとも女性関係かしら？ でも、とアデルは思い直した。あのおぞましい等身大のデヴォンの写真を目にしたら、まともな女性ならすぐに逃げ出すか。ボーイフレンドの死んだ奥さんににらみを利かされていたら、たまらないものね。「あの子の母親、三年前に亡くなったのよ」

「そうなの。かわいそうに」

「デヴォン・ハミルトンって、覚えてる？」

シェリリンは目を閉じて少し考えた。「髪のことで、あなたをいじめていた子？」

髪以外のことでもね。「そう。それがあの子の母親」

シェリリンが目を見開いてまじまじと見つめてきた。「嘘でしょう？」

「本当なの」

シェリリンがグミキャンディに手を伸ばして袋を開けた。「世間は狭いわね」

そういうことなのだろうか。アデルにはよくわからなかった。

「自分が情けないわ。娘の面倒を見てもやれないなんて」シェリリンが赤いグミを一つ口に入れた。「それにウィリアムとのことで、赤ちゃんに何一つ買ってあげられていないし」お腹をさすった。「かわいそうな赤ちゃん」

何でも自分で完ぺきにしないと気が済まない姉にとって、こうしてベッドに縛りつけられているのは、それこそ地獄だろう。「赤ちゃんのものは、私とケンドラで用意しておくから。なんだか楽しそうじゃない」

そして赤ん坊が生まれ、すべてが落ち着いたら、私はすぐにここを出る。ボイシの家に、友だちの元に、自分の生活に早く戻りたい。

「すごい」シェリリンがグミの袋をトレイに放った。「赤ちゃん、動いてるわ」

蹴った回数を数えるなどして胎児の動きに意識を向けることは、子癇前症の治療に効果的だと医師は言っていた。

「手を出して」シェリリンはアデルの手首をつかむと、お腹の左側に手のひらを当てた。

「何も感じないけど」

「シーッ……ほら。わかった?」

アデルはかぶりを振った。昨日も何も感じなかった。一昨日も。

少ししてシェリリンは手を放した。「たぶん、寝ちゃったのね」ベッド脇のナイトスタンドを指して言い添えた。「そこに紙と鉛筆があるから、私の言うことを全部書いて」

一時間後、長々とした赤ん坊の必需品リストと、ケンドラにさせていいことといけないこと、見させていいテレビ番組といけない番組などを細かく記した合計四ページのメモが完成した。汚い言葉が出てくる番組はすべて禁止になっている。つまり、アデルが好きな番組はケンドラが寝てから見るしかない、ということだ。

リストをハンドバッグに入れると、アデルはシェリリンの車で母校のスターリング・パーク中学に向かった。懐かしい体育館に足を踏み入れた瞬間、驚いた。理由は二つ。覚えているよりも狭い。そして、覚えていたとおりのにおいがした。堅木張りの床やゴムのボールのにおいは、昔とちっとも変わっていなかった。

ケンドラは一階のフロアの奥にいた。全部で一二、三人の女の子たちがストレッチをしたり、シューズのひもを締めたりしている。ケンドラは髪を後ろでまとめ、赤白のリボンで結んでいる。ケンドラに大きく手を振ってみたが、背を向けられてしまった。アデルは肩をすくめ、前から三列目のベンチに座った。フロアにはほかに教師が四人と生徒が三人おり、審査員席のテーブルに着いている。生徒の一人はティファニー・ゼマティスで、後ろに流した髪を髪どめで留め、手に鉛筆を握っている。

ほんの二週間前まで、自分が母校の体育館にいるなんて夢にも思っていなかった。不思議な、現実離れした物語を作るのは得意だが、まさか自分がこんなところで、ダンスチームのトライアウトに臨む姪を見守ることになるとは。それも、そのチームのキャプテンがデヴォンとザックの娘だなんて。こんなおかしなことが起きるのは、何百万光年に一回の確率もないはずなのに。

ビデオカメラを横に置き、ベンチの背に寄りかかって軽く伸びをする。一三歳の娘を持つ母親の自分を思い描いたことは、ちらりともなかった。子供のことなんて何一つ知らない。責任を持って生き物を育てたのは、五年前に老衰で死んだカメレオンのスティーヴが最後だ。一〇代の子はカメレオンよりもはるかに手がかかる。霧吹きで水をかけ、日なたぼっこの場所を掃除して、何匹かコオロギをやればいいのとはわけが違う。

ケンドラの気持ちがいまひとつつかめない。たとえばケンドラは鶏肉が嫌いだが、理由は「すじっぽい」から。サラダが嫌いなのは、レタスが「どろみたい」な味がするからで、バナナが嫌いなのは「ねちゃっ」としているから。それほど熟れていないものでも、理由は同じらしい。

アデルは一八歳で親元を離れ、一人暮らし歴は長いが、料理はあまり得意ではない。だからケンドラの食事もたいていは手早くできるもので済ましている。牛肉や鶏肉をホットプレートで焼いて、あとは生野菜でサラダを作るくらいだ。でもケンドラの好みはもっと手の込んだ、たとえばパスタやエンチラーダといった食事か、そうでなければファストフード。マクドナルドやタコベルを毎日食べるのは健康に良くないからよしなさい、ああいうのにはトランス脂肪酸がたくさん含まれているのよ、とケンドラに言い聞かせたところ、冷ややかな目で「うざい」と言われた。これは一緒に住みだしてすぐにわかったのだが、気に入らないものや聞きたくないことは、すべて「うざい」らしい。何でもそのひと言で済ませるのは道徳的に正しくないし、相手を不快にさせるからやめなさいと教え諭すことはできる。でも、そんなことをすればまた、ケンドラから「うざい」おばさんという目で見られるのだろう。

黒のスパンデックスタイツの女の子が体育館の中央に進み出た。下を向き、音楽が流れるのを待つ。トゥー・アンリミテッドの「ゲット・レディ・フォー・ディス」が審査員席の前のCDプレーヤーから鳴り響いた。少女のダンスは悪くはなかったが、良くもなかった。正直、うまいとは言えなかった。二番めの女の子は多少ましだったが、運悪く、演技中に三度も体育館のドアがうるさくきしんで開き、大きな音を立てて閉まった。審査員の一人が外に張り紙をして以降は、生徒や職員らが脇のロッカールームから体育館に出入りするようになった。

六人ほどが踊り、いよいよケンドラの番が来た。CDをプレーヤーに入れてイントロを待つ。曲はケリー・クラークソンの「シンス・ユー・ビーン・ゴーン」。アデルは立ち上がってビデオカメラを構え、液晶画面の中の姪を見守った。ケンドラによれば、四歳からダンスを習っているらしい。アデルもダンスは小さいころから習っていた。それだけに、才能の有無は見ればすぐにわかる。ケンドラのダンスが終わるや、アデルはひとり歓声を上げて指笛を鳴らした。ケンドラにしてみれば「うざい」のだろうが、興奮と誇らしい気持ちを抑えられなかったのだから仕方がない。

それからさらに五、六人が踊り、全員が終わったのは六時過ぎだった。アデルはカメラをバッグにしまうと、観覧席からフロアに下りて、審査員席から少し離れた所に集まる女の子たちのそばまで行った。

「すごかったわ」アデルはケンドラを近くに呼んで言った。

ケンドラはかぶりを振った。「二回もミスったし」

「全然わからなかったわよ」それから小声で言い添えた。「いちばん良かったわ」

周りを気にして我慢していた姪の顔から思わず笑みがこぼれた。アデルに初めて見せた、心からの笑顔だった。「だといいんだけど。何人か、うまい子がいたから」

「ほら、荷物をまとめなさい。早くお母さんにビデオを見せなくちゃ」

ケンドラはアデルの背後を指さした。「合格発表が」

アデルは審査員席を振り返った。額を寄せて小声で話し合っている。

「すぐに決まるの？」

「うん」

体育館のドアが大きな音とともに開き、皆の目がそちらを向いた。夕陽の黄色い光とともに入ってきたのは、ザック・ゼマティスだった。張り紙を読まなかったのだろう。後ろでドアがばたんと閉まり、彼は足を止めて周りを見渡した。ナイキの黒のパーカに色あせたリーヴァイスのジーンズ姿。首からホイッスルを下げて頭にはキャップ。曲げたつばが顔に影を落とし、目を隠している。胸の前で腕を組んで堂々と立つその姿には、威圧感と男らしさが漂っている。ザックが腕を解いた。ここからは見えなかったが、アデルにはわかった。あの人の目は今、私を向いている。全身をくまなく見られている。熱い視線が留まるたび、そこに優しく触れていく。

「パパー」ティファニーが呼びかけた。

ザックがキャップを取って審査員席に向かって歩きだした。髪に手をやり、ゆっくりとした足取りで近づいてくる。アデルのほうには目もくれない。さっき見られていると感じたのは、ただの妄想だったのだろうか。ひょっとしたら、私がここにいることにさえ気づいていないのかも。

ザックはティファニーの前まで来ると、キャップを審査員席のテーブルにぽんと置いた。

「終わった？」

「うん」

女性教師が一人、顔を上げた。「こんにちは、Z監督」

「やあ、メアリー・ジョー」ザックが口の端を軽く上げて微笑むと、少年っぽい魅力がこぼれ出た。「その髪型、かわいいですね」母親くらいの年齢の女性に言った。「とてもお似合いですよ」

「あら、そうかしら。美容院に行ったばかりなの」教師はうれしそうにはにかんだ。

あきれた。アデルはザックを頭から追い出して姪に言った。「お祝いしなくちゃね。そうだ、病院の帰りにマクドナルドに寄ろうか」

ケンドラが眉をひそめて、つるんとした額に皺を寄せた。「だって、まだ受かったかどうかわからないんだよ」

「結果は関係ないわ。あなたはベストを尽くした。それが大事なの」

発表を待つ観覧席の人々が下りてきて、フロアに小さな輪ができた。皆が口々に「Z監督」に声をかけている。ほとんどが女性だ。

「みんなのところに行くね」と言って、ケンドラは駆けていった。

「アデル・ハリス、だよね。そうじゃないかと思ったんだ」

アデルが振り向くと、ブルーの瞳と目が合った。アデルが一〇センチのヒールを履いていなければ、目の高さはちょうど同じくらいのはずだ。「クリータス・ソーヤー？」

「うん。元気？」

「ええ」アデルは軽くハグをしてから、身体を離して彼を見た。中学時代、クリータスはオタクっぽい男子で、アデルと同じ演劇部に入っていた。シェイクスピアの『あらし』ではアデルがアリエル役で、彼がプロスペロー役だった。昔はやせっぽちの出っ歯だったが、今は少し肉がつき、歯も矯正されている。肌がやけに白いのと赤毛は変わっていないものの、顔はわりとハンサムになっている。とはいえ、彼のすぐ後ろで体育館中の女性の注目を一身に集めている男性には敵わない。もっとも、ザック・ゼマティスよりいい男がそうそういるとも思えないが。

「会えてうれしいわ」アデルは笑みを浮かべた。「元気？　今どうしてるの？」

「まあ、なんとかね。ここで数学を教えているんだ」

数学の教師、か。ザックはその教師の頭越しにアデルを見やった。ペンのインクでシャツを汚さないようにポケット・プロテクターをつけているような男に、彼女が多少でも魅力を感じるはずがない。

「きみはどうしてるの？」と数学教師が聞いた。

ザックも知りたかった。

「SFやファンタジー小説を書いているのよ」

「へえ、すごいな。本も出てるの？」

「ええ、一〇冊ほどね。もうすぐ一一冊めが出るわ。これから一二冊めに取りかかるところ」アデルが赤毛の頭越しにちらりと見やると、ザックと目が合った。

ファンタジー小説を書いていると聞いても、ザックはたいして驚かなかった。アデルは昔から妖精やケルトの伝説、そのほかにもザックの知らない変わったものが好きだった。作家として独り立ちしていることにも驚かなかった。彼女は大学時代、ぼくの知っている女の子の中で三本の指に入るくらい頭が良かったのだから。

「本名で書いてるの？」数学教師がたずねた。

アデルは美しいブルーの瞳でしばらくザックを見つめてから赤毛に視線を戻した。「ええ」

「ザック」ラドンナ・シムズが近づいてきた。ラドンナは学生時代からのデヴォンの親友で、ジュニア・リーグのメンバーだ。彼女はザックの目の前に立った。

「やあ、ラドンナ」とだけ言うと、ザックはラドンナの大きくふんわりとセットしたブロンドの髪越しにアデルへ視線を戻した。アデルの存在には体育館に入った瞬間から気づいていた。タイトなジーンズに包まれたヒップにも。アデルがいいのは頭だけではない。ヒップも最高だ。昔も、そして今も。

「チャリティ・イベントのナイト・オブ・ザ・ミリオン・スターズの招待状は届いたかしら？」ラドンナが聞いた。

「ああ、もらったよ。でも、うちにはもうジュニア・リーグの関係者はいないはずだけど」

招待状は去年も一昨年も来ていた。

「あら」ラドンナが身体を寄せてザックの腕に手を置いた。「みんな、デヴォンのことが大好きだったのよ。だからあなたもリーグの一員だと思っているわ。メンバーは女性限定だから、非公式に、だけど」

「なるほど」ラドンナに適当な相づちを打ちながら、ザックは彼女の背後で行われている会話に耳を傾けた。ジュニア・リーグ話よりもはるかに興味深い。盗み聞きははしたないからやめなさい、と母親からよく言われていたが、今はそんなことを言っている場合ではない。

「スタイルいいね」数学教師の言葉がザックの耳にはよだれ交じりに聞こえた。

「ありがとう、クリータス。毎日、一〇キロ走ってるのよ」

「ぼくもときどきジムに行ってるんだ」嘘をつくな、オタクめ。ザックはいら立ちを覚えた。

「今度、食事でもどうかな?」

アデルが答えをためらった。絶対に断る、とザックは確信していた。ところが、彼女は豊かな髪をかき上げるとにっこり微笑んだ。

「いいわよ、クリータス」アデルが携帯の番号を教え、ちびの教師はそれを自分の携帯に登録した。

「すみません、ご注目ください」ティファニーが椅子の上に立って呼びかけた。「今日はスタリオネッツのトライアウトにお集まりいただき、ありがとうございました。皆さん、すばらしかったのですが、あいにく今回の募集は二人だけです」ティファニーがメモに目を落として続けた。「接戦でしたが、新メンバーにはリサ・レイ・ダークとケンドラ・モーガンを迎えたいと思います」

拍手と歓声がいくつか上がった。落ちた女の子の中には、抱き合って泣きだす者もいた。ザックが見つめるなか、アデルは満面の笑みを浮かべて数学教師に向けていた目を姪に向けた。

「もうっ、悔しいわ。ロザンナが落ちるなんて」ラドンナが肩を落とした。ロザンナはラドンナの娘だ。「やだ。あの子、あんなに泣いて。ちょっとごめんなさいね」

ロザンナは大泣きしていた。ザックには正直、さっぱり理解できなかった。女の子という生き物はどうしてすぐにうるさく騒ぎ、人前であんなふうに取り乱すのか。中学のダンスチームに入れなかったことくらい、何でもないだろうに。フットボールの全米選手権や選抜大会を落としたわけでもあるまいし。あの負けを思うと、今でも心の古傷が痛む。

「パパー」

ザックはアデルを頭から追い出して娘のほうを向いた。「帰ろうか」

「もうちょっと待ってて。ケンドラとリサ・レイに話があるから」

「早めにな」ザックはキャップをかぶると審査員席のテーブルの縁に腰かけ、引き上げる生徒や親たちを眺めていた。五分も待っただろうか。ティファニーとケンドラ、そしてアデルがやって来た。

「おめでとう、ケンドラ」ザックは立ち上がって言った。「これで、またうちに練習に来られるね」

「もちろん」ティファニーが代わりに答え、四人で体育館を歩きながら言い添えた。「ケンドラは急いで振り付けを覚えなくちゃならないの。次の大会はもうすぐだから」

「大丈夫よ」ケンドラが請け合った。

アデルのハイヒールが堅木の床を打つセクシーな音に、ザックの頭の中で妄想が膨らんでいった。

「今度の日曜日、メンバーをうちに呼んでバーベキュー・パーティーをやるんだ」ティファニーが言った。「ケンドラも来てよね。絶対に楽しいから」

ケンドラは肩越しにアデルを見やった。「いい？」

「念のため、お母さんに聞いてみましょうね。でもたぶん、いいって言うと思うわよ」

ザックは体育館のドアを開けて、二人の女の子を先に通した。続いてアデルが通りすぎようとした時、気づいたらザックは言っていた。「きみもおいでよ」彼女を招くつもりはなかった。それがいいことなのかもわからなかった。いや、わかる。いいはずがない。

アデルが立ち止まった。肩にかかる巻き毛が彼の胸のすぐ前で揺れている。彼女はターコイズブルーの瞳でザックを見つめた。「やめておくわ」

本来なら、ほっとするべきなのだろう。だがなぜかザックはそう思わなかった。「怖いのかい？」

「何が？」

アデルは以前と変わらず美しく、以前よりもいい香りがした。「一三歳の女の子たちが束になって走り回ったり、金切り声を上げたり、クスクス笑ったり、うるさいだけの音楽をばかでかい音でかけたりすることが。違う？」

アデルは笑いそうになったが、なんとか抑えてかぶりを振って外に出た。「忙しいのよ」

「あの赤毛とのデートで？」ザックも続いて外に出た。自分でもよくわからないが、声に嫉妬が混じっていた気がする。おかしな話だ。万が一、アデルとどうにかなりたいと思っていたとしても……いや、それはないが、とにかくこのぼくが赤毛の数学教師なんかに嫉妬するはずがない。

「かもね」アデルはハンドバッグの中を探ってキーの束を出した。「クリータスと会うのもいいかもしれない。この一週間、大変だったから。そろそろ息抜きくらいしないと」

「息抜き？」ザックはつばを持ってキャップを押し上げ、またかぶり直した。「無理だね」

アデルが立ち止まって彼を見上げた。「べつにどうでもいいんだけど、いちおう聞いておくわ。どうしてかしら？」

「あいつはやわだ。すぐに青あざになるタイプだから」

「彼とはお話をするだけよ」アデルは眉をひそめて小さくかぶりを振った。「殴り合いをしに行くわけじゃないし」

二人の考える〝息抜き〟の意味は明らかに食い違っていた。

「よお、Z」中学のフットボール部の監督が近づいてきた。「先週はなかなかの試合だったな。ドンのことは残念だが」

アデルはザックを見上げて、はるか昔に思いを馳せた。Z。テキサス大時代、この人はそう呼ばれていた。そのあだ名を久しぶりに耳にしたせいでたくさんの記憶があふれ出てきた。彼の笑顔と笑い声。腰に触れた手。

「ドンの具合はどうなんだ？」

「今朝、ラボックの医者と電話で話しました。順調だそうです」

「失礼」アデルはザックの脇を抜けて駐車場に向かった。ふと、彼の上腕にあるはずのZのタトゥーを思い出した。最後に見た時のことはよく覚えている。あの時は二人とも生まれたままの姿で、アデルが手と唇で彼の引き締まった全身を愛撫していた。

「アデル」ザックの呼ぶ声がした。

秋風に髪が舞い、顔にかかる。それを払って肩越しに振り返った。

「じゃあ、また」

ザックの言葉にアデルは応えず、立ち止まりもしなかった。トライアウトに受かった以上、ケンドラはこれからティファニーとかなりの時間をともにすることになる。アデルが今後もザックに遭遇するのは間違いない。愛想は良くするつもりだが、それだけだ。この人にはもう何も感じていないのだから。好きでもなければ、焼けぼっくいに火をつけるつもりもない。嫌いではないが、親しくなるつもりもない。

それからケンドラと車で一〇分ほどの距離の病院へ行き、シェリリンにトライアウトのビデオを見せた。病院からの帰り道にマクドナルドのドライブスルーに寄り、アデルはサラダを、ケンドラはクォーター・パウンダー・チーズにポテトとコーラを買った。家に戻ると、ケンドラは宿題を、アデルは洗濯をした。

それからの数日間、アデルの生活はほぼ同じパターンの繰り返しだった。朝起きて、車でケンドラを学校まで送り、いったん家に帰ってから一〇キロのジョギング。それから病院に行き、シェリリンの病気とお腹の子の経過を聞く。シェリリンからやることリストの追加ぶんを受け取り、その要望にできるかぎり応えるべく午前中の残りは町中を駆け回る。昼ごろ家に戻って、次の小説の出だしに取り組む。違う銀河の近未来が舞台の物語にするつもりだ。

仕事の合間に、メールでボイシの友だち三人と連絡を取り合った。彼女たちと出会ったのはずいぶん前、図書館員の会合の席だ。締め切り、スランプ、男性とのあれこれといった同じ悩みを抱えていたことがきっかけで、四人はたちまち親友になった。このところ男性で悩んでいるのはアデルだけだが、四人の友情は変わらない。シェリリンが無事に出産してすべてが落ち着いたら、すぐに荷物をまとめて親友たちのいるボイシに飛んで帰る。アデルはそう心に決めていた。

土曜が来るまでに、するべきことはすべて済ませた。平日にクリータス・ソーヤーから電話があり、ディナーの約束をした。今晩、七時に迎えに来ることになっている。ケンドラはちょうど、隣から五歳の子供のお守りを頼まれていた。万が一に備えて、アデルは自分の携帯の番号をケンドラの携帯に入れておいた。

約束の一時間前にはもう着替えを済ませていた。シェリリンのクローゼットから選んだ、赤の長袖ワンピースと鮮やかな赤のパンプス。かわいい下着はやめておいた。第一、そんなものは持ってきていない。それに、もしもデートがびっくりするくらいうまくいって、クリータスにどうしようもないほど惹かれたとしても、ケンドラが帰ってくる夜の一一時には家に戻らなければならないのだから。

前菜の段階で、クリータスは離婚して二歳の娘がいると正直に語った。アデルのことについてもたずね、話を熱心に聞いてくれた。中学の思い出話でも盛り上がった。でも、支払いをするクリータスの横でアデルは確信していた。この人とはこの先、何もないだろう。絶対に。いい人には違いないけれど、服を脱いで我を忘れるほど燃え上がりたい、と思えるほどの欲望は微塵も湧いてこない。ただ、少し残念な気もした。デートは驚くほどうまくいっていたからだ。ひょっとしたら、呪いが解けたのかもしれない。あまりにも順調な展開に、アデルはそう思いはじめていた。

夜一〇時、クリータスはアデルを家まで送り、車を降りて玄関までエスコートしてくれた。

「次はいつ会える？」と彼が聞いた。

友だちとして会うのはかまわないだろう。「何とも言えないの」バッグからキーの束を出しながら続けた。「姉のことでばたばたしていて、自分の時間があまりないから。でも電話して。お茶くらいならできると思う」

「なるほどね。きみも同類か」

同類？

「自分のほうがずっと上だと思ってるんだろ。ぼくみたいな面白くもなんともない数学教師とじゃ、釣り合いが取れない。だからお茶くらいのつきあいがちょうどいいって」

「クリータス、言ったでしょ。姉が入院していて、姪の面倒も見なくちゃならないの」アデルはため息をついた。「ちゃんとしたデートをする時間があまり取れない、というだけよ」

「はいはい。ぼくにもっと金があれば、もっと時間が取れた。ぼくが中学時代、女子に大人気の男子だったら、もっとデートしたくてたまらなくなった。要するに、そういうことだろ」

アデルは彼の顔をまじまじと見つめた。怒る気にはなれなかった。最低男に豹変したのは、この人のせいじゃない。悪いのは私だ。呪いはまだ解けていないんだ。

5

シーダークリークから二五〇キロ西の地で、ザックもまた、呪いの懸念を抱いていた。プレー開始と同時にクーガーズ・ディフェンス陣の足をすくませ、クォーターバックに向かって思い切りパスラッシュをかけられなくする。そんな呪いをかけられているのではないか、と。

ザックは他のコーチたちとミッドランドのスタジアムのビジター用ロッカールームにいた。消炎鎮痛剤の容器やテーピング類がそこら中に転がり、芝、汗、失意のにおいが立ち込めている。対ミッドランド戦の前半が終わった時点で、クーガーズは一四点の大差をつけられていた。

ダーク・グリーンのベンチコート姿で腕を組むザックの視線の先で、ディフェンス・コーチのジョー・ブラナーがホワイトボードを使って前半の失態を厳しく指摘し、選手たちに檄を飛ばしている。

「何をもたもたしてるんだ。ブルドッグスのビデオは、穴が空くぐらい見ただろうが」ジョーがボードに×と〇を書いた。「あいつらのゾーンブロックがどこよりも固いのは、よおくわかってた、違うか！　いいか、よく見ろ。あのクォーターバックはこのへんで、余裕でパスコースを探してやがる。で、おまえらはただ指をくわえてそれを眺めてたんだぞ！」ジョーは×と○の間を抜ける↓を書き、熱のこもった説明を続けた。

ザックはジョーが好きだ。その知識や熱意、闘魂を尊敬している。ジョーは元シーダークリーク高のコーナーバックで、卒業後は名門ヴァージニア工科大でプレーした。誰よりもフットボールを愛している男だ。ただ問題が一つあり、そのせいでいまだ監督になれない。プレッシャーがかかると、冷静さを失ってしまう。斧でジョーを二つに割ったら、中から烈火のごとくに怒り狂う悪魔が飛び出してくるに違いない。劣勢の時に選手の尻を叩いて発破をかけ、試合をひっくり返させるのがコーチや監督の仕事だ。だが、目の前にいる五三人の選手が全員、思わず吹き出さないように我慢している状態では、それは難しい。

ザックはオフェンス・コーチの脇に立って見守り、ジョーが切れてしまわないように、必要と思われる時には言葉を挟んだ。こめかみに血管がまだ二本しか浮き出ていないところを見ると、今日は大丈夫だろう。

監督歴こそ浅いが、ザックはクォーターバックとして長年、さまざまな監督の元でプレーしてきた。その中には最高と思える者もいれば、最低の者もいた。ザックは現役時代、チームを何度も優勝に導いた。それだけに、厳しい指導と厳しい非難の違いはよくわかっている。選手は自らが尊敬でき、自らを尊敬してくれる者のためになら、喜んでフィールドで血を流す。そういう類の敬意を選手に抱かせる者を名監督という。

ジョーの熱弁が終わり、代わってザックがホワイトボードの前に歩み出た。「みんな、何をしたらいいのかは、わかってるな。ミッドランドのやつらに、今日おまえらを相手にしたことを後悔させてやれ」ザックはボードの敵陣のエンドゾーンを指した。「目指すのはここだ。あんな小手先の策略につぶされる姿は、もう見たくない。いいか、ケツに本当に火をつけられたと思って走れ。あのクォーターバックを追いつめろ。びびらせてパスを乱せ」

ザックはキャップを押し上げると、選手をそばに集めて円陣を組んだ。「前半は終わった。今さらどうしようもない。きれいさっぱり忘れろ。先週、ドンが戦列を離れた時、誰もがクーガーズは終わったと言いだした。でも、おれはそうは思わない。いい選手が一人いればいいチームができる、というものじゃない。チームを作るのは、選手一人ひとりの気持ちと気合いだ。いいか、勝負はここからだ。気持ちと気合いで試合をひっくり返してみろ。おまえらなら絶対にできる。試合は終わっていない。おれたちはまだ終わってない。たった一四点差だ。あいつらをぶち負かせ。勝つのはおまえらだ」

ザックは選手たちの顔を順番に見つめた。「忘れるな。気持ち、気合い、勝つぞ」

「気持ち、気合い、勝つぞ！」全員が一斉に声を上げてヘルメットをぶつけ合った。

「よし行け。ブルドッグスをぶっつぶしてこい！」

ザックもコーチらと選手の後についてロッカールームを出た。コンクリートの地下通路にスパイクの足音が響く。フィールドに勢いよく駆け出たクーガーズをシーダークリーク高のマーチングバンドが勇ましい応援歌で迎えた。選手たちは胸やヘルメットや拳をぶつけ合って気合いを入れた。

後半、クーガーズ・ディフェンスはついにミッドランドのオフェンス・ラインを突破し、相手クォーターバックに何度も迫った。オフェンス陣も奮闘を見せ、クーガーズはじりじりと点差を詰めていった。第四クォーターの残り数秒。クーガーズは三七ヤードのフィールド・ゴールを決め、三点差で逆転勝利を収めた。

選手たちが喜ぶなか、ザックの頭は前半のミスのことでいっぱいだった。来週の金曜はラボックのアマリロ校が相手だ。アマリロはテキサスでも一、二を争うほどの強力ディフェンスを誇る。今日のような戦いでは、まず歯が立たない。そうなれば、州選手権への道は閉ざされてしまう。

スタジアムの外には一五、六台のバスが停まっている。どれももうじき選手やチアリーダー、マーチングバンドにダンスドリルチーム、生徒や父兄の応援団で満杯になる。ザックはここまで愛車のエスカレードで来ていた。ゆったりできるうえ、時間も節約できるからだ。普段ならティファニーも試合を見に来るが、遠征の時は別だ。

二時間半で家に戻り、午前一時にベッドに入った。毎週、日曜は練習がない。明日は遅くまでゆっくり寝よう。だが、ティファニーがそれを許さなかった。

「パパ」肩をティファニーに揺すられた。

ザックはどうにか目を開けた。「なん、じ？」

「九時」

「緊急事態、か」

「うん。早くパーティーの用意をしなくちゃ」

「パーティー？」

「スタリオネッツのパーティー。今日よ。忘れてたの？」

つかの間の平和を堪能していた間、ザックはすっかり忘れていた。そうか、金切り声を上げる一三歳軍団の侵略を受けることになるのか。「くそお、まじかあ」

「汚い言葉は使っちゃダメでしょ」すかさず一三歳の娘がたしなめた。母親にそっくりだ。

「ごめん」

「ほら、起きて。ハンバーガーのお肉とか、いろいろ買ってこなくちゃ。外でバーベキューするんだから。いいって言ったよね。覚えてるでしょ？」

「なあティファニー、きみたちはさ、うちで静かにテレビを見たいとは思わないの？」

「やだ、パパったら。ホント面白いんだから」ティファニーが笑った。「プールのヒーターはもうつけたの。みんなに水着を持ってくるように言っておいたんだ。プールに入りたかったら、どうぞって。それでさ、ゲストハウスのおっきなヒーターみたいなやつを出したらどうかな、と思うんだけど。あれを下のテラスに置けば外でも暖かいし。じゃなかったら、エンターテインメント・ルームのものを全部出して、テーブルなんかを用意するとか。そうしたら泳いだ後、あそこで食べられるでしょ。ねえ、パパ、どう思う？」

ザックはうつぶせになって枕で頭を覆った。「好きにしてくれえ」

午後の日差しがフロントガラスから差し込むなか、アデルは車を縁石に寄せて停め、両手で顔を覆った。病院ではなんとか我慢した。シェリリンのために、そうしなければならなかった。でも本当は怖くて、いまにも膝から崩れ落ちてしまいそうだった。この二時間、アデルは病室でシェリリンの手を握りしめ、上がりっぱなしの血圧計をじっと見つめていた。胎児の心音計が発する甲高い音が今も耳の中でこだましている。

シェリリンは間もなく分娩室に搬送されたが、胎児を取り出しにかかる前に、危険値だった血圧がゆっくりと下がりだした。妊娠二一週めだから産めないこともないが、子供に重い合併症が生じる恐れがある、と医師は言っていた。

「大丈夫。大丈夫よ」アデルは姉に繰り返し言い聞かせた。本当は、大丈夫どころではなかった。でも、ほかに何と言っていいのかもわからなかった。そばにいて、ただ見守り、感情に押しつぶされそうになる自分を抑えることしかできなかった。

まぶたを閉じると涙がこぼれ、口から嗚咽が漏れた。姉のために耐えていた恐れと悲しみと怒りが一気に吹き出し、アデルは両手の中で号泣した。こんなにもつらい出来事は生まれて初めてだった。姉のために必死でこらえていた。でも、心の中に湧き上がってくるウィリアム・モーガンへの腹立たしい思いは抑えようもなかった。本来ならば、ここで妻の手を握り、胎児のために戦うべきは私ではない。ウィリアムでなければおかしい。それなのにあのくだらない男は、よりによって助手の若い女といちゃついているのだ。

深く息を吸い込み、ゆっくりと吐き出した。涙が少し収まり、両手で濡れた頰をぬぐう。ティッシュがないかと右手でコンソールボックスを探りつつ、左手でハンドバッグから携帯電話を取り出した。シェリリンらしく、コンソールにはポケット・ティッシュが入っていた。何枚か出し、もう一方の手で携帯を開いた。

すでに三時を回っている。ホームパーティーに行っているケンドラを迎えに行く時間を少し過ぎてしまった。涙を拭いて鼻をかむと、ケンドラではなく、フォートワースの姉の家にかけた。今は戻ってきたウィリアムが住んでいる。呼び出し音が五回鳴り、留守番電話になった。

「はい、ドクター・ウィリアム・モーガン――」奥から、クスクスという女性の忍び笑いが聞こえる。「と、ストーミー・ウィンターです」バカ女だ。「ただ今不在にしております。お名前とご用件、折り返しのお電話がご入り用の方は、ご連絡先をお残しください」

ガールフレンドが忍び笑いをしている前で、こんなにももったいぶったメッセージを録音するなんて、いかにもウィリアムだ。バカ男め。

ピー。

「アデルです。伝えたいことがあって、電話し――」そこまで言ったところで、アデルははたと気づいた。今、シェリリンが何よりもして欲しくないのは、このバカ男からの電話で心を乱されることだ。だいたい、こいつには姉の現況を知る権利もない。

「お伝えしたいことがあって、電話しました。ウィリアム、あんた、なめるんじゃないわよ。

死んじまえ」それだけ言うと、アデルは携帯をたたんだ。ふむ、確かに大人らしい言動とは言えない。でもシェリリンの言ったとおりだ。とりあえず、気分はすっきりした。

だがバックミラーに映る自分の顔を見たとたん、アデルの口からうめき声が漏れた。目が真っ赤で、目の下も赤くて腫れぼったい。こんなにさえない顔でザックの家になんか行きたくない。しかもこれで二度めじゃないの。携帯を開き、ケンドラにかけてみる。外で待っていてもらおう……長い車寄せの家から遠く離れたところに……でも、ケンドラは出なかった。

きっちりしているシェリリンらしく、シフトレバーに小さなごみ袋がかけてある。そこにティッシュを入れてブレーキから足を離した。車を出しつつ、片手でハンドバッグの中のサングラスを探す。さらに三回、ケンドラの携帯にかけてみたが、結局、電話がつながらないうちにゲーテッド・コミュニティに着いてしまった。

「もうっ」アデルはため息をついて色の濃いサングラスをかけた。携帯を助手席に放り、やけに凝った造りのクラブハウスの角を曲がってザック宅の丸石敷きの車寄せに入る。病院からケンドラに電話をして遅くなると伝えようかとも考えたが、いたずらに心配させたくなかった。どうせ急いで病院に戻ったところで、誰にも何もできないのだから。でも今にして思えば、かけておけばよかった。そうすれば、ケンドラを家の外で待たせておけたかもしれないのに。

ポーチの屋根の下に、ベンツが二台とフォードのピックアップ・トラックが一台。アデルは姉のセリカをフォードの横に停めた。もう一度ケンドラに電話をしてみる。携帯を耳に当てたまま、スウェットパンツとお揃いの、ハードテイルのブルーのパーカに袖を通す。やっぱり出ない。こうなったら車を降りて玄関まで行くしかない。胸に赤い星と黒の翼がプリントされたパーカのファスナーを胸のところまで上げた。パーカはかわいいが、セクシーではない。自分を振った男に後悔させる要素は何一つない。とはいえ、泣きはらした目はさえないことこの上ないのだから、セクシーな格好をしたところで、何の役にも立たないだろうけれど。

玄関ポーチに上がり、サングラスをかけてから扉をノックする。でも、とアデルは思い直した。私の見かけがひどかろうが何だろうが、しかもそれが二度めだろうが、べつにいいじゃないの。ザック・ゼマティスにだろうが誰にだろうが、どう思われてもかまわない。ザックはバカ男だ。というか、人間なんてみんなバカ野郎だ。

アデルは眉をひそめた。自分のひねくれ加減が軽くショックだった。この何週間かのどこかで、普段の前向きな考えをなくしてしまったらしい。

ドアが勢いよく開くと、目の前にザックがいた。長身の、とんでもなくいい男だ。でも女性が惹かれるのはその容姿だけではない。この人の自信だ。巨大な才能に裏打ちされた揺るぎない強さに女たちはハートを射抜かれる。少なくともアデルの場合はそうだった。

「遅れてごめんなさい」サングラス越しに彼を見つめて言った。「病院でちょっと問題が起きて、それで……」というか、この人には関係ないのに。「電話をして、迎えに来るのが遅くなると伝えておけばよかったんだけど。ごめんなさい」

ザックは白の長袖Tシャツ姿で、胸と左腕にビールの銘柄がプリントされている。下はリーヴァイスのジーンズに黒のサンダル。いい男に弱い女なら、すぐさま手を口に持っていって、息が臭くないかチェックするところだ。

「ケンドラはプールだよ」テキサス人らしい母音を長く伸ばす独特のアクセントで、ザックが言った。

「プールって……気温は？　一三度くらいじゃ」それでもほかの州では、一一月にしては暖かいほうなのだろうけれど。

「一四度。ドームの屋根を閉じてあるから問題はない」

でしょうね。「迎えに来たこと、ケンドラに伝えてもらえる？」

ザックがパーカの胸のプリントに目をやり、それからまたゆっくりと目を上げた。「入りなよ」

「いいの、車で待ってるから」アデルは後ろを向いてセリカを指した。「ケンドラに言ってもらえれば、それで――」

「何をそんなに怖がってるんだよ？」ザックが彼女を遮った。

アデルは向き直って彼を見すえた。「べつに」

ザックが家の中に一歩下がった。陰に入ったため、サングラス越しでは表情がよく見えないが、声が少し低く、語気もやや荒くなったのがわかった。「だったら入れよ、アデル」

「ねえ、いつもそんなに偉そうなの？」

ザックが肩をすくめた。「なあ、いつもそんなに気むずかしいの?」

「わかったわよ」アデルは胸の下で腕を組み、屋内に足を踏み入れた。そのまま彼について玄関口を抜け、リビングに入った。

「あの赤毛とは、デートした?」ザックが肩越しに聞いてきた。

「クリータスのこと? ええ」

この前に来た時と違い、高そうな家具と高級な絨毯はあるべきところに収まっている。ザックの広い肩とうなじの毛に視線を集中させた。そうすれば、上からにらみつけている写真のデヴォンと目を合わせないで済む。デヴォンのお墓がどこかは知らないが、どこだろうがきっと、棺桶の中で悔しさに身もだえしているに違いない。あの人は私とザックの仲を引き裂こうと手を尽くした。それなのに今、私はこうしてデヴォンの家に、デヴォンの夫と一緒にいる。この運命の皮肉ないたずらの味を心ゆくまで堪能してもいい状況だ。もっとも、デヴォンが望む以上にアデルがここにいたくないと思っていなければ、の話だが。

「へえ。早業だな」

「楽しかったわよ」あの人がマヌケ男に豹変するまでは、だけど。

「でもさ、知ってる? うまくいかないよ」

ええ、知ってるわよ。私は呪われているんだから。

「どうして? 彼がやわで、すぐに青あざができるから?」ザックに続いてキッチンに入る。

「それって、私がクリータスと殴り合いをするから、という意味じゃないんでしょう?」

ザックが冷蔵庫を開け、スライスしたトマトとピクルス、レタスの載った大皿を出した。窓を閉めているにもかかわらず、外の嬌声が聞こえてくる。彼は眉をひそめた。

「かもね。というか、昔のきみは、もう少し察しが良かったと思うけど」

「覚えてるよ」ザックは皿をアデルにあずけ、口の端を上げて軽い笑みを浮かべた。「きみのことはたくさん覚えている」

ザックがサングラスに手をかけて額の上までずらした。両手がふさがっているアデルには、どうしようもできなかった。「きみの瞳のことも。普段はターコイズブルーで、ある時だけ深いブルーに変わるんだ」

性的興奮のスイッチが入ると瞳の色が濃くなるのは、ザックに言われて初めて知った。その日のことはアデルもよく覚えている。ピックアップ・トラックの助手席で唇を重ねながら、服の上から愛撫された。アデルは彼を食べてしまいたくてたまらなかった。

「教えてよ」ザックがささやきよりも少しだけ声を強めて言った。「そのきれいな瞳が、どうして今日はそんなに悲しそうなの？」

野菜を載せた皿が二人の距離を保っている。この皿をどうするのかたずねることさえ、アデルには思い浮かばなかった。ザックはバカ男、という思いも消えていた。私は何年もまともなデートをしたことのない女で、目の前のこの人は素敵な、信じられないくらいセクシーな男性。しゃべり方にテキサス人独特のアクセントがあって、その一言ひと言が、私のハートの奥底をそっとなでる。鎮めてもらうのを待っている、私の熱いところに優しく触れていく。

アデルは唇を小さく開き、深く息を吸った。山ほどある問題をすべてあの広い肩にあずけてしまえたら、どんなに楽だろう。

「人生はそんなに悪いものじゃないよ」

何も知らないくせに。「私のは、最悪よ」

「どうして？」

理由はありすぎる。「姉が重病で入院していて、赤ちゃんの命も危ない。それなのに、私はそばで何もしてやれないし、姉の夫もいない」

ザックがアデルの口元を見つめた。「旦那さんはどこに？」

見つめられているせいで、頭がもうろうとしているのだろう。アデルは思わず口を滑らせてしまった。「どこかでストーミー・ウィンターと寝てるわ」

ザックはいぶかしげな顔になったが、目は上げなかった。「ストーミー・ウィンター？」

「ガールフレンドよ」

「なるほど」ザックはそのダークブラウンの瞳を少し上に向けてまた彼女の目を見た。「ストリッパー？」

アデルは思わず笑みを浮かべた。「ううん、歯科助手」

ドアの開く音がした。ザックが顔を上げてアデルの背後に目をやり、舌打ちをした。

「手が足りないかと思って」女性の声に続いて、石造りの床を打つヒールの音がした。

ザックはもう一度アデルの目を見つめてから、サングラスを元に戻した。「ありがとう、ジュヌヴィエーヴ。でも大丈夫。手は足りてるから」

サングラスの奥で、アデルは目をつぶった。**神様、お願いします。ジュヌヴィエーヴ・ブルックスではありませんように。**

「遠慮しないで。手伝うわ」その祈りもむなしく、ジュヌヴィエーヴ・ブルックスがキッチンに入ってきた。

「このお皿は、どうしたらいい?」さっきは聞かなかった愚問をここでした。

「ちょっと待ってて。すぐ外に運んでもらうから」

ザックがきびすを返して冷蔵庫に向かう。アデルはそのリーヴァイスのお尻に目をやった。片方のポケットが財布で膨らんでいる。彼は腰を軽くかがめて、ハンバーガーのパティとホットドッグのソーセージの載ったトレイを出した。

「じゃあ、ジュヌヴィエーヴ。そこのカウンターにあるバンズを持ってきてもらえるかな」

ザックが冷蔵庫を閉めた。

タイルの床にヒールの音を響かせてジュヌヴィエーヴがカウンターに向かってきた。昔と同じで、長身ですらりとしている。白のブラウスとベージュのパンツにカーディガン。たぶんセント・ジョンだ。細い首元を何連ものパールのネックレスで飾り、指にはビー玉くらいの大きなダイヤのリングが輝いている。

「子供たち、きっとお腹ぺこぺこよ」ジュヌヴィエーヴがバンズの袋を手にしてアデルを振り返った。「こんにちは。ジュヌヴィエーヴ・ブルックス・マーシャルよ。ローレン・マーシャルの継母なの」

メイクはナチュラルだが、隙がない。黒い髪はストレートのボブに切り揃えている。ローレンもダンスチームのメンバーなのだろう。

「こんにちは。ケンドラ・モーガンの叔母です」

「あの新しく入った子かしら?」

アデルはうなずき、脇を抜けていったザックについてダイニング・ルームに行った。

「お食事の邪魔みたいだから」アデルは後ろから言った。「このお皿をどこに置いたらいいのか教えてもらったら、ケンドラを連れてすぐにお暇《いとま》するわ。どうぞ、心おきなく楽しんで」

ザックがフレンチドアを開け、アデルはテラスに出た。二人に追いついたジュヌヴィエーヴが聞いてきた。「お名前は?」

「アデル・ハリス」一二年間、同じ学校に通った人間だ。何かしらの反応はあるだろうと思ったが、何もなかった。べつに驚きもしなかったが。

ザックがドアを閉め、アデルとジュヌヴィエーヴは彼について敷石の上を進み、丸石敷きの中庭のある下のテラスに降りていった。一一月のよく晴れた午後。アデルは一瞬、インテリアやガーデニング雑誌の秋号の世界に足を踏み入れたのかと思った。中庭の先に手入れの行き届いた庭園が広がり、美しく剪定された低木ときれいに刈り込まれた芝に陽光が降り注いでいる。庭園を挟んだ邸宅の向かいにゲストハウスが二棟立っている。

左手に大きなプールハウスがあり、外との温度差で曇ったガラス越しにダンスチームの女の子たちがはしゃいでいるのが見える。迎えに来るのが遅くなった保護者はアデルだけではないらしい。

彼女はザックについて特大のバーベキュー・グリルに向かった。黄色いクロスのかかったテーブルがいくつかあり、その間にはプロ仕様のパティオ・ヒーターが五台。おかげでかなり遠くまで暖かい。アデルはポテトチップスとパスタ・サラダの横に持ってきた皿を置いた。

ベースボール・キャップ姿の男性が巨大なグリルの前にいて、横の女性が彼の冗談か何かに笑っている。ザックが肉のトレイを持って近づいていくと、キャップの男性は大きなクロームメッキのふたを開けてワイヤーブラシでグリルの焦げを落とした。

私は部外者だ。アデルはさっさと帰ろうとプールに向かった。近づくにつれて、確信が深まっていった。どうやら時間を間違えたらしい。そうでなければ、迎えに来るのが遅くなった保護者が山ほどいることになるが、それはないだろう。ガラスのドアを開けるや、塩素のにおいと甲高い嬌声に弾丸並みの勢いで襲われた。端にいるケンドラを見つけると、アデルはそばに寄りプールサイドにかがみ込んだ。

「遅かった？」嬌声に負けないように声を張り上げて言い、サングラスを額に押し上げた。

ケンドラが顔の水をぬぐった。「何時？」

「ううん」ケンドラがかぶりを振った。「六時。ダンスの練習が三時まで。勘違いしたんじゃない？」

「三時って言わなかった？」

「パーティーは六時までだよ」

「四時一五分前」

「らしいわね」ザックはわかっていたのに、言わなかったんだ。「そのころにまた来るわ」

「うん」ケンドラが笑顔で言った。「ママは？」

今ここで、この笑顔を奪う必要はないだろう。「大丈夫よ。赤ちゃんも元気」アデルは立ち上がった。「楽しんでらっしゃい。じゃあ後でね」

ケンドラは潜ってプールの壁を蹴ると、女の子たちが集まるほうに泳いでいった。

ドアが開き、ザックが入ってきた。赤ワインのグラスを手にしている。「よおし、上がる時間だ」その大きなよく通る一声で、プールの嬌声がぴたりと止んだ。ザックは有無を言わさぬ調子で続けた。「さあ、着替えろ。髪を乾かせ。時間は一五分だ。よし、行け」

フットボールのフィールドにいるみたいね。ハット、ハットの声に続いてパスを出す体勢に入りそう。アデルがそんなことをぼんやり思っていると、ザックが近づいてきて手にワイングラスを握らされた。

「何、これ？」アデルはグラスを顔の前に掲げてザックの顔を見すえた。

「ワイン。飲みたいかな、と思って」

「ワインで何かが変わるとは思えないけど」

「そうかな」ザックが肩をすくめた。「もしかして、依存症？」

「いいえ」

「アレルギー？」

「いいえ」アデルの横を水から上がった女の子たちが次々に通りすぎ、プールサイドでティファニーから白いバスタオルを受け取っている。

「弱いの？」

「いいえ」

「宗教で禁じられている、とか？」

「いいえ」

「ひょっとして、酔うと脱ぎたくなるタイプ？」

「いいえ」

「ほんとに？」

「ええ」

「残念」

そんな気はなかったのに、アデルは顔をほころばせてしまった。

「ぼくらも出よう。あのキンキン声で耳が痛くなる前に。あれで話していると思っているんだから、信じられないよ」ザックが彼女の腰に手をやり、戸口へといざなった。

パーカ越しに彼の手の感触が伝わってくる。軽く添えられているだけなのに存在感がある。肌を微かな電気が伝い、身体の奥の記憶が蘇ってきた。腰に回した手で引き寄せられたあのころの思いが。

アデルは慌てて上質なメルローを口にした。ドアを開けるために彼が手を離した時は、正直ほっとした。外に出てようやく、まともに息ができるようになった。少しくらくらしたのは、プールハウスの中が蒸していたからだろう。

「あの子らがみんなして鼻をぐずぐずやりだしたら、母親たちに叱られるだろうな」中庭に向かって歩きながらザックが言った。

アデルはバーベキュー・グリルのそばにいるジュヌヴィエーヴともう一人の女性を見やった。あの二人も時間を間違えたのだろうか？

「てっきり遅くなったと思ってたんだけど。どうして言ってくれなかったのよ？　遅れたどころか、まだ早いって」

「母親のしつけでね。女性の発言をむやみに正すものじゃないって」

アデルはあきれ顔でザックを見上げた。「ふうん。へたな嘘ね」

「きみがすぐに車に飛び乗って、帰っちゃうかと思ってさ」

確かに、そうしただろう。

「それに、一人でこのパーティーの受難に耐えることもないかなって」

「それも親の仕事でしょ？」

「受難が？」ザックは何度かうなずいてから続けた。「かもね。臭いチェストの掃除が、親の務めの中で楽な部類に入るとは知らなかったよ」

「掃除するの？　あなたが？」

「たまにはね」

グリルの前で、アデルはシンディ・アン・ベイカーに紹介された。続いてキャップの男性にも。名前はジョー・ブラナー。シーダークリーク・クーガーズのディフェンス・コーチだという。

「ジュヌヴィエーヴとは、さっき会ったよね？」ザックがパティとソーセージが載ったトレイをつかみ、大きなバーベキュー・グリルのふたを持ち上げた。

ジュヌヴィエーヴは「ええ」と気のない返事をし、アデルをほとんど見もしないでザックにたずねた。「何をしたらいいかしら？」

「何もしなくていいよ」ザックがフライ返しでグリルにパティを置きながら言った。「ゆっくりしてて」

「あら、お手伝いしないわけにはいかないわ」ジュヌヴィエーヴはメルローのグラスを手にし、一口飲んだ。それからザックのそばに寄り、誰にも聞こえないように耳元でささやきはじめた。

「誰のお母さん？」シンディ・アンがアデルに声をかけてきた。

「いいえ、叔母なんです。最近入ったメンバーで、ケンドラという子の」

シンディ・アンは今でこそ小太りだが、昔は体操か何かをやっていたのだろう。小柄で活発な感じで、ブロンドの髪をショートにしている。「お子さんは？」

グリルから上がる煙越しにザックがこちらを見やり、一瞬だが、視線が絡み合った。アデルは目をそらした。「いえ」

「ご結婚は？」

「しかけたことは」それは言いすぎだ。でも元彼のドウェイが呪いのせいでおかしくならなければ、結婚していたかもしれないし。

「おつきあいしている方は？」

アデルはかぶりを振った。「姉が入院しているんです。姉とケンドラの世話で手がいっぱいで」

「たしか、シーダークリーク高の卒業生だよね？」ジョーがアデルを見つめて言った。

「ええ」

「やっぱり。ぼくも同じアートのクラスを取ってたんだ。一つ下の学年だよ」

この発言でようやく、ジュヌヴィエーヴも関心を持ったらしい。「シーダークリーク高なの？」

「そうよ」アデルは卒業年を口にした。

ジュヌヴィエーヴがまじまじと顔を見つめた。「ああ。思い出したわ」それだけ言うと、彼女はまたザックに向き直った。「ナイト・オブ・ア・ミリオン・スターズの招待状は届いたかしら？」

「うん」

「来るんでしょ？　デヴォンがいないからつらいとは思うけれど。もちろん、デヴォンのことは私たちみんなが悲しんでいるわ」

ザックは無言のままホットドッグのソーセージをグリルのパティの横に並べ、トレイをテーブルに置いた。

「私たち、美少女コンテストに初めて出た時からの親友だったの。姉妹みたいに仲が良くて。デヴォンは本当に素敵な人だったわ。彼女がいなくなって、ジュニア・リーグも変わってしまった」

「話には聞いているよ」

「わかるわ、あなたがデヴォンをどんなに愛していたのか。あなただけじゃない、彼女のことは私たちも大好きだった」ジュヌヴィエーヴが小さくかぶりを振ると、完ぺきにセットしたボブの毛先が顎の辺りで揺れた。「デヴォンがいなくなって、残されたみんなの人生も変わってしまった」

「そうだね」ザックはグリルのソーセージをひっくり返しながら言った。「でもなんとかやってるよ」

アデルは手のワイングラスに目を落とした。ザックになんだか申し訳ない気がした。この人は、デヴォンを深く愛していたんだ。これまでずっと、アデルはずっと自分に言い聞かせてきた。二人は最悪の結婚生活を送っているに決まっている。ザックは責任感だけでデヴォンと一緒になった。愛し合っていたわけじゃない。本物の愛はなかった。一生変わらない愛で結ばれたわけじゃない。少しは気が晴れるから、自分にそう信じ込ませていた。でも、本当は違った。ただの自分勝手な思い込みに過ぎなかった。

アデルはリビングにある等身大のパネルを思った。死んだ女が微笑みかける、あのぞっとする写真。ザックはデヴォンを愛していたに違いない。彼の愛はきっと、今も変わっていないんだ。

6

ザックは結婚生活を終わりにしたいと思っていた。あの日、デヴォンがごみ収集車とぶつかったのは、離婚の書類を渡した一時間後のことだ。一〇年の結婚生活に愛はなかった。あったのは夫婦という体裁だけ。ザックにはもう我慢できなかった。

だがデヴォンはそれでいいと思っていた。彼女が愛していたのはＮＦＬ、そして元ＮＦＬクォーターバックの妻の座であり、夫ザックではなかった。フットボール界に知られた有名人の妻という肩書きを、それがくれる、テキサスの田舎町ではとりわけ高い威信と名声をこよなく愛していた。ザックも以前は、かたちだけの夫婦でいいと思っていた。正直に言えば、都合がいいとまで思っていた。ザックはデンバーで、デヴォンはテキサスで暮らした。彼は彼の生活を、彼女は彼女の生活を送った。デヴォンは夫が何をしようが、気にしなかった。夫の私生活がマスコミに取りざたされて、ジュニア・リーグの友だちの前で赤恥をかかされるようなことがなければ、べつによかった。ザックも妻が何をしようが、気にしなかった。ティファニーが元気でいてくれるかぎり、それでよかった。

離婚の申請を決めたころにはもう、妻への愛はなかった。あったのは嫌いに近い思いだけ。

だからそれが募ってもっと強い感情になる前に、ザックは終わりにしたかった。とはいえ、デヴォンが一人娘の母親であることに変わりはない。できれば、裁判だけは避けたかった。しかし離婚の書類を渡したあの朝、彼女は懸念したとおりの反応を返してきたのだった。「冗談じゃないわ。あなたの思いどおりにはさせないわよ、絶対に」と言い残して、デヴォンは力任せに扉を閉めた。ジュニア・リーグの集まりに向かって猛烈なスピードで走り去る車をザックはじっと見つめた。驚きや戸惑いはなかった。弁護士に相談した日から、醜い争いの中に放り込まれることはわかっていた。

バーベキュー・グリルのふたを閉め、煙の向こうにいるアデルを見つめる。グラスのワインを回している。アデルのことは、よく知っているとは言えない。でも、ザックには自信があった。彼女は彼氏や夫が何をしても気にしないタイプではないだろう。

アデルと目が合った瞬間、大学時代に戻った気がした。教室で遠くから彼女を見つめていたころの思いが蘇ってくる。アデルにはもっと知りたいと思わせる何かがある気がしてならない。ザックの視線と気持ちを引きつける何か。強い欲望を超えた何かが。大学のころ、アデルと知り合う前は、あの巻き毛に指を絡ませたらどんな感じだろうと思っていた。今は、あの瞳を濃いブルーに変えるのにどれくらいかかるだろうと思っている。右の脇腹、パンティのちょうど上辺りに小さな妖精のタトゥーがあった。それにキスをした晩を思い出し、ザックは口元に笑みを浮かべた。

その思いがばれたのか、アデルの頬が赤くなった気がした。彼女は目をそらすと、少し離れたテーブルに歩いていった。

「イベントには知事さんもいらっしゃるのよ」ジュヌヴィエーヴの声が、思い出に浸るザックの頭の中に割り込んできた。いや、邪魔をされてよかった。もう少しで自分を見失ってしまうところだった。

「へえ、そうなんだ」知事はもちろん、大統領にも何人か会ったことがある。ほかにもさまざまな有名人とパーティーで出会った。好感の持てる者もいれば、見せかけだけで中身のない者もいた。ジュヌヴィエーヴは、ぼくという人間がわかっていない。そんなことで、心が動く男ではない。金目当てで年寄りと結婚し、平気で浮気をするような上流気取りのご婦人方の誘いには、まず乗らない。

ジュヌヴィエーヴは今日のパーティーを手伝うと自分から言ってきた。手が足りないだろうから、と。でも、それがただの方便であることはわかっていた。もっとも、この手のことをするのは彼女だけではない。ジュヌヴィエーヴのような女性は、NFL時代をはじめ、これまでの人生で山ほどいた。喜んで身体を差し出してくる女性たち。彼女たちの望みに応えたこともある。でも、人妻や好ましいと思えない女性と寝たことはない。今も、そこまでせっぱ詰まっているわけではない。

「子供たちを見てくるわね」と言うと、シンディ・アンがプールに向かって歩きだした。

「ありがとう」ザックは彼女の背中を見つめた。シンディ・アン・ベイカーはいつも自ら進んで動く。元体操部で、ジョー・ブラナーに好意を持っている。今日もジョーのピックアップ・トラックを目にして、ジュヌヴィエーヴもいるとわかるや、「私も手伝うわ」と申し出てきたのだった。気づいていないのはジョーだけだ。フットボールのシーズン中は、ほかのことがまるで見えない。たとえ素敵な女性にタックルされても気づかないくらい、フットボールしか頭にない男だ。いつも溌剌としてかわいいシンディ・アンは、ジョーにお似合いだと思うのだが。

パティをひっくり返すたびに、煙が顔を覆う。ザックはそれを手で払ってジョーを見やった。次の瞬間、フライ返しを持つ手が止まり、パティがグリルの脇の隙間に落ちた。どうやらジョーのことを勘違いしていたらしい。テーブルの脇に立ち、アデルと楽しげに話をしている。アデルが微笑むと、ジョーは彼女に身を寄せ、その笑みを柔らかく、セクシーな笑い声に変えた。アデルが小さくかぶりを振ってジョーの腕を軽く叩く。ジョーが二度も離婚していると知っても、アデルはあんなにも仲良くするだろうか。あんなにも親しげに、身体に触れるのだろうか。

ジョーを呼んだのはバーベキューを手伝ってもらうためだ。女性をくどかせるためじゃない。

ザックは険しい顔で、落ちたパティをグリルに載せた。ジョーはいいやつだし、親友の一人だ。ただ、自分と合わない女性ばかりを選ぶ悪い癖がある。あいつにぴったりなのは、同じくらいスポーツ好きの女性だ。たとえばシンディ・アンのような。アデルは違う。彼女はスポーツになんて興味がない。少なくとも一四年前はそうだった。

いや、でもアデルはきれいだし、スタイルも抜群だ。ジョーが話しかけたくなるのも無理はない。というか、ぼくには関係ないじゃないか。ぼくが気にすることじゃないし、べつに気になどしていない。

プールハウスのドアが開き、髪を乾かした一二人の腹ぺこ一三歳軍団がこちらにやって来た。なぜだか皆、妙におとなしい。疲れているからか、空腹だからかはわからないが、いずれにしろザックにはありがたかった。彼女たちはめいめい皿をつかむと、パスタ・サラダやポテトチップス、ハンバーガーやホットドッグを盛った。

「わたしのは、カリカリにしてくれた？」ティファニーがグリルの横に来た。

「もちろん」ザックはいちばん焼けたソーセージを取ってバンズに挟んでやった。ほかの少女たちにも好みのものを作ってやり、続いてジョーにダブルバーガーを、シンディ・アンにホットドッグを渡した。ジュヌヴィエーヴは自分でパスタ・サラダを取った。

「アデル、きみは何がいい？」ザックが聞いた。「ホットドッグ？　それともハンバーガー？」

少し離れた席でアデルが顔を上げた。「私はいいわ。お昼、たくさん食べちゃったから」立ち上がり、家の横を指した。「あの門から車寄せに行けるかしら？」

「鍵を開ければね。どうして？」

「携帯が車の中なの。姉に電話して、病院に行くのが六時過ぎになると伝えないと」

ザックもよく焼けたソーセージをバンズに挟むと、グリルのふたを閉じた。「ぼくのオフイスの電話を使えばいい。そのほうが近い」ホットドッグをかじり、家を指す。「大きなテレビのある部屋を抜けて廊下の突き当たり。左手の部屋だから」

ザックは家に向かうアデルの後ろ姿を見つめた。頭のてっぺんから、巻き毛の先、そしてスウェットパンツに包まれた丸いヒップ。

彼女が中に消える直前、ザックは腰に視線を移した。女性のそこには何度も触れたことがある。もちろん、特別な感情からではない。母親のしつけどおり、紳士らしく振る舞っただけだ。でもさっき、アデルの腰に触れた時は違った。頭の中は、紳士どころではなかった。

ホットドッグをもう一口かじり、ビールで流し込む。ティファニーと同じで、ソーセージは皮をパリパリに焼いてあるのが好きだが、ケチャップはつけない。ビールとホットドッグを手にしてジョーの隣に座ると、熱いフットボール談義を始めた。今度のスーパーボウルはどちらが勝つかについてだ。ジョーは筋金入りのカウボーイズ・ファンだが、ザックはニューイングランドのオフェンス陣を買っていた。

「オーウェンズがいようが、関係ない。一人ではどうにもならないからな」ザックがホットドッグを平らげて続けた。「それも文句ばっかり言うやつじゃ、なおさらだ」ワイドレシーバーはたいてい、パスが来ないと不満を口にするものだが、オーウェンズはわざわざメディアに向かって言ったのだ。

「フットボールのシーズンが終わったら、お時間を持て余しそうね」向かいの席でジュヌヴィエーヴが言った。ワインを口に運び、グラス越しに思わせぶりな視線をザックに送っている。「何か予定はあるのかしら?」

誘いだ。誘惑されたことは、それこそ星の数ほどある。さまざまな女性のさまざまな合図を目にしてきた。ジュヌヴィエーヴでなければ、一瞬、心が揺れたかもしれない。

「考えておくよ」ザックは立ち上がってごみ箱に空のビール瓶を投げ入れると、家に向かった。革張りのソファ、椅子、七二インチのハイビジョン・テレビの脇を抜けてバスルームに入る。室内はほぼデヴォンの生前のままだが、テレビだけは今のものに変えた。ばかでかいトレーラーハウスにも大げさなスポーツカーにも興味はないが、大型テレビには目がない。テレビは画質が良く、大きいほどいい。

ジーンズのファスナーを上げてバスルームを出て明かりを消す。廊下の奥から柔らかな笑い声が聞こえてくる。ザックは声のするほうに向かった。サウナ付きのトレーニング室を過ぎ、オフィスにしている部屋の前で足を止めると、戸口に身体をあずけて胸の前で腕を組んだ。アデルが机の端に腰かけて電話をしていた。

「ううん、いたずら電話じゃないの」コードに絡めた指を見つめている。「ホント、最低よね。お姉ちゃんと赤ちゃんのことを伝えようと思ったんだけど、気が変わったの。あいつには知る権利もないって。黙って切ってもよかったんだけどさ、言ってやったわ。なめるんじゃないわよ、死んじまえって。お姉ちゃんの言うとおりね。なんだかすっきりした」

アデルは汚い言葉も口にするのか。ザックは彼女の唇に目を向けた。もちろん、非難の目ではない。

「放っておきなさいよ」アデルが腹立たしげに言ってかぶりを振った。「裁判官はバカじゃないんだから。向こうは、妊娠中の妻を置いて二〇歳そこそこの歯科助手のところに転がり込んだのよ。それに比べたら、留守電の一つや二つくらい何でもないわ」

　ふとアデルが顔を上げた。ザックと目が合うと、コードを絡めていた指を止めて立ち上がった。「お姉ちゃん、ごめん、もう切らなくちゃ。後でケンドラと寄るから」指をコードから抜き、「じゃあまた」と言って電話を切った。

「迷ったのかと思って」ザックは扉から身体を離して部屋に入った。

「ちょっと話し込んじゃったから」アデルが首を振って髪をかき上げた。

「お姉さんの具合は？」

「少し良くなったみたい」アデルは疲れた様子でため息をついた。「姉と赤ちゃんが落ち着いたら、すぐにうちに帰るつもり。早く本当の生活に戻りたい。一年くらいは寝たいわね」

「うちはどこ？」

　アデルがザックに向き直った。「アイダホ」

「アイダホ？」ティファニーはたしか、アイオワと言っていたが。「テキサス大から消えて行き着いたのは、そこだったのか」

　アデルはザックの整った顔を見上げた。しっかりとした顎、引き締まった口元、温かいコーヒー色の瞳。アデルは疲れていた。今、過去の話はしたくない。それも、相手が私にあんなにもつらい思いをさせた張本人となれば、なおさらだ。

「消えてなんかいないわよ」アデルは彼から視線を外して作りつけの本棚を見やった。「ボイシの祖母の所に行ったの。そこが気に入って、そのままいただけ」

『NFLフットボール　歴代ベスト・クォーターバック』と書かれた大型の写真集が目に留まった。それを引っ張り出して肩越しに彼を見やった。「載ってるの？」

「どこかに」

「何ページかも知らないわけ？」

「三二ページ」

アデルはクスクスと笑ってページをめくった。つるつるした紙が指にひんやりとして心地いい。言われたページには、全面にザックの写真が載っていた。青とオレンジのユニフォーム姿。胸と両肩に一二の数字。タイトな白のパンツががっしりした下半身を包み、白いタオルがベルトから下がっている。青いヘルメットのフェイスマスクの奥で目が鋭い光を放ち、唇は真一文字に結ばれている。左斜め前を向いて膝を曲げ、伸ばした右手は後ろ。パスを投げる瞬間をとらえた一枚だ。

「ザック・ゼマティスは、一一位ね」アデルは横の文を読み上げた。「特筆すべきは、読みと計算力。常に一手先を打つ能力は群を抜いている。剛と柔を兼ね備え、完ぺきなスパイラルをかけた超ロングパス一発で敵を粉砕する」

ページをめくると、そこにもザックの写真があった。センターの後ろで膝を折り、右サイドを向いて指示を出している。アデルはキャプションを読み上げた。「『女の子にしょっちゅう聞かれたよ。ザックにお尻を触られるのは、どんな感じって』――デイヴ・ゴーリンスキ」アデルはザックを見上げた。「デイヴ・ゴーリンスキって誰?」

「テキサス大のセンターだよ」ザックが本を取り上げようとした。「『おれの下になったやつで、あんなに手技がすごかったのは、ザック・ゼマティスだけだ』――チャック・クインシー」アデルは唇を嚙んで笑いをこらえた。「チャックは?」

「ドルフィンズのセンター」ザックはようやく本を取り上げて机に放った。「そんなに笑わなくてもいいだろ」

「だって、なんだかエッチじゃない」

「今のが?」ザックが小首を傾げ、笑顔になった。「エッチなのが好きなら、もっと面白い話がいくらでもあるけど」

「遠慮しておくわ」アデルは横の大きなガラスケースに目をやった。トロフィーやサイン入りのフットボールにスパイクと、ありとあらゆる記念の品が飾られている。ほかの壁も額入りのユニフォームや賞状でいっぱいだ。ザックの写真もある。見るからに大きすぎる肩パッドに身を包んだ子供のころから引退までの各時代が揃っている。

「すごいわね」

ザックが肩をすくめた。「デヴォンがやったんだ。死ぬ一、二年前に。そのままにしてある。ごちゃごちゃしてるけど、捨てるわけにもいかないし」

「このままで」アデルはザックを振り向いた。「いいんじゃない。あなたの歴史なんだし。それに、その……デヴォンが……」

アデルはザックの顔から視線を外して胸のビールの柄を見つめた。デヴォンの悪口はだめよ。何かいいことを言わないと。「せっかく飾ってくれたんだから、思い出として取っておいたほうがいいわよ。少しばかりごちゃごちゃしているかもしれないけど」ふむ、いいこととは言えないが、悪口ではないだろう。

ザックがさして面白くもなさそうに小さく笑った。「デヴォンがやったとは言ったけど、自分で、という意味じゃない。誰かにやらせたんだ。何にしろ、自分でする人じゃなかったから」

ザックがアデルの頰に垂れた髪に手を伸ばしてきた。「デヴォンの話はしたくない」指先で頰に触れ、目を見つめる。「きみの話がしたい」

アデルの首筋から胸元にかけて、微かなうずきに似た電流が走る。胸がきゅっとなり、とたんに息苦しくなった。「話すことなんて何もないわ」と言って笑おうとしたが、その声は自分の耳にもぎこちなかった。

「そうかな」

「ええ」戸口に向かおうと彼の脇を抜けた瞬間、さっきの電流がまた全身を駆けめぐった。

「つまらない人間だから」

扉まであと二、三歩のところでザックに腕をつかまれた。「興味がないふりをするのはよせよ」

「興味？」

「ぼくにまたキスされたら、どんな感じだろうと思ってる。二人とも大人になって、経験を積んだ」アデルが振り向かないでいると、肩をそっと握られた。「それでも、一四年前と同じくらい素敵なんだろうか？　そう考えてる、だろ？」

そんなに素敵だったのなら、どうして私を振ってデヴォンのところに行ったのよ？　アデルは目を閉じた。その答えは二人とも知っている。だけど、デヴォンが妊娠したのだから仕方がないと頭ではわかっていても、それで気持ちが多少でも楽になることはなかった。少なくとも、アデルは。もう乗り越えはした。でもだからといって、この人にまた深く関わるのだけは絶対にありえない。

「そんなこと、少しも考えてないわ。過去は振り返らないの」

その言葉が聞こえていないのか、ザックはアデルの髪をかき上げた。「昔みたいに、ぼくを燃え上がらせてくれる？」ザックが顔を寄せ、温かな吐息がアデルの首筋をなでた。「おかしくなるくらいに」後ろから回した大きな手で硬い胸に引き寄せられた。「ぼくがきみの初めての男性だった。覚えてるよ」

「昔のことよ」

「きみも忘れていない、よね？」

ザックの唇がほてったアデルの肌に触れる。首筋が熱い。そのうずきが全身に広がるのが怖かった。男の人のたくましい腕に抱きしめられたのは何年ぶりだろう。触れられただけで全身に電気が走り、身体がうずいたのは久しぶりだった。

「ずっと思っていたわけじゃない」ザックは続けた。「でもあの晩のことは忘れない。インター近くのモーテルに行った。最高にロマンチックな場所とは言えないけど、あのころはお金がなかったから」

そんなこと、アデルはちっとも気にしていなかった。

「五回はしたよね」

朝のぶんも入れれば、七回よ。

ザックの唇が首筋を伝う。アデルは息が詰まりそうだった。頭はザックのにおいでいっぱいだ。このままこの人の腕の中に落ちていけたら、どんなに楽だろう。目を閉じて、このたくましい胸と腕の感触を心ゆくまで感じられたら、どんなに。

「覚えてないわ」それは嘘だ。でも本当のことを言ってしまったら、自分を抑えられない気がした。

ザックの手がだんだんと上がってくる。アデルはもう息ができなかった。彼は胸の先をそっとなでて肩を優しく握ると、アデルをゆっくりと振り向かせて目を見つめてきた。微笑を浮かべて両手で頭を包み、指を髪に差し入れてくる。顔を軽く上に向けられると、アデルの口が自然と開いた。

「嘘だね」ザックが顔をそっと寄せてきた。唇が重なり、アデルの唇がしっとりと湿る。アデルは動けなくなった。

「きみも協力してくれると、もっと楽しいよ」ザックがささやいた。

固まった身体の中で、頭のてっぺんからつま先まで、アデルの全神経が叫んでいた。ほら、早くザックをつかんで、協力しなさい。この人を心ゆくまで味わって、気持ちよくなるの。乾きを潤して、欲求を満たすのよ。でも頭だけは正気だった。ザックにキスを返しても、いいことなんて何もない。肉欲の代償は時に、あまりに高くつく。

アデルは彼の両手首を握って身を引いた。「だめよ」

ザックが両手をだらりと落とし、深いため息をついてアデルを見下ろした。「だめじゃない。今はだめでも、いつか必ずそうなる」

確信に満ちたその言葉を聞いたとたん、アデルの口が乾いた。けれど必死でかぶりを振った。「無理よ。ザック、あなたとはないわ。二度と」胸が苦しい。アデルは慌てて部屋を出た。

それからしばらく、心と身体が高ぶって頭がもうろうとしていた。アデルは皆に頭痛がひどいと伝えた。まったくの嘘ではない。シンディ・アンがケンドラを送り届けてくれると申し出てくれたので、アデルは一人でザック邸を後にした。車の中でシェリリンに電話を入れ、ケンドラと晩に行くと伝えた。

シェリリンの家に入ってようやく人心地がついた。大きく息を吸い込んで長々と吐く。あの人はひどい思い違いをしている。二人の間にはもう何も起きない。二度と、絶対に。

玄関口からキッチンに向かい、御影石のカウンターにハンドバッグを置く。入院する前、シェリリンはベージュのキッチンを黄色に塗り替えようとしていた。だから今、キッチンの壁は色が半々だ。

食器棚のボウルから合い鍵を取り出し、スウェットパンツのひもを結ぶ。アデルと姉は趣味も正反対だった。アデルは白い壁にカラフルな家具が、シェリリンは派手めの壁に地味な家具が好みだ。

カウンターのシュシュをつかんで髪を後ろでまとめ、家を出る。ジョギングは今朝したが、身体のほてりと胸のざわつきをどうしたらいいのかわからない。少し前から本当に頭痛がするし、とにかくザックのことを頭から追い出したかった。

玄関ポーチを出て、普段のペースで走りだした。慣れたリズムで足を運び、心臓が一定の鼓動を打つ。でもいつもなら心地いいはずなのに、今日はやけに足が重い。過去がまとわりついているみたいで、なかなか振り払えない。しばらく走ったが諦め、目についたバス停で足を止めて硬いベンチに腰を下ろした。荷台に猟犬を載せた古いトラックがけたたましい音を立てて目の前を通りすぎる。道の落ち葉が舞い上がり、秋の冷たい空気が揺れた。

昔みたいに、ぼくを燃え上がらせてくれる？　あの人はそう言って顔を寄せ、首筋にキスをしてきた。**おかしくなるくらいに。**

おかしくなりそうだったのは、アデルも同じだ。あの人の場合は、初めてキスをされた時に、アデルがテキサス大のどの女子とも違ってベッドに飛び込もうとしなかったから。アデルの場合は、彼を本当に愛していて、彼も本当に愛してくれていると確信が持てるまで、待ちたかったから。

丸々一カ月、待った。永遠かと思うほどの長い時間だった。その間、ザックから強引に誘われたことはなかったと思う。ただ、キスには何度も心が揺れた。熱いキスをされるたびに、胸が高鳴りすぎて息をするのも忘れた。愛撫にも負けそうになった。ゆっくりと優しく、くすぐるみたいにお腹や胸をなでられた。そのうちに頭の中は彼の手の感触だけになって、いつもどうにかなりそうだった。この手で彼の身体も感じたい、という強い衝動と必死に闘っていた。

つきあった人は何人かいた。本気になるかもしれないと思った相手もいたし、いい感じになれた男性もいた。でも皆、この人、ではなかった。運命の人、とは思えなかった。

運命の人が現れるまでとっておくなんて、いかにも子供じみている。小さいころにおとぎ話を読みすぎたせいだろう。今にして思えば、恥ずかしい。でも当時、アデルはザックこそがその人だと信じて疑わなかった。彼のハートに頭から飛び込んだ時のことは、鮮明に覚えている。それまでは自分をなんとか抑え、気持ちが走りすぎないようにブレーキを踏んでいた。でもあの日、彼が花の妖精の絵本を持って寮に現れた瞬間、アデルの中でたがが外れた。はやる気持ちを抑えるのも、恋に真っ逆さまに落ちそうな自分を止めるのも、やめた。

本は高価ではなかったけれど、完ぺきなプレゼントだった。ザックと知り合う半年前、アデルは妖精の女王タイターニアのタトゥーを下腹に入れた。バラの花びらに裸で腰を下ろし、豊かなブロンドの髪が局部を隠している図柄だ。

もうずいぶん前から妖精の存在を信じるのはやめていたけれど、絵本などで見るその姿やスコットランドの妖精シーリーコートの話は、子供の時と変わらずに好きだった。祖父との素敵な思い出でもあったからだ。花の精がバラやキンポウゲの中にきっといるからね。祖父はそう言って、庭園に出かけるアデルに虫取り網を持たせてくれた。

「これを見て、きみのおじいさんの話を思い出したんだ」そう言って、ザックは絵本を差し出した。

祖父の話はたった一度、何の気なしに口にしただけだったし、ザックはその時、きみはかわいいね、と言って笑っただけだった。だからあまりのことに気が動転して、アデルは思わず口走ってしまった。

「あなたが本屋に行ったの？」

とたんに二人の間に沈黙が流れた。アデルは上目づかいに彼を見た。

さっきまでうれしそうだった彼の顔が曇っている。ザックが胸の前で腕を組んだ。「嘘だと思うなら、確かめてくれれば。こう見えても、本くらいは読むよ」

「違うの。そういう意味じゃなくて」とは言ったものの、あながち違うわけでもなかった。ザックは典型的な体育会系。そうやって自分に言い聞かせていれば、彼と対等になれる気がしていた。彼には腕力があるが、私には知力があると思っていた。でもこの人はバカではないらしい。いや、その反対かもしれなかった。

「そうじゃなくて、これを買うために、わざわざ本屋さんまで行ってくれたの？」

その言葉が本心かどうか決めかねていたらしく、ザックは黙ってアデルを見つめていた。けれど少しすると組んでいた腕をほどいて肩をすくめた。「きみがいちばん喜んでくれるのは本かな、と思ったんだけど」

「うん。でもどうして」胸の中で彼への思いが大きく膨れていくのがわかった。この人は妖精の本を買ってきてくれた。妖精と本が好きな私のために、わざわざ。

「ほら、これ」ザックが半月に座る妖精の絵を指した。ブロンドの巻き毛が美しくなびいている。「きみに似てると思ったんだ」

その絵に目をやり、それから顔を上げてザックのダークブラウンの瞳を見つめた。彼への思いはもう痛いほどに膨れ上がっていた。自分をはるかに超えた大きなものに、有無を言わさず身体ごと持っていかれている気がした。自分ではどうにもできないほど力強い何かに。

アデルは彼の首に腕を回し、その大きなものの中に頭から落ちていった。

「すごくうれしい。ありがとう」目を閉じて彼のにおいを胸いっぱいに吸い込んだ。**愛してる。**

「どういたしまして」寮の小さな机に本を置くと、ザックが顔をアデルの髪にうずめてきた。それから優しく抱き寄せて背中をゆっくりとなでてくれた。

アデルは顔を上げて唇を彼の唇に強く重ねた。その熱いキスに思いのすべてを込めた。気持ち。ハート。そして全身を脈打って流れる愛を。

重ねた唇の奥でザックが声を漏らした。背中の手をヒップまで滑らせると、下半身を押しつけてきた。「すごく硬くなってるんだ。きみが欲しい」

それはアデルも同じだった。Tシャツを脱ぎ、ツインのベッドに放り投げる。でも彼の下半身に手を伸ばしたアデルをザックは制すと、ゆっくりと視線を下げていった。顔から喉、そして飾り気のない白いナイロンのブラジャーに包まれた二つの胸。カップの上からでも、乳首が立っているのがわかる。

あまりにじっと見つめてくるので、アデルは手で胸を隠そうとしたが、彼に手首を軽く握られた。初めて裸の女性を目にした、そんな見つめ方だ。同世代の男子よりもずっとたくさん見ているはずなのに。

「ザック、恥ずかしいわ」

「どうして？」彼はアデルの顔をちらりと見たが、すぐにまた視線を下げた。

「あなたが何を思っているのかがわからないし」

ザックが喉の奥で笑った。「きれいだなって思ってるんだよ。ぼくは幸せ者だって。ずっと我慢してきたからね、その思いを噛みしめてるんだ」それからセクシーな笑みを浮かべた。

「ごく簡単に言えば、そういうことになるかな」

ザックが唇を重ねてきた。首筋から胸元へ熱い唇を這わせ、ナイロン越しに乳首を口に含む。背中のホックを外され、ブラが床に落ちた。彼は声にならない声を漏らし、アデルの素肌を吸った。

そこまで行ったのは初めてだった。でもザックはそこで止めた。初めての時を、薄い壁で囲まれた寮の部屋やフットボール選手でいっぱいのクラブハウスで迎えさせてはいけない、という彼の思いやりだった。

翌日、ザックは町外れのモーテルに部屋を取って、その時を最高に素敵な瞬間にしてくれた。アデルはますます彼の虜になった。ザックは経験豊富で、どうしたらいいのか、どこに触ったらいいのか、すべてを教えてくれた。いいセックスとはどういうものかも教えてくれた。熱いセックスと愛を交わすことには違いがある。アデルがそれを知るのは後になってからだが、ザックはその両方を教えてくれていた。すべてを解き放つ熱いセックスは、欲求を満たしてはくれる。でも、本当の意味で胸が高鳴り、何も考えられなくなるほどしびれさせてくれるセックスは、愛を交わす行為でもある。アデルはそれも後に知った。

熱くなりすぎると、あっという間に燃え尽きることも後で知った。でもあの時、たとえデヴォンのことがなくても、関係が卒業後も続いたとは思えない。すべてがあまりに大きく、あまりに深かった。ザックはアデルの手には負えなかった。遅かれ早かれ、振られていただろう。

とはいえ、終わりが来たのはあまりに早かった。ついに出会ったと思っていた運命の人は、わずか二カ月でアデルを捨てたのだった。デヴォンが妊娠一〇週めだと言われた晩、アデルは文字どおり絶望のどん底に突き落とされた。ハートを引きちぎられ、人生をめちゃくちゃにされた。アデルは全身全霊を込めてザックを愛していた。だから失恋を乗り越えるのに何年もかかった。

だめじゃない、と彼は言った。今はだめでも、いつか必ずそうなる。

アデルはベンチから立ち上がり、シェリリンの家に向かってゆっくりと走りだした。テキサスには二、三カ月しかいないつもりだ。でも万が一、頭がどうにかなり、ここに腰を落ち着けることになったとしても、絶対にしないことが一つある。ザック・ゼマティスと深く関わることだけは、何があろうと断じてない。

7

月曜の午前中、アデルはSFシリーズの続編のアウトライン作りに取り組んだ。三巻までは書く前からストーリーができあがっていたが、そこから先はアイデアがうまくまとまらない。でもさほど心配はしていなかった。実際に書く段になれば、展開が見えてくるだろう。たぶん、だけど。

ランチの後で、ボイシの友人らにメールを送った。部屋にひとりこもってする執筆は孤独な作業で、寂しさを感じることも少なくない。無性に外の世界とのつながりが欲しくなることがある。一時間もしないうちに、三人からメールが返ってきた。ルーシーはまじめに執筆に取り組んでいるし、夫のクインと子作りにも励んでいるらしい。クレアは夫でフリーのジャーナリストのセバスチャンともうすぐロシアへ旅行に行く。マディは著作の映画化が決まり、結婚式の準備にも追われているという。

アデルはシェリリン宅の狭いベッドルームを見まわして、ため息をついた。友だちはみんなそれぞれの生活を存分に楽しんでいる。子作り、旅行、結婚式の準備。なのに私ときたら、シーダークリークに縛られたまま。最低のデートしかできない呪いに悩まされ、元彼の誘惑に動かされてしまう心と闘い、姉の使い走りにいら立ってしまう自分にむしゃくしゃする毎日だ。

ノートパソコンの隣のノートには、シェリリンのやることリストがびっしりと書き込まれている。姉が退院して子供の世話もできるくらい元気になる日が待ち遠しい。でもその日を楽しみにしている自分に気づくたび、罪の意識も感じた。入院は姉のせいではない。それに何より、したいことを自分でできないことがシェリリンは嫌でたまらないだろうし、その辛さに比べれば、使い走りをさせられている私の苦労など、たいしたことではないはずだ。でもそれはわかっているのに、姉がリストの項目を増やすたびに、アデルは書く手を止め、ペンを折ってしまいたい衝動に駆られた。そしてそのたびに罪悪感を抱き、自己嫌悪に陥った。

今日のぶんの仕事を終えてパソコンを閉じ、床に目をやる。組み立て式のベビーベッドの箱にベビー服の袋、ベビー用のおむつにベビー……。とにかくベビー用品が散乱している。シェリリンのやることとリストの五番は、赤ん坊の部屋を用意しておくことだった。残り何カ月もない。早くやらないといけないのはわかっているが、なかなか手がつけられないでいる。一三歳の姪の要望に合わせるだけで手いっぱいだからだ。いや正直に言って、何がご要望なのかもいまだにわからない。言うことが毎日ころころ変わる。ときには一時間どころか、一分ごとに。

昨日の朝もそうだった。朝食に冷凍ワッフルのエゴを焼いてやった。するとケンドラは皿を一瞥するなり、焼きたてのごみを出されたみたいな顔を向けて言った。エゴは嫌い。シナモン・トースト・クランチしか食べたくない。そうかと思えば、今朝は起きるなり、やけにご機嫌斜めだった。寝坊したから、エゴを食べる時間もないという。

「エゴは嫌いだと思ったけど？」

アデルの言葉にケンドラは眉をひそめた。「は？　大好きだけど」

アデルの前頭部を鋭い痛みが襲った。目の前に座るこの少女は見かけこそ普通だが、一皮むけばエイリアンが姿を現すに違いない。きっと、私の頭をおかしくするために異世界から送られてきたんだ。

呪われている、か。まったく、頭がちょっとおかしいでは済まない。本当に私、どうかしてるわ。両手で顔をごしごしとこすって深いため息をついた。子供の相手は苦手だ。空港で久しぶりに会った時から二人の距離はほとんど縮まっていないし、この状況をどうしたら改善できるのか、アデルにはさっぱりわからなかった。姉に聞いてもいいのだが、余計な心配はかけたくない。それに、べつにうまくいっていないわけではなかった。波風は立っていない。どちらかと言えば、二人の人間が一つ屋根の下に暮らし、表面的な会話をしているだけに近い。アデルとしては、ここにいる間に少しはケンドラのことを知りたい。方法は一つしか思い浮かばなかった。

一カ月前、スーツケースに必要なものを詰めた際、滞在は長くてもせいぜい二週間と思っていたから着替えはたいして持ってきていない。おかげで同じような服ばかりで、いいかげん飽きてきた。そろそろ本格的なショッピングに行かないと。ケンドラを連れていけば、女同士で買い物を楽しめるのではないか、とアデルは考えていた。なんと言っても、ケンドラは一〇代の女の子だ。ショッピングが嫌いなはずがない。最近できたショッピング・モールで女の絆を結べるかもしれない。

アデルは立ち上がってシェリリンのベッドルームに向かった。自分の荷物は全部、そこに移してある。姉は出産まで病院にいるのだから、あえてソファベッドに寝る理由はない。シェリリンのベッドはクイーンサイズで、羽毛ぶとんのカバーは赤いコットン地のシンプルな作りだ。アデルの自宅のふとんカバーは銀色のシルク地のキルトで、本物の銀糸が使ってある。高級志向というわけではない。寝具はいいものが好きなだけだ。

たまっている洗濯をする。まったく、一週間でよくもこんなに汚れ物が出るものだ。一〇代の子は、本当にわからない。

三時、姪を迎えに学校へ向かった。いつもの場所に車を停めると、ケンドラとティファニーが歩いてきた。

「ティファニーも家まで送ってくれる？」ケンドラがドアを開けて頭を突っ込むと言った。

「パパが高校のフットボールの練習で忙しいんだって」

「もちろん」

アデルが車を出すと、ティファニーがシートベルトを締めながら聞いてきた。「あの、金曜まで毎日送ってもらってもいいですか？　うちのパパ、すごく忙しいし、いつまでも待ちたくないから」

アデルはバックミラーに目をやった。ザックはフットボールの練習に行っているのだから、出くわす心配はないだろう。「いいわよ」

「あと、来週もいいですか？　クーガーズが金曜の試合に勝ったら、だけど」と言うと、ティファニーはフード付きセーターのファスナーを首まで上げ、バックパックをいじった。

「あのバカみたいなママたちに送ってもらうのは、イヤなの」

何かほかにも理由があるのだろう、とアデルは思っていた。その答えはティファニーが車から降りるや、ケンドラがくれた。「ティファニー、ママたちの中に好きじゃない人がいるの」

「みたいね。でもどうして？」

「優しくしてくるのは、ティファニーのパパが目当てだから、だって。昨日のパーティーの後も、なかなか帰らなかったママが何人かいたみたい。なんかなれなれしくてムカつくって言っていた」

ティファニーはいつかこの状況に慣れなければならない。ザックは容姿端麗で、お金持ちだ。それに、ここテキサスはあの人の地元で、ザックを知らない人はいない。ティファニーにはかわいそうだが、仕方がない。

「女の人がお父さんになれなれしくしてくるのが嫌なのね？」

「ていうか」後ろの席でケンドラが激しく首を振った。「そばに寄ってくる女の人は誰でも嫌いみたい。みんな結婚を狙ってるから。新しいママはいらないって」

アデルの頭にジュヌヴィエーヴが浮かんだ。あの人が結婚に興味があるとは思えない。

「みんながみんな結婚相手を探しているわけじゃないわよ。一緒に出かけて、楽しい時間を過ごしたいだけの人もいると思う。ティファニーのお父さんは独身だし、それに……いい人だし」

いい人、か。そんな言葉では足りない。ザックをいい人と言うのは、台風をそよ風と言うのと変わらない。

「うん、イケてるよね。おじさんの割には」

アデルは可笑しくなった。**おじさんの割には、か**。病院に向けて車を走らせながら、アデルは彼の唇と熱い手の感触を思い出していた。一四年前、ザックは二〇歳そこそこの青年とは思えないほど女性の身体をよく知っていた。きっと今は、知り尽くしているのだろう。

ケンドラと病室に向かう。シェリリンは窓際の椅子に腰かけて二人を待ち構えていた。

「あのね、赤ちゃんが今日はすごく元気なの」と言って、姉は疲れた顔を輝かせた。

ケンドラはバックパックをベッドに置いて母親のそばに行き、両手をお腹に乗せてしばらくそのままでいた。

「わかった？」

ケンドラがこくりとうなずくと、ダークブラウンの髪の先が肩の上で揺れた。「今のはよくわかった」

お腹に当てた手を上げ、シェリリンが手招きした。「ほら、アデルも」

「私が触ると、いつもやめちゃうのよね」

ケンドラの向かい側に立ったアデルの手をシェリリンが取り、お腹に当てた。アデルはしばらくして手を引っ込めようとしたが、何か動くものを感じた。そのまま待っていると、お腹を蹴るのがはっきりとわかった。

「うわあ、すごい！」アデルは顔を上げ、姉を見つめて微笑んだ。「今の、そうなの？」

シェリリンがうなずいた。

「赤ちゃん、何してるのかな？テコンドーとか？」とアデルは冗談めかした。

「たぶん、蹴って外に出ようとしてるんだね」三人でお腹を見つめるなか、ケンドラが言った。

薄いコットンのナイトガウン越しに、姉の丸く膨らんだお腹の温もりがアデルの手のひらに伝わってくる。この手のすぐ下で新しい命が育まれている。それを初めて実感した。赤ちゃんが本当にいるのだ。エコー写真は見ていたが、宇宙人みたいで、人間とは思えなかった。心臓の音は何十回も聞いていたが、なんだか気持ち悪い感じで、人間のものとは思えなかった。

「名前は決めたの？」アデルが聞いた。名前のことは前にも話していたが、本当に生きていると思ったら、急に気になってきた。

「ハリスにしようと思うの。名字は父親のでしょ。だから、名前は私の旧姓をつけてあげたくて」

「ハリス・モーガン」アデルは大きな笑みを浮かべた。「いいわね」

ケンドラがかぶりを振った。「わたしはニックがいい」

「ニック・ジョナスが好きだからでしょ」シェリリンがすかさず言った。

ケンドラに好きな男の子がいるとは知らなかった。「新しい学校のお友だち？」

ケンドラはアデルに軽蔑の目を向けてきた。「ジョナス・ブラザーズのメンバー。〝ホールド・オン〟を歌ってるグループだけど」**ばかじゃない。**口にはしなかったが、ケンドラの表情がそう言っていた。

アデルの手の下で赤ちゃんがまた蹴った。その一蹴りで、アデルの胸の奥にしまってある何かが外に転がり出た気がした。もう何年も彼氏がいなかったから、このところあまり考えなかったものだ。

うん、イケてるよね。おじさんの割には。おじさん、か。ザックはアデルと同い年だ。彼女は姉のお腹から手をどけてベッドの脇まで下がり、生まれてくる子供のことで楽しそうに語り合うケンドラとシェリリンを見つめた。

「ほら、また」ケンドラがにっこりした。

さっき、胎児が動くのがわかった。ケンドラはうれしそうに母親のお腹に手を当てている。アデルはあらためて思った。目の前にいるのは、家族だ。確かにウィリアムは最低のマヌケだが、シェリリン、ケンドラ、お腹の子が家族であることに変わりはない。

アデルも前からずっと家族が欲しかった。独身の女友だちといつも一緒だったころは、時間はまだあると自分に言い聞かせられた。でも彼女たちは一人、また一人と結婚していき、家庭を作っている。アデルも自分の家庭を作りたかった。私を、そして私の子供を愛してくれる男性と。その子は大きくなったらエゴを好きになり、ある日、お母さんバカじゃないのと言いたげな顔で、エゴは嫌いだと言いだすかもしれないけれど。

「わあ、すごく強いキック！」シェリリンが笑った。

アデルがいることなどすっかり忘れている様子だ。不意に、身体の中で刻々と時を刻む針の音が聞こえてきた。一瞬、自分の暗い未来を覗き見た気がした。

まだ時間はあるわ。頭の中でもう一人の自分が言う。本当だろうか？　そう信じたい。でも今年で三五歳だ。この三年はろくなデートもしていない。私は呪われているか、頭がおかしいかのどちらかだ。そんな女と結婚してくれる男の人が見つかる可能性はいったいどれくらいあるだろう？

十分にあるわよ。頭のおかしい、似た者同士の夫婦や元夫婦はたくさんいるじゃない。『俺たちに明日はない』のボニーとクライド、ヘヴィメタのオジー・オズボーンとシャロン、ホイットニー・ヒューストンとボビー・ブラウンとか。なるほど。でも普通のいい人が、呪われているか、頭のいかれた女と結婚してくれる見込みは？

薄い。それに子供は欲しいが、最初からシングルマザーになるつもりはない。一人でちゃんと育てている人もいるけれど、そういう生き方が自分に向いているとは思えない。二、三年もすれば気持ちが変わるかもしれない。でも、今のところ欲しいのは一般的な家庭だった。

「今度の木曜の夜、高校の体育館で集会があるんだ。うちのチームが踊るんだよ」ケンドラの言葉に、アデルは目の前の現実に引き戻された。

「どうして高校の集会に中学のダンスチームが出るの？」

「高校のフットボール・チームの壮行会だから」ケンドラがアデルを見やった。「ビデオ、撮ってくれる？」

「もちろん」

ケンドラは早くも興奮を抑えられない様子で、文字どおり飛び上がって喜んだ。「高校のダンスチームは大会でいないんだって。だからうちらが頼まれたの。すごくない？　高校の人たちの前で踊れるんだよ」

ケンドラのダンスをまた見られるのは、うれしい。でもザックとまた顔を合わせるのは、うれしいとは言えなかった。


シーダークリーク高校の体育館の中は、垂木から下がる金と緑のリボンでいっぱいだった。ほぼ満席の観覧席も金と緑で埋め尽くされている。木製のフロアにはクーガーズの勇ましいロゴが新たに描かれており、壁には試合のトーナメント表が貼られている。

アデルはビデオカメラを入れたバッグを肩に下げたまま、中に入ってすぐのところで立ち止まった。マーチングバンド部がフロアの中央で校歌を演奏し、威勢のいいホーンや激しいドラムのビートに合わせてチアリーダーたちが飛んだり跳ねたりしている。アデルは特別に感傷的なタイプではない。でも懐かしい校歌を聞いているうちに、何とも言えない思いが胸にせり上がってきた。昔のアルバムをめくり、最初に飼った犬のハンナの写真を目にした時の思いに似ている。

バンドが演奏を終え、チアリーダーとともに両脇のドアから外に出ていった。中央に誰もいなくなったフロアを探すと、奥の端にケンドラがいた。フットボール・チームの前、いちばん後ろの列に座っている。足首までの黒のユニタードにきらきらと輝く紫のベスト、足元はレザーのダンスシューズ。髪を後ろで一つにまとめ、深い赤のリップを引いている。

この何日か、ケンドラはひどく緊張していた。注文したベストが間に合わなかったらどうしよう、振りを間違えたらどうしよう、会場を盛り上げられなかったらどうしよう。「盛り上げる」のは、チームダンスの世界ではとくに重要らしく、ケンドラはそれをとりわけ不安がっていた。

ユニフォームに身を包んだ選手たちが座る列の最後尾にザックがいた。黒の長袖ポロにリーヴァイスのジーンズ。ダークグリーンのキャップを目深にかぶっている。両手を腿の上に置き、視線を体育館の中央に向けている。白いカウボーイ・ハットとブーツ姿の男性がマイクを取った。

「やあ、クーガーズのみんな。知らないといけないから、念のために自己紹介しておこう。校長のトミー・ジャクソンです」拍手とブーイングが起きる。「明日の試合の健闘を祈って、今夜はこうしてたくさんの方が集まってくれました」

校長がリボンを飾ったりポスターを作ったりしてくれた支援者や生徒、教師らに礼を述べるなか、アデルは体育館の奥に進み、真ん中辺りの前から三列目に空席を見つけて腰を下ろした。

「支援者の方々からアイスクリームの差し入れをいただきました。会が終わったら、カフェテリアに来てください。たくさんあるから、みんな押し合わないように」

ここで少し間を置き、校長はカウボーイ・ハットを脱いで続けた。「一年半前、突然ワイルダー監督がお亡くなりになった時は、この先、チームをどうしたらいいのかわからず、途方に暮れました。すばらしいコーチの方々も、監督という大役を引き継ぐには、まだ経験が足りなかったからです。するとだれかが」校長は選手らが座るベンチを見やった。「ジョー、たしかきみが提案してくれたんだったね。フットボールのすべてを知る人物が知り合いにいる。彼がもし手を貸してくれれば、我が校のチームにとって、大きな力になるはずだと」

観覧席から歓声が沸き起こり、足を踏みならす音が体育館内に響いた。ザックは下を向いてブーツを履いた足元を見つめた。キャップのつばの端が顔の上半分を隠し、上唇の辺りまで陰になっている。

「その人物を紹介しましょう。我々をきっと州選手権に導いてくれる、Z監督！」

歓声がさらに高まり、「Z」の大合唱が起き、体育館の空気を熱く揺らした。ザックは立ち上がると、キャップを脱いでベンチに放った。長い脚でゆっくりと中央に向かいながら、手ぐしでブロンドの髪を軽く整えた。

「どうも。ええ、少しだけお静かに願います」ザックはプレッシャーに動じないいつもの落ち着いた声で言うと、マイクスタンドをつかんで上に伸ばした。「まずは皆さんがこうして集まってくれたこと、そしていつも温かいご支援をくださることに感謝します。選手たちも本当に喜んでいます。それからドンがユニフォーム姿で来られたことを、心の底からうれしく思います」体育館内に大きな拍手が起き、ザックはマイクに口を近づけて続けた。「先ほど彼の担当医師と話したのですが、大丈夫、来シーズンには復帰できるそうです。ドンが戦列を離れることになった時、今シーズンはもう終わったという声をたくさん耳にしましたが、私はそうは思いませんでした。ドンは確かに類い稀な才能に恵まれた選手で、将来を期待されています。ですが、我がチームにはほかにもすばらしい選手がたくさんいます。厳しい練習にもけっして音を上げず、常に一二〇パーセントの力でぶつかってくる。試合で全力を出しきり、フィールドで血を流すこともいとわない。そんな彼ら一人ひとりを、私は誇りに思っています。そして彼らを立派なお子さんに育て上げたご両親にお礼を申し上げたい」

再び歓声が沸き起こるなか、ザックは背筋を伸ばして言い添えた。「嘘は申しません。明日の相手、アマリロは強い。勝ちにくるでしょう。ですが、我がチームもまったくひけを取っていません。勝利を求める気持ちはむしろアマリロよりも強い。それははっきりと言えます。我々には強く、熱い気持ちがあります。我々の見事な戦いぶりをアマリロの選手たちに見せつけてやることをお約束します」

観覧席が大歓声に沸き返り、皆が次々に拳を突き上げた。ロックコンサートさながらの光景だった。

ザックがふと、アデルのいるほうに顔を向けた。こんなに離れているのに、その視線に引きつけられる。彼の瞳が磁石で、アデルがよく磨かれた金属。そんな気がした。

歓声が鎮まるまで待ってから、ザックは続けた。「明日の晩はぜひ、ラボックまで応援に来てください。皆さんの声援が選手を後押しする大きな力になります」それからアデルの上の観覧席を見やり、さっと手を上げた。「最後にもう一度、お礼を言います。今日はどうもありがとう」

自信に満ちた、ゆっくりとした足取りでベンチに戻ると、帽子を手に取って腰を下ろし、話しかけてきた横のコーチに耳を寄せた。

ケンドラのダンスチーム、スタリオネッツがフロアに元気良く飛び出してきたので、アデルは慌ててビデオカメラを取り出した。ケンドラはインシンクの「バイ・バイ・バイ」に合わせて力いっぱい踊った。アデルはその姿をビデオに収め、ダンスが終わると誰よりも大きな歓声を上げた。

続いてクーガーズのチアリーダーが登場し、バク転を何度も見せ、見事な人間ピラミッドを披露した。でも、アデルの視線はザックに吸い寄せられていた。まなざしは見えないが、彼がこっちを見ているのはわかる。口を真一文字に結び、顎に力が入っているようだ。ザックをよく知っている人ならば、怒っていると思うかもしれない。でもアデルは彼のことを知らなかった。それこそ、何も。

それから一五分ほどしてチアリーディングが終わり、まずはポンポン隊が、続いて選手らがハイファイブをしながら体育館を後にした。帰りはじめた観覧席の人々の間を抜けてアデルはケンドラを探した。ケンドラはダンスチームのメンバーやその母親たちの中にいた。ザック邸でのバーベキューで会ったシンディ・アン・ベイカーの姿もあった。

「行こうか？」アデルがケンドラに声をかけた。

「アイス、食べたいんだけど」

姪の後ろにザックのキャップが見える。周りはすごい人だかりだ。まるでスーパースターね。実際、そうなのだろうけれど。

「仕事があるのよ」嘘ではない。午前中はあまりはかどらなかったから、今夜、取り返さないと。

「お願い、いいでしょ」ケンドラが食い下がった。「メンバーもみんな残るし」

「私が送るわ」シンディ・アンが申し出てくれた。「お仕事に遅刻したらいけないから」

「ありがとう」

「家で仕事をしてるから」ケンドラがスポーツバッグを担ぎながら言った。「遅刻はないけど」

シンディ・アンが眉間に小さな皺を寄せた。「どんなお仕事なの？」

「作家なんです」

シンディ・アンが固まって目を丸くした。「えっ、やっぱり！　あのアデル・ハリスさん？」

気づかれることは多くない。というよりほとんどないが、まったくの無名というわけでもない。「ええ」

「この前のパーティーでお会いした時も、ひょっとしたらと思ったんだけど、シーダークリーク高の出身だと言っていたし、違う人かと。私、アラバマから三年くらい前に越してきたばかりだから、よく知らなくて」シンディ・アンは感激した様子で胸に手を当てた。「あなたの作品は全部読みました。ブラニガンの妖精シリーズがすごく好きです。それと、宇宙船アヴァロン号シリーズも」

「どうもありがとう。喜んでもらえてうれしいわ」本当は素性がばれないほうがありがたいのだが。地元のスーパーに行っても、アデルが作家だと知っている人はいない。おかげで山のようなチョコレートだろうが、徳用のタンポンだろうが、人目を気にせず好きに買える。

「今はどんな話を？」シンディ・アンがさらに聞いてきた。

アデルが答えるより早く、コーチのジョー・ブラナーが現れた。「このあいだはどうも」

「あら、ジョー」シンディ・アンが笑顔を向けた。「アデルが作家だって知ってた？」

「へえ、知らなかったな。どんなのを書いているんだい？」

ザックは取り囲む親たちから離れ、ドンのそばに行って声をかけた。

「こら、無理するなよ。来シーズンは完ぺきな状態で戻ってきてもらわないと困るんだからな」

松葉杖を両脇に抱えて片足でけんけんをしていたドンが口をへの字に曲げた。「だって監督、もうじっとしてられないよ。早くやりたくて」

「たった一シーズンだろ」だが、フットボールの世界での一シーズンは大きな意味を持つ。それは二人ともよくわかっていた。「ほんの二、三ゲームだ。まあそう焦るな」

二人はシンディ・アンとアデルと話をしているジョーの脇を過ぎた。キャップのつばの下から、ザックはアデルを盗み見た。ジーンズにこの前と同じ白のセーター。今日は下ろした髪がセクシーに波打っている。そして今日は、見事なまでにザックを無視している。ちょうどいい。こちらを燃え上がらせておきながら、二人の間には絶対に何も起きない、と冷たく言い放った堅物の元彼女など、ぼくには必要ない。

「ほら、気をつけろよ」ふらついたドンに注意しつつも、ザックの頭は先日のことでいっぱいだった。アデルの口ぶりは、ぼくがアデルと何かを起こすのを狙っていた、と言わんばかりだった。もちろん、そんなつもりはなかった。少なくとも、あの場では。庭に一三歳の少女たちが山ほどいて、その一人は自分の娘なのだ。ありえない。部屋に入っていった時、彼女にキスをしようなんて少しも思っていなかった。でも彼女の頰に触れたとたん、もっと欲しくなった。そうだ、あの柔らかい頰がいけないんだ。あっという間に下半身が硬くなり、モーテルでの一夜の思い出が洪水のごとくあふれ出てきた。この身体の上で艶めかしく揺れていたあの娘の裸身。できることなら、もう一度戻りたいあの日。夜に五回、そして翌朝に二回したんだったな。

ゆっくりとした足取りで体育館を横切っていくザックとドンに皆が次々に声をかけてくる。ザックはうなずき、笑みを返し、手を上げながら、内心は別のことを考えていた。ぼくはどうかしてしまったのか。自分に少しも興味のない女性に情欲を抱くなんて。こんなことは初めてだし、わけがわからない。一年中、父親役しかしておらず、男としての社交生活がないせいで、どこかがおかしくなったのかもしれない。うまく説明はできないが。

知らない人に声をかけられたので、笑みを浮かべ、手を上げて応える。「どうも。元気?」でもきっと、この身体の変調はセックス不足と何かしら関係があるのだろう。それで調子が狂っているのだ。たぶん。

「こんにちは、Z監督」

「やあ、オーウェンズさん」選手の一人、アルヴィン・オーウェンズの母親に挨拶をした。そうだ、このクリスマスの休みにティファニーをオースティンの実家にあずけて、デンバーへ息抜きに行こう。昔の仲間と軽く飲んで、女性と寝るんだ。それも、たくさん。そうすれば治まるだろう。少なくとも、自分に何の関心もない元彼女のことで悶々とはしなくなるはずだ。

ドンがドアの前で女生徒と立ち話を始めた。ザックはそのまま廊下を抜けてカフェテリアに向かった。壁は選手のユニフォームを象った紙で飾り付けてある。支援者らがペナントや応援グッズをテーブルに並べて売っている。ザックはストロベリーアイスのコーンを手に取ると、上からかぶりついた。サーティーワンには文字どおり三一種のフレーバーがあるが、ザックはストロベリー一筋だ。それは昔から変わらない。

「月曜の試合は観ました?」紙ナプキンで口の周りをぬぐっていると、支援者の一人に声をかけられた。

どの試合かは聞くまでもない。ここはカウボーイズの本拠地なのだ。「今年のトニー・ロモは絶好調みたいだね」

自動販売機にもたれてフットボール談義に花を咲かせていると、ジョーがカフェテリアに入ってきた。ティファニーとケンドラ、それともう一人ダンスチームのメンバーを連れている。たしかシンディ・アンの娘だ。アデルはいない。まあ、ぼくには関係のないことだ。

もう一口アイスを食べる。一気に食べたせいで、もう少しで頭が痛くなるところだった。

「今週の土曜はピッツバーグ戦だな」そう言って、ジョーが近づいてきた。土曜の晩、ティファニーはダンスチームのメンバーの家に泊まりに行くことになっている。男同士でピザとビールを囲んでのフットボール観戦もいいかもしれない。

ジョーは立ち止まると満面の笑みを浮かべた。「土曜の晩、デートするんだよ」

「へえ、それはよかったな」ジョーもたまには女性と寝たほうがいい。自分などよりもずっと、ジョーのほうが差し迫っているはずだ。ザックはアイスをもう一口食べた。「シンディ・アンと?」

「いや、あの作家さんと」ジョーが腕組みをして続けた。「カーリーヘアで、いい感じのヒップの。先週末、バーベキュー・パーティーに来てただろ？」

「アデル？」ザックはアイスをごくりと飲み込んだ。頭が痛みだしたが、アイスを急に食べたせいとは言えなそうだ。アデルがジョーとデートだと？　冗談じゃない、彼女はぼくのものだぞ。ザックは見えない糸に引っ張られるように自動販売機から身を離し、ごみ箱にコーンの残りを投げ捨てた。

「ああ。ちょっとおしゃれな所に連れて行こうと思ってるんだ。最初の印象が大事だからな」ジョーはにやけると、冗談めかした。「うまくいけば、酔っぱらっていい感じになってさ、家に来ちゃうかもね」

普段のザックなら声を上げて笑うところだが、今はそんな気分ではない。むしろ、ジョーの尻を思い切り蹴り上げてやりたい気分だ。でも、妙な話だった。ザックは独占欲の強い男ではない。第一、アデルはザックのものではない。だったら、誰彼かまわず蹴り飛ばしたいこの感情は何なんだ？　アデルはアデルの好きにすればいいし、ジョーもジョーの好きにすればいい。ぼくがどうこういう話ではない。

ザックはジョーの脇を過ぎざまに、肩をぽんと叩いた。「楽しめよ」

8

ザックはいつもの大股で人気のない体育館を横切り、監督室に向かった。そこに行くには、両脇にガラスケースが並ぶ廊下を通るのが近い。ケースにはトロフィーや記念楯のほか、高校の創立から現在まで、歴代の運動部のチーム写真が収められている。

明日の晩の試合に備えて、チェックしておきたい試合の映像が山ほどある。あと三回は見直さなければ。アマリロのオフェンスに穴があるとすれば、ランプレーのどこかだ。

廊下に足を踏み入れたザックの目に、アデルとシンディ・アンの姿が飛び込んできた。ほかには誰もいない。彼は一瞬、足を止めた。

「この年だけは、フラッグ隊に入っていたのよ」アデルがケース内の古い写真を指した。

「父親に、オズの魔法使いに出てくる兵隊みたいだって言われたのを覚えてる」

「私はずっと体操部だったの」シンディ・アンが床を踏むブーツの音に気づいて顔を上げた。

「あら、ザック」

「シンディ・アン」ザックはアデルの目を見つめた。時に濃いブルーに変わる、あの魅惑的な瞳。「やあ、アデル」

「スタリオネッツ、最高だったわね」シンディ・アンが言った。

「ザック」

一瞬、何を言われているのかわからなかった。「ああ、よかったと思う」

シンディ・アンがアデルに向き直った。「忙しいのに、引き留めてごめんなさいね。それで、あの」アルマジロ革のハンドバッグの肩ひもをいじる。「ブラニガンの妖精シリーズをまた書いてくれたら、うれしいな。ぜひ読みたいの」

「考えておくわ。ケンドラのこと、ありがとう」

「どういたしまして」ドアに向かって歩きだしたシンディ・アンが肩越しに言った。「それじゃあ、ザック」

「じゃあまた」彼は視線をアデルの顔から首元、薄いセーターに覆われた二つの膨らみ、そして右の脇腹へと下げた。「今も妖精が好きなの？」

「昔ほどじゃないわ」アデルは脇を過ぎようとしたが、腕をつかまれた。

「それは残念」ザックはアデルの目を見つめた。服の上から腕に触れただけで、ジーンズのボタンフライの奥に熱いうずきを感じた。「ぼくは覚えてるよ。パンティのすぐ上にいるかわいい妖精にキスしたんだ」

アデルの唇が軽く開き、頬が薄く赤らんだ。「もう昔の話よ」

「またそれか」

「だって本当のことだから」

「ぼくが忘れられないのも本当だよ。スーパーボウルに勝った日の記憶くらい、鮮明に覚えている。シカゴ相手にタイムアップの三秒前、五〇ヤードのタッチダウン・パスを決めた瞬間とも肩を並べる。あの完ぺきなスローイングと同じさ。ESPNもいまだに名場面として流す美しい放物線とね」

ここが誰の邪魔も入る恐れのない所だったら、ザックは跪いて下腹の妖精との再会を文字どおり頼み込むことまで考えたかもしれない。でも、アデルの言うとおりだった。あれははるか昔の話だ。

ザックは彼女の顔を見つめた。昔と変わらないところもあるが、変わったところもある。口元が大人の女性らしくなり、唇は以前よりもふっくらとしている。白い肌は変わらずに滑らかで、髪も昔と同じでワイルドに波打っている。目も以前のままだ。見つめられただけで、身体の奥がうずいてしまうブルーの瞳。

「ジョーに聞いたよ。食事するんだって?」こんなにも強い独占欲を感じたのは生まれて初めての気がする。女性のことでは、間違いなく。

「ええ」

「まずは赤毛で、今度はジョー、か」腕に置いていた手を肩から首へと伝わせる。親指の下で、彼女の鼓動が速まるのがわかった。「なんでだよ?」

「二人とも私が気に入って、一緒の時間を過ごしたいと思ったから、でしょ」

気に入った、では済まない。たまらなくセクシーで、一緒の時間をベッドで過ごしたいと思ったからだ。いや、それはぼくの願望の投影かもしれない。でもやっぱり、ぼくだけの気持ちとは思えない。「どうしてきみを誘ったのか、じゃない。どうしてイエスと言ったのかを聞いてるんだ」

アデルは眉をひそめた。この人、頭がおかしいんじゃないの、と言いたげな顔だ。ザックも我ながら、頭がどうかしていると思っていた。

「どうしてイエスと言ったらいけないわけ？」

「きみは本当のところ、どちらともデートをしたいとは思っていないからだよ」

理性はいくつもの理由を挙げて、やめておけと言っている。アデル・ハリスを求めるべきではないと、頭ではよくわかっている。でも、今は理屈なんてどうでもいい。ザックは思考を止め、両手で彼女の顔を包んだ。「きみが一緒にいたいのは、ぼくなんだ」

アデルの口角が下がり、あきれ顔になった。「相変わらず自信家なのね」

ザックが笑みを浮かべた。「まあね」

「褒めたわけじゃないわよ」

「どっちでもいい。それより、ぼくの言うとおりなんだろ？」

アデルは彼の手首をつかんだ。「ううん、ザック。それは勘違いよ。私が一緒にいたいのは、あなたじゃない」

もし本気で彼を引き下がらせたいと思っているのなら、アデルの今の発言は完全に逆効果だった。ザックは彼女の目を見すえた。さっきよりも少しだけブルーが濃くなっている。指の下の鼓動もさらに速まった。

「相変わらず嘘がへただね」

ザックはキャップのつばがアデルの額に当たらないように横を向いてキスをした。胸の奥では猛烈な衝動が渦を巻き、下腹部が激しくうずいている。彼女をこのままガラスケースに押しつけてしまいたい。だがその気持ちをぐっとこらえ、ザックは唇をそっと重ねて親指で彼女の頬をなでた。

アデルがため息を漏らしてザックの息を吸い込み、手を彼の胸に置いた。瞬間、その温もりがザックの全身を伝い、喜びと痛みに下腹の奥がぎゅっとなった。温かで湿り気を帯びた彼女の吐息が口にかかるたび、その痛いほどの喜びが、理性を凌駕する強い欲望へと変わっていく。

アデルが身を離し、ザックも手を脇に下ろした。アデルの胸は自分でもわかるほど激しく高鳴っていた。息がまともにできない。ザックのセクシーに潤んだ瞳を見つめながら、一四年前の手慣れた技を思い出した。軽く、じらすように触れられるたびに、もっと欲しくさせられたのだった。

「ずるいわ」

ザックが手を差し伸べて微笑んだ。「うれしいね」

アデルは一歩下がってその手を避けた。「今度も褒めたんじゃないわよ」

全身の細胞がほてっている。もう一度でも彼に触れられたら、身体中の神経が一つに合わさって欲望の固まりになってしまいそうだ。

ザックが差し出した手を下ろした。「どうして逃げるんだよ？　こっちにおいでよ」

アデルはかぶりを振り、もう一歩下がった。「あなたは信じられないから」

「信じられないのは、自分のほうだろ」

そのとおりだった。この人の巧みな技に屈しないでいられる自信がない。アデルにはそれが腹立たしかった。「ちょっとザック、あなた、おかしいんじゃないの？　相手にしてくれる女《ひと》がいないわけ？」

怒らせてやろうと思ったのに、ザックに軽く笑い飛ばされた。「あいにく、その手の女性に困ったことはないよ」

「あきれた。本当にどうしようもない自信家なのね」アデルは先を制して手を上げ、また一歩下がった。「言っておくけど、褒め言葉じゃないから」

「ずるくて、どうしようもない自信家。ほかには？」

「忙しくて、デートの時間もないくせに」

「一〇分くらいはある」

「足りないわ」アデルはさらに後ずさりし、女子トイレの前で止まった。

「わかってないね」ザックが両手の親指をジーンズの前ポケットに入れた。その下の膨らみにどうしても目がいく。「一〇分あれば、きみを天国に連れていってあげられるよ」

侮辱してやるつもりが、ことごとく切り返されている。そればかりか、この人の言葉の一つひとつが前戯になっている。しかも効きめは抜群だ。アデルは乾いた唇をなめた。脳がしびれているみたいで、思考回路は停止寸前だった。「天国って。私、カトリックじゃないし」

「それは関係ない」ザックはかぶりを振ると、アデルに近づいていった。「試合終了の瞬間、ホイッスルが鳴る時はみんな、神のもとに行くんだ」

「いかにも頭の悪い体育会系らしい台詞ね」アデルは大人の女らしく、くるりと左を向くと、トイレに文字どおり飛び込んだ。ひんやりとした洗面台に熱い頰を当てる。まさに大人の女だ。ザックのことを頭の悪い体育会系よばわりして、目の前から逃げ出すなんて。

ドアが勢いよく開き、壁に当たって音を立てた。「逃げるなよ、アデル」

アデルは振り向いて息をのんだ。「男性は立ち入り禁止よ」閉めたドアにもたれたザックに、アデルは汚物入れを指して言った。「女子トイレだから」

彼は六つ並んだ個室と二つの洗面台を一瞥し、再びアデルを見すえた。「だね」

「入ったら捕まるわよ」

ザックは勢いをつけてドアから背中を離した。「初めてじゃない」

「あなた、どうかしてるわよ」

「きみが戻ってきてからだ」彼はアデルに一歩、また一歩と近づき、キャップを脱いだ。「きみと再会して、記憶が蘇ってきた。キスしたこと。身体に触れたこと。愛を交わしたこと。ほかのどんな女《ひと》よりも、きみが欲しい」キャップを二つの洗面台の間の棚に放る。「きみがぼくのところに戻ってきたのには、何か理由がある。そうだろ?」

「姉が困っていたから。それだけよ」アデルは両手をザックの胸に当て、彼が一歩踏み出すたびに一歩下がった。

「きみが必要なんだ」

「違う。私が欲しいだけでしょ」

「同じことだ」

「同じじゃないわ。ちょっと、深呼吸でもしたら？　今、あなたに必要なのは酸素よ」アデルの背中が奥の壁に当たった。

「動くなよ」と言うと、ザックは両手をアデルの肩に置いた。「もう逃げるな」

「そっちが追いかけてくるからでしょ」

　ザックはかぶりを振ってダークブラウンの瞳で彼女を見つめた。「きみがいないとだめな気がする。ぼくにとってきみは、酸素と同じなんだ」

　その感じはアデルにもよくわかる。コットンのシャツ越しに、硬く隆起した筋肉の温もりが手のひらに伝わってくる。賢い女なら、ここで手を離しただろう。でもアデルは、その手を彼の首に回してしまった。**私ったら、何してるのよ。でもきっとまた、呪いが効いてくるはず。**

　顔を上げると、ザックの顔がゆっくりと近づいてきた。アデルの肩を握る両手に力がこもる。一瞬、彼はそこで動きを止めた。が、喉の奥で声にならない声を発すると、片手をアデルの腰に回して胸に抱き寄せ、唇を重ねてきた。昔と同じ、優しく甘いキス。舌を吸われ、アデルはとろけそうになった。

ハンドバッグを床に落とし、両手でザックの頭をつかんだ。厚い胸板の熱がアデルの乳房に伝わってくる。みぞおちの奥がほてり、息が荒くなった。乳首がこれ以上ないほど硬く隆起しているのがわかる。

唇を吸われながら、アデルはなんとかじっとしていようとした。ザックの頭をつかんだ手を離し、硬く引き締まった胸や背中をなで回さないように。けれど、セーターの裾から中に滑り込んだ親指でお腹に触れられると、もう我慢できなかった。アデルは彼の上半身を夢中でまさぐった。

それでも、脚はぴったりと閉じていた。内腿を走る熱い迸りを抑えるために。ここはシーダークリーク高の女子トイレだ。ザックの肌に触れたくてたまらないが、ジーンズからシャツを引っ張り出すわけにはいかないし、ホット・ファッジ・サンデーを食べるみたいに唇を彼の全身に這わせるわけにもいかない。でも、とアデルは思った。呪いが威力を発揮して、この狂乱にピリオドを打つまでは欲望に身を任せてしまおう。

二本の親指が肌を這うたびに、くすぐったい快感が胸にせり上がってくる。アデルがたまらずに長く、狂おしいキスを返すと、ザックが隆起したものを骨盤に押し当ててきた。

「ああ……」飢えた彼の口の中にうめき声を漏らす。途中で止めないといけないのはわかっている。でも、それまでは。もっと、もっと欲しい。ザックがアデルの両脚の間に膝を差し入れてくる。セーターの下から手を抜いてファスナーをつかむ。舌を絡ませたままそれを下まで下ろすと、白のサテン地のブラジャーの上から両の乳房をそっと包んだ。

ザックが唇を口から離し、首筋にそっと這わせた。アデルは思わず首を反らせた。

「きみのことがどんなに欲しいか、わからないだろ」彼がアデルの背中に手を滑らせる。

「ホックは前よ」アデルにはよくわかっていた。彼の下腹部はいきり立ち、信じられないほど硬くなっている。痛いくらいに押しつけてくる。アデルは膝を曲げてザックの腰に脚を絡めた。ブラのホックが外れる。彼に身体を強く押しつけると、ジーンズ越しに硬いものがさらにはっきりと感じられた。

二人の胸が激しく上下している。ザックがセーターを払いのけると、ブラの肩ひもが腕に滑り落ちた。ザックがいったん身体を離してアデルを見つめた。大きな左右の手は二つの乳房を下から包んだままだ。

「大学の時と同じだ」興奮で声がかすれている。

「老けたわ」二本の親指で隆起した乳首をなでられ、アデルは思わず喘いだ。彼の家で見たクォーターバックの写真集のキャプションを思い出した。「手技がすごかった」と書いてあったが、そのとおりだ。

「いや、ますますきれいになった」ザックが片手の甲で痛いほど硬くなった乳房の先に繰り返し触れてくる。「完ぺきだ」

アデルはザックの顔を、軽く開いた唇を、そして欲望の炎をたたえるダークブラウンの瞳を見つめた。そのうち呪いが効いてくると思っていた。でもこなかった。もうだめだ。止めようとする意志も、理由もどこかに消え失せていた。

　アデルはセーターとブラジャーが床に落ちるのに任せると、両の手のひらをたくましいザックの胸板と肩に当て、顔を寄せて唇を重ねた。彼の唇は熱く、興奮しきった男性の味がした。こんなに素敵な気持ちになったのは三年ぶりだ。ザックの両手、とろけそうなくらいに熱い口、硬い下腹部がアデルの身体に密着している。

　炎を起こす火種と同じく、最初のキスが二人の身体に、欲望に、飢えた口と舌に火をつけたのだった。彼はアデルに身体を押しつけ、うずく箇所をことごとく刺激して炎をさらに煽り立ててくる。身体中がぞくぞくする。乳房が張りつめ、その先の二つの蕾は痛いほど硬直している。こんなにも甘く深い快感は本当に久しぶりだった。

「ぼくを止めてくれ」ザックは呻くと、両手でアデルのヒップをつかんで腰を押しつけてきた。アデルの手の下で筋肉が硬くなると同時に彼は動きを止め、胸を大きく上下させて深呼吸を一つすると、アデルの髪の中にささやいた。「だめ、と言ってくれ」

「だめ？」

「もっとはっきりと」ザックの温かな手のひらが彼女の腰を離れてむき出しの腹に触れる。

「顔をひっぱたいてくれ」親指が片方の乳房の下をそっとなでる。「ここじゃできないと言ってくれ」

　あるいは、声を上げて笑ったかもしれない。いや、泣いたかもしれないし、彼の首筋にしゃぶりついたかもしれない。廊下で声がしなければ、の話だ。その声は快楽のもやを切り裂いてアデルの耳を襲い、胸の奥で猛り狂う欲望の火を一気に鎮めた。セーターとハンドバッグを慌ててつかんだ。ザックに個室へ引っ張り込まれると同時に、トイレのドアが開いた。「数学のクラスが一緒なのよ」十代の少女らしい声が言った。「イケてるでしょ」

「うん、かっこいいよね」

「誘われたんだけど、どう思う?」

ザックにハンドバッグを持ってもらい、音を立てないようにセーターの袖に腕を通した。

「でもサラ・ミラーとつきあってるんでしょ」

「あのブス」

「だよね。あんたのほうがずっとかわいいわよ」

蛇口の水が流れる音に少女たちの声がかき消された。その隙にセーターの裾を合わせてファスナーを上げた。

「ねえ、この帽子」水を止めて一人が言った。

アデルはザックの顔を見上げた。まっすぐ前をにらんでいる。ドアの向こうが透けて見えるみたいに。表情は石のごとくこわばっている。

「クーガーズのだ。選手のじゃない?」しばしの沈黙。「二二番って?」

ザックはアデルにハンドバッグを手渡すと、目を閉じた。もう観念したと言わんばかりに。

「誰だっけ?」

「なんでこんなところにあるわけ?」

もっともな疑問ね。アデルは個室のドアを開け、後ろ手で閉めた。取り忘れた白いブラジャーが白いタイルの床の端に落ちたままだ。でもそれにはかまわず、ハンドバッグを肩にかけて洗面台に向かう。二人の少女はチアリーダーのユニフォーム姿だった。心の中で、二人が個室を使わないでくれることを祈った。お願いだから、ブラに気づかないで。

「ありがとね」と言うと、アデルは少女の手からダークグリーンのキャップを取った。

「あなたの？」その少女が聞いてきた。

「そう」アデルはキャップをかぶり、蛇口をひねった。手を洗いながら、鏡越しにもう一人の少女を盗み見る。アイライナーがかなり濃い。

「それ、アメフト部の選手しか持ってないやつだけど」

監督もよ。「選手のじゃないわ」水を止め、ペーパータオルで手を拭いた。

「選手のにしか見えないけど」

「似てるだけよ」

アイライナーの濃いほうがガムを嚙みながら怪訝な顔で言った。「どうやって手に入れたの？」

いちばん奥の個室にいる男の人から、よ。アデルは肩をすくめた。「ネットだけど？」

「ふうん」二人はもっと詮索したそうな目を向けたが、すぐにケンドラもお得意の〝キモイ〟的な表情を浮かべてトイレを出ていった。

「今がチャンスよ」アデルはペーパータオルをごみ箱に投げ入れた。彼女のスニーカーのソールがタイルを踏む音だけが響いた。

「ザック?」

返事がない。アデルは個室のドアを開けた。ザックはトイレのタンクに腰かけ、ブーツを履いた足を便座に載せていた。両方の肘を腿に載せ、両手を膝の間に力なく垂らしている。

「まじでぎりぎりだったな」ザックが顔を上げ、まだ興奮の色が残るダークブラウンの瞳でアデルを見つめた。「なあ、これでもまだ、ぼくらの間には何もないと思ってるのか? 絶対、とか言っていたけど」

絶対、か。もうわからない、というのが正直なところだった。「途中で止めたじゃない」とは言ったものの、自分でも筋が通らないのはわかっていた。

「あと少しできみのジーンズを下ろして壁に押しつけるところだったんだぞ」

アデルはかぶりを振った。「無理よ、そこまでは」

「誰が止めた? きみか?」

そうだと言いたかったが、言い切れる自信はなかった。「私たちの間には、未解決の問題があるみたいね」明らかに非理性的な事態について多少なりとも理性的なことを言わなければ、と思ったのだが、それが精いっぱいの答えだった。

ザックが片方の眉をつり上げた。「未解決の問題?」彼が立ち上がったので、アデルは後ずさった。

「ぼくに言わせれば、男と女の間に生じるおなじみの欲望、だね」ザックが個室の壁の上に手をかけて続けた。「で、ぼくはおなじみの頭の悪い体育会系、と」

「ごめんなさい。かっとなって、つい」

「ぼくのほうこそ、ごめん。きみのこと、じらし好きだなんて言って」

アデルが眉間に皺を寄せた。「何よ、それ?」

ザックが笑みを浮かべた。「違う?」

「違うわよ!」

彼の顔から笑みが消えた。「だったら早く出ていったほうがいい。ぼくがそれを証明する前に」

そのとおりだ。アデルはすぐさまトイレを出ると、誰もいない廊下を早足で歩いた。後ろは振り返らなかった。


アデルはシェリリン宅の玄関を開け、鍵をハンドバッグにしまった。信じられない。トイレにブラジャーを忘れてきたなんて。家まであと半分くらいまで来たところで、薄い白のセーターを見下ろして初めて気がついた。一瞬、取りに戻ろうかとも思ったが、乳首がはっきりわかるこんな格好で誰かに出くわすのは嫌だった。きっと掃除の人が見つけて、捨ててくれるだろう。お気に入りのブラだったから、少し残念だけど。

でもあれを見つけた人、どんな顔をするかしら。アデルは笑みを浮かべた。

玄関脇のテーブルにバッグを放り、キッチンに向かう。ブラジャーを落としたのは、女子トイレでザックと夢中でキスしていたからだ。だけどいったいどうしてあんなことに？　途中までは自分を抑えられていたのに、気づいたら我を失っていた。ほんの少し前まで、一緒にいたいのはあなたじゃないと言い切れた。でも気づいたら、ブラのホックは前よ、と口走っていた。

冷蔵庫を開け、ダイエット・コーラをつかむ。じきに呪いが効いてくるだろうと思っていた。彼が最低男に豹変して、気持ちが一気に萎えるはずだと。でも、そうならなかった。この三年で初めてのことだ。

初めて呪いに期待をかけたのに、裏切られた。相手はほかならぬザック。この地球上でただ一人、キスどころか、身体に触れてもいけない男性だ。とくにシーダークリーク高の女子トイレでは、絶対にだめ。そうとわかっていたのに抑えられなかった。自分を恥じるべきだ。事実、恥ずかしいとは思っている。でも、それほど強く思っているわけではない気もする。

顔がほころんでしまうのを抑えられないほどうれしい気持ちのほうが、はるかに強かった。三年もの間ずっと、呪いをかけられていると思って生きてきた。でもさっき、呪いの魔力は顔を出さず、ザックはマヌケ男にならなかった。たぶん、解けたのだ。もしかしたら、呪いが威力を発揮できるデートの数には限りがあって、もうその回数を超えたのかもしれない。いや、そもそも呪いなんて最初からなかったのかも。どちらにしろ、本当に久しぶりに自由になれた気がする。悪夢そのものの日々が終わったのだと思うと、急に心が軽やかになってきた。

仕事部屋に行き、かぶっていたザックのキャップを机のパソコンの隣に置く。お願いします。土曜の晩のデートで、ジョーも最低になりませんように。

ジョーは悪い人ではないだろう。まだあまり知らないけれど。見た目はとりあえず、カウボーイとか肉体労働者系で悪くはない。トラクターの広告モデルにいそうなタイプで、武骨なところがキュートと言えなくもない。南部訛りのゆっくりしたしゃべり方も聞いていて落ち着くし、南部の紳士的な振る舞いも心得ている気がする。

その週末の晩、メキシコ料理レストランのビーフ・ファヒータの皿とマルガリータのピッチャーが並んだテーブルで、アデルは確認した。ジョー・ブラナーは礼儀をわきまえている。レストランのドアを開けてくれたし、ジャケットの脱ぎ着も手伝ってくれた。でもいちばんはっきりわかったのは、ジョーが何をこよなく愛しているかだった。高校フットボール、大学フットボール、プロフットボールの三つだ。

「あれはすごかった」ジョーはヴァージニア工科大時代の試合を夢中で語っている。夜の八時、彼は西テキサスの男性の正装で迎えに来た。ベージュ地に貝ボタンのウェスタンシャツ、おろしたてのラングラーのジーンズにジャスティンのカウボーイ・ブーツ。ブラウンの髪を覆うのは麦わらのカウボーイ・ハット。「家はボイシだったよね？　あそこの大学は西部地区か。いいプログラムを組んでるんだよな」

フットボールにしか関心がないが、性格はいいようだ。なのに、さっきからザックと比べてばかりいる。アデルは自分がひどい女の気がしてならなかった。ただ、ジョーは背もたいして高くなければ、イケメンでもない。ザックといる時みたいに、我を失うほどどぎまぎすることもない。それがジョーのいいところといえば、そうなのだけれど。

食事の間に何度か、アデルはフットボール以外の話題に変えてみようとした。フットボールが好きではないからというだけではない。その話をするとどうしても、あの元プロ・クォーターバックのことを考えてしまうからだ。ザックのことを思うたびに、女子トイレでの痴態が蘇ってくる。そのたびに、アデルは全身がかっと熱くなるのだった。

「コーチをしていない時は、何をしてるの？」一枚目のファヒータを巻きながら、アデルは聞いてみた。

「ガソリンスタンドを経営してるんだ」テーブルの向かいからライトグリーンの瞳でアデルを見つめると、ジョーが微笑んだ。「ガソリンとポテトチップスを売るのはわくわくする仕事とは言えないけど、そこそこは稼げるんだよ」

彼の屈託のない笑顔に、アデルはどうしようもないくらいのフットボール狂も許してあげたくなった。「スタンドのお仕事は楽しい？」

「そうだな、それなりにやりがいはある。まあ、コーチほどじゃないけど。フットボールのコーチは最高だから」

でしょうね。「で、昨日の試合はどっちが勝ったの？」少しはこの人のペースに合わせてあげてもいいか。

ジョーが食べる手を止め、ＩＱ一〇以下の人を見るような目を向けた。「クーガーズだけど。見に来なかったのかい?」

「仕事があって」

それから少し、物書きの仕事について話した。ジョーはスポーツの本は読むという。ほとんどがフットボール関係だそうだ。言われるまでもない。

ジョーがウェイターにクレジットカードを渡すころには、アデルはテキーラの酔いが軽く回り、おかげでフットボール話もそれほど苦痛でなくなりつつあった。とはいえ、彼女はもう一度、話題を変えてみることにした。「高校の時、つきあっていた女の子はいないの?」

「いたよ。ランダ・リン・ハーデスティ。チアリーダーだったんだ」

なるほど。フットボール選手はみんなチアリーダーとくっつく、と。

ジョーがチップの額を書き込み、サインをしながら言い添えた。「それと、最初の奥さん」

「最初の?」アデルは上着をつかんで立ち上がった。「全部で、何人と結婚したの?」

「二人だけだよ」

二人、だけ?

彼も立ち上がると、アデルが上着の袖に腕を通すのを手伝ってくれた。「きみは一度も?」

アデルはうなずき、彼を見上げた。「まあね」

夕食後、ジョーはアデルを家まで送り、玄関先まで手を取ってエスコートしてくれた。

何か少しでも感じるものがあればいいのだけれど。ザックに手を触れられた時の気持ちの一〇分の一でいいから。でも何もなかった。

「今日は楽しかったわ」アデルはもう片方の手をコートのポケットに入れた。「ありがとう」

「ぼくも楽しかったよ。また食事に行けるかな？」

「そうね。ただ姉が入院していて、時間がないのよ」クリータスとの別れ際と同じ台詞だ。

アデルは息をのんで身構えた。

ジョーはにっこりと微笑み、握る手に力を込めた。「わかるよ。ぼくもコーチ業とかで忙しくて、デートの時間があまり取れないんだ。じゃあ、こうしよう。夜、時間が空いたら電話するよ。きみも時間が取れたら、軽く食事をしよう。どうかな？」

アデルは心の底からほっとした。あまりにうれしくて、ジョーに抱きつきそうになった。この人はクリータスみたいな最低男に変わらなかった。呪いは本当に解けたのかもしれない。

「いいわね、ジョー。そうしましょう」

「よかった」ジョーが手を放してきびすを返した。階段を下りたところで立ち止まると振り向いてアデルを見上げ、口元に感じのいい笑みをたたえたまま言った。「友だちにかわいい子、いる？」

アデルはボイシの友人を思い浮かべた。「いるけど」

「まだ一〇時前だし、その子たちを呼んでよ。ぼくのうちで盛り上がろうぜ。人間サンドイッチをやりたい気分なんだよ」ジョーは自信満々な口調で続けた。「きみたちがパン。で、ぼくが肉になるからさ」

9

日曜の午後、ザック邸の大画面テレビはNFLのデンバーがサンフランシスコを叩きのめす様を映している。だがザックは試合どころではなかった。

「かわいいし、ユーモアもあって素敵な人だろ。本気でまた会いたいと思ったんだ」テレビの前の大きなレザーソファに座るジョーが言った。「お互いに時間が取れたら食事に行こうという話になって、それで……それでさ、おれ、友だちを呼んで3Pはどう、みたいなことを言っちゃったんだよ。『ぼくが肉になるから』って。でもさZ、なんで急にそんなこと口走ったのか、自分でもさっぱりわからないんだ。階段の上の彼女を見て、きれいな人だなと思ってた。それが次の瞬間、人間サンドイッチだろ。何がなんだか」

ジョーは見るからに打ちひしがれている。大笑いするのはさすがに気が引けた。「なあ、本当に『人間サンドイッチ』なんて言ったのかよ?」

ジョーはうなずいてビールを口にした。「ああ、はっきりとな」

だめだ、やっぱり可笑しすぎる。腹の底から笑いがこみ上げてきて、ザックは肩を揺すった。膝に挟んだビールがこぼれそうになる。

「笑いごとじゃない」

ザックにしてみれば、笑いごと以外の何物でもない。ほっとしたのも事実だ。ジョーはキスまでもいかなかった。次のデートの確率はゼロに等しい。

「3Pのことなんて、これっぽっちも考えてなかったんだ。なのに、気づいたら口が勝手に動いていた。何かに取り憑かれたみたいで、自分ではどうにもできなかったんだよ」

なるほど、その感じはよくわかる。ザックの顔から笑みが消えた。アデルのこととなると、自分もどうしようもなくなる。考えるだけでも恐ろしい。あの時、いつ誰がトイレに入ってきてもおかしくなかった。アデルを壁に押しつけてむき出しの乳房をつかみ、硬くいきり立ったものを彼女の熱い下腹部に押し当てているところを目撃される可能性は十二分にあった。

いや、恐ろしいでは済まない。自分を抑えられないのは、心の底からショックだ。これまで女性とはそれなりに楽しく遊んできたが、自分の生活や評判を危険に晒すようなまねはしていない。常に冷静で、理性を失うことなく、スキャンダルにならないよう細心の注意を払っていた。そのぼくがこともあろうに、アメフト部の監督を務める学校のトイレで痴態に及んだ。女子生徒に見られる危険も顧みずに。考えただけでもぞっとする。

「3Pなんて、したこともないのに」納得のいかない顔で、ジョーがビールをもう一口飲んだ。「おまえはあるんだろうけどさ」

ザックは肩をすくめた。「たいして面白くもないよ。すぐに飽きる」

「おれ、どうしたらいいんだ。アデルに合わせる顔がないよ」

ザックの場合、アデルと顔を合わせないわけにはいかない。それは不可能だ。ティファニーとケンドラは友だちでダンスのチームメイトなのだから、互いに保護者としていつか必ず出くわすことになる。

未解決の問題、か。デンバーが一五ヤード地点からタッチダウンを決めるなか、ザックはビールに手を伸ばした。そういう言い方もあるな。上半身裸のアデルが彼の頭に浮かんだ。その「問題」を解決する方法は一つしかないだろう。アデルを避け、いつまでも悶々としていても何も変わらない。

試合が終わってジョーを送り出すと、ザックは夕食の支度をした。チキンを焼き、シーザーサラダをこしらえ、近くのデリで買ってきたアーティチョーク・パンを軽く温めた。その日、なぜかティファニーはやけに口数が少なく、ザックはどこか具合でも悪いのかとたずねた。

「べつに」ティファニーはサラダをフォークでもてあそんでいる。何かあるのだろうとは思ったが、具体的にはわからなかった。翌週の木曜の朝、彼女が口にするまでは。

「今週の土曜にダンスの大会があるの。初めての公式戦なんだ」朝食のテーブルで、ティファニーが言った。「明日、学校が終わったらサンアントニオに行く」

あらためて言われるまでもない。その話は今週の始めから何度も聞いている。「見に行ければいいんだけどな、その日はラボックでアマリロと試合があるんだよ。知ってるだろ？」

ティファニーはシリアルをかきまぜてため息をついた。「わかってる。親が来られない子はほかにもいるし」

　ザックはトーストしたベーグルにクリームチーズを塗ってかじった。わかっているくせに、わざと言ったのだろうか？　ぼくに罪の意識を感じさせたくて。

「ケンドラのうちもそうみたい。ママは入院してるし、もしもの時に備えて、おばさんもそばにいないといけないんだって」

「なあティファニー、パパだって行けるものなら行きたいよ」

　ティファニーはこくりとうなずき、しばらく無言でシリアルを食べていたが、また口を開いた。「わたし、もう一三だし」

「ああ、そうだね」

「パパがいなくても、ダンスの大会に行ける」

「そのとおり」ザックは多少ほっとしながら、ベーグルにストロベリージャムを塗った。

「バスに乗り遅れないで、ちゃんと帰ってこられる」

　ザックはベーグルを頰ばった。「うん。もう大きいもんな」

「うん、もう大きいし。じゃあ、メイクもしていい？」

　ザックは口の中のものをごくりと飲み込んだ。「は？」

「パパ、学校の友だちはみんなしてるんだよ」

「だめだ」この娘の化粧を塗りたくった顔なんて、考えただけで寒気がする。「メイクはまだ早い」

「ちょっとだけ、ね？」

「だめだ」

「ママだったら、いいって言うもん」

それは確かだろう。だが、だからといって許すわけにはいかない。「なあティファニー、メイクなんかしなくてもかわいいよ」

「パパはいっつもダメ、ダメ、ダメ。みんなしてるのに！」

「いつもダメなんて言ってない」

「言ってるじゃん！　去年の夏だって、リンジーと遊びに行かせてくれなかった。みんなは行ったのに」

「それは、リンジーのママが社交クラブのバーで飲んでばかりいる人だからだよ」

「あの日は、お酒を飲まないって言ってたのに」

「そうか」

ティファニーが立ち上がった。「もうこんなのイヤ！　ママならわかってくれるのに！」

彼女はきびすを返すと階段を駆け上がり、自分の部屋に入ってばたんと扉を閉めた。

ザックは誰もいない階段を見つめ、手のベーグルに視線を下ろした。何なんだ？　マスカラやリップグロスのことだけであんなに怒ったとは思えない。ほかに、もっと何か決定的なことがありそうだが。

ザックは朝食を済ませると、食器を食洗機に入れた。一〇代の少女の気持ちがわかるふりをするつもりはない。何かというとすぐに感情的になる生き物のことが、理解できるはずもない。車のキーをポケットに突っ込んで二階に向かった。たっぷり一五分は間を置いた。どんな理由で怒ったにしろ、もう落ち着いただろう。そろそろ学校に行く時間だ。

ノックをしてドアを開けると、ティファニーはピンクで統一したベッドに突っ伏していた。周りには枕とぬいぐるみの数々。壁にはシンデレラ城の絵。かぼちゃの馬車まで描かれている。どう見ても幼い女の子の部屋だ。ピンクの薄い天蓋の下ですすり泣く一〇代の娘には似合わない。メイクが似合う大人の女だと自負する少女には、不釣り合いだ。

ザックが入っていくと、ティファニーは顔を上げてかすれ声で言った。「ママに会いたい」

ザックは部屋中に置いてあるデヴォンの写真に目をやり、娘のそばに腰を下ろした。「そうか」ティファニーの手を握り、シルバーのリングをいじる。「でも、ママはもういないし、パパはパパなりに一生懸命やってるんだよ」

ティファニーは手を振りほどいて仰向けになった。「ママが生きてたら、女同士の話ができるのに」

「どんな？」

ティファニーはかぶりを振った。「パパには言えない話」

「パパにも教えてくれないか」

彼女はザックを横目で一瞥した。「言えない」

「女の子のことは、パパだっていっぱい知ってるよ」あながち間違いではない。ただ、正確に言うと、詳しいのは女の人のことだが。

ティファニーがまたかぶりを振って天井を見つめた。「パパにはわからないことがあるの」

「メイクのこと?」

「そう。あと……」

「あと?」

「学校の女子はみんな生理が来てるのに、どうしてわたしはまだなのか、とか」

「えっ」心臓を撃ち抜かれた気がした。銃声が耳の中でこだましている。

「やっぱり」

ザックは座り直した。首筋を熱が伝い上ってくる。「パパだって、そういう話はできるぞ」

「ウソ」

「嘘じゃない」ザックは手で顔をごしごしとこすった。正直、生理については何一つ知らない。かろうじて知っているといえば、生理中の女性はやたらと機嫌が悪いことくらいだ。まいったな。何歳で生理が始まるかなんて、考えたこともなかった。というか、娘の生理のことなんて考えたくもない。「で、ほかの女子は全員来てるのか?」

ティファニーはザックをじっと見つめてきた。早く大人になりたくて仕方ないのに、シンデレラの部屋も卒業できない娘が、父親を吟味するように。

「パパ、無理しなくてもいいよ」

「なに言ってるんだ。無理なんかしてないぞ」ザックは首の後ろをぼりぼりかいた。「それで、心配なんだな。どこか身体の具合が悪いかもしれない、と」

「うん……」

「そうか、じゃあ、お医者さんに行こう」

「イヤよ！」ティファニーが激しく首を振って頰を赤らめた。

「わかった。だったら、どちらかのおばあちゃんに電話をして、聞いてみたらいい」

ティファニーが鼻に皺を寄せた。「うん……」

自分が完全に力不足であることに負い目を感じたからだろう。ザックはつい口が滑ってしまった。「それと、リップグロスくらいだったらしてもいいかな。薄いピンクなら」

「マスカラも？」

「少しだぞ」

「あとアイシャドウも。ブルーの」

「おいおい、勘弁してくれよ」かわいい娘が目の上を青く塗りたくった顔なんて、想像もしたくない。頰をチークで真っ赤にした姿と同じくらいおぞましい。「そのうちに、牛みたいに鼻にピアスをしたいなんて言いだすんだろ」

「パパ……」


水曜の午後、アデルは大慌てで髪を後ろでまとめ、ケンドラの学校に向けて車を飛ばした。執筆に集中していたせいで、ケンドラとティファニーを迎えに行くのをすっかり忘れていた。

「ごめんね」セリカを停めるが早いか、アデルは謝った。「仕事をしていて、時間に気づかなくて」

「べつにいいよ」ケンドラは助手席のドアを閉め、バックパックを足の間に置いた。「それより、ディラーズのエスティローダーに連れてってくれる？」

「いいけど。何が欲しいの？」

「メイク用品」後ろの席に乗り込んできたティファニーが言った。少女がシートベルトを締めると同時に、アデルは車を出した。

アデルもちょうど化粧品が欲しかったところだから、行くのはかまわない。「だけどティファニー、お父さんは知ってるの？」

「うん。パパにクレジットカードを借りてきた。水商売の女の人みたいな厚化粧だけはやめてくれって言われたけど」

「ジェニー・キャラウェイみたいに？」ケンドラが嘲るように言い、ティファニーと大笑いした。

ティファニーのパパに会ったのは、あのトイレが最後だ。呪いが解けたかもしれないと思うとうれしくて、しばらくは安堵感しかなかった。でもあれから一週間が過ぎ、今は身をよじりたくなるほど強い、なんとも言えない思いにさいなまれている。あの時、二人の女子生徒が入ってこなかったら、あそこで立ったままザックとセックスをしなかったと言い切れる自信はない。もしも少女たちに見つかっていたら？　それは考えないようにしていた。

「ねえ、アデルおばさん」

アデルは助手席の姪を見やった。「ん？」

「いいってば、ケンドラ」後部座席のティファニーが小声で制した。

ケンドラがティファニーを振り向いた。「だって、知ってるかもしれないよ」

かぶりを振るティファニーをアデルはバックミラー越しに見つめた。くりくりとした目が母親にそっくりだ。中学の時、着ていた服のブランドのことでデヴォンにばかにされた記憶が蘇ってきた。

「何？」アデルが聞いた。

ケンドラがシートに座り直した。「初潮はいつだった？」

驚いて助手席を見やり、そのはずみで車が少し左に膨らんだ。「は？」

「リリー・アンも先週に来たし、八年生でまだなのはティファニーだけだから」

赤信号で車を停めてバックミラーに目をやった。ティファニーはバックパックに顔をうずめている。ティファニー以外の八年生の女子が全員、初潮を迎えているとは思えないのだが。

「それで心配なのね？」

ティファニーは無言で肩をすくめた。

「どこかおかしいんじゃないかって」ケンドラが代わりに答えた。「ママがいないから、相談できる人もいないし」

信号が青に変わり、アデルは車を出した。一三歳の時、アデルにも母がおらず、自分の人生には大切な何かが足りない気がしてならなかった。胸の内にいつも喪失感と悲しみと切望を抱えていた。ただ、少なくとも私にはシェリリンがいた。腹が立つほど完ぺきな存在ではあったけれど、姉はいろいろと教えてくれた。

「あなたと同じで、私も一〇歳の時にお母さんを亡くしたの。お父さんに言えない恥ずかしいことは、姉に相談したわ」

ティファニーが顔を上げた。「パパには話したんだけど、お医者さんに診てもらおうって。でも病院になんて行きたくないし、おばあちゃんにも相談したくない。どこも悪くないかもしれないけど、このあいだテレビで見たの。男性ホルモンか何かがすごく多い女の子の話。生理が来なくて、ひげが生えてきてた。わたし、ひげなんてイヤ」

そんな話は聞いたこともなかったが、ありえないことではない。「私は一三歳の時だったと思う。でも友だちのゲイルは一四だった。彼女は私よりも小さくて、発育が少し遅いだけだったのよ」

「ね、だから大丈夫だって言ったでしょ」ケンドラは青いクロスで爪を磨きだした。

「ママも遅かったと思う」

「たしか、そうだったんじゃないかな」

ティファニーが身体を起こした。「ママのこと、知ってるの?」

「高校の同級生だったのよ」アデルは車をディラーズの駐車場に入れた。「友だちのグループは違ったけれど、顔は知ってたわ」

車を停め、三人はデパートの入り口に向かった。

「ママ、ボーイフレンドがたくさんいた？」ティファニーが赤いセーターの前で腕を組んで言った。

デヴォンのデート相手はいつもフットボール部の選手だった。「そうだったわね」

「かっこよかった？」

「そうね」アデルはハンドバッグを肩にかけた。「でもお母さんのことなら、あなたのお父さんがいちばん知ってるでしょ」三人は店内に入り、香水売り場で足を止めた。「お父さんに聞いたら？」

ティファニーが肩をすくめ、ジューシークチュールのテスターを振りかけた。「聞いてみた。でもパパ、大学の前のことは知らないみたい。それにいつも同じことしか言わないの。『ママみたいな人はほかにいなかった。ママはおまえのことを愛していた』って」

ザックの言うとおりだ。アデルも幸い、デヴォンのような人間はほかに知らない。「じゃあ、ジュヌヴィエーヴ・ブルックスに聞いてみたら？」バーバリーの香水を手に取り、袖をまくって手首に振りかける。「お母さんと仲が良かったから、私よりもよく知ってるわよ」

ティファニーがかぶりを振った。金色の髪が肩の上で揺れる。「あの人、パパに近づきたくて、それでわたしにかまってくるだけだから。ほかのママもみんなそう」

「ねえ、これ」ケンドラが手首をティファニーの鼻先に近づけた。「本物のグレープフルーツみたいじゃない？」

香水瓶を戻し、三人でエスティローダーに向かう途中で、ティファニーがまた聞いてきた。

「中学と高校の時、ママはどんな子だった?」

意地の悪い最悪の女よ。「そうね、活発でかわいかったわ」何かいいことを言わないと。

アデルは記憶の周辺を探した。「チアリーダーで、人気者で」それから真っ赤な嘘をついた。

「とにかく何もかもが素敵で」さまざまな思いを、ぎゅっと詰まった喉の奥に飲み込む。「完ぺきだったわ」

ティファニーが満面の笑みをたたえた。歯の矯正ブレスが光る。表情も光り輝いている。

「みんなに好かれてた?」

「ええ、嫌いな人はいなかったわね」アデルはほっとして微笑んだ。嘘をついてよかった。

「セシリアおばあちゃんも言ってた。ママは優しかったから、みんなに好かれたんだって」

何か言おうと口を開けたが、喉が完全にふさがって言葉が出てこない。デヴォンについての嘘は、一日に一つが限界らしい。「うん、うん」と返すのが精いっぱいだった。

ありがたいことに、エスティローダーの店員が声をかけてきてくれた。美容部員らしくブロンドの髪を高々と盛り、メイクには一分の隙もない。三人は鏡の置かれたカウンターの前に腰かけ、彼女にコツを教えてもらいながらメイクを始めた。

アデルはティファニーが気の毒になってきた。母親なしで一〇代を送るのは大変だ。ザックが娘を愛しているのは間違いないだろう。でもどんなにがんばっても、彼は母親にはなれない。大人の女になる過程で、少女の身体にはさまざまな変化が起きる。それに伴って湧いてくる死ぬほど恥ずかしい疑問や不安の数々は、父親には打ち明けられない。代わりに私がこの娘の相談に乗ってあげてもいい。ザックにそう言ってみようか。

ティファニーとケンドラはピンクのルージュを試している。アデルもリキッドアイライナーを手に取り、プラム色の細いラインをまつ毛のきわに描いてみた。イルージョニストのマスカラでまつ毛にボリュームを足し、姪のほうを向いた。

「どう？」

「アイライナーはいいけど……」

「けど、何？」

「アデルおばさん、怒らないでね。そのシュシュは、ちょっと」

「ちょっと？」

「ダサい」

アデルは手でポニーテイルに触れた。「このシュシュの何がおかしいの？」

ティファニーが身を乗り出して言った。「だってそれ、いかにも九〇年代って感じだから。そんなのもう誰もしてないよ」

「ジョードン・ケントのママはしてる」ケンドラが鏡を凝視したまま言った。「迎えに来た時に見たよ」

「そうそう。あのパンツも前髪も、ホントおばさんっぽいよね」

アデルは急に老けた気がした。「本当に？　このシュシュが？」

どうして流行遅れだと気づかなかったのだろう？　いったいいつから私はどうしようもないくらいダサいおばさんになってしまったのだろうか？

「うん、はっきり言って」ティファニーが慰めるような笑みを浮かべた。「でもおばさん、目はかわいいよ」

目はかわいい？　それって、ぱっとしない人に対して褒め言葉が何も浮かばない時に言う台詞じゃないの。

「あと、髪を下ろしたときのほうがかわいいと思う」ティファニーが言い添えた。

かわいい？　「ありがとう」アデルは顔を上げて店員に言った。「このイルージョニストのマスカラをもらうわ。そのプラム色のアイライナーとチェリー色のリップも」それから腕時計に目をやり、姪に言った。「ケンドラは何にするの？」

「わたし？　今日はママのカード、持ってないし」

「大丈夫。カードは私が山ほど持ってるわよ」

「ほんと？」ケンドラが顔をぱっと輝かせた。「買ってくれるの？」

「ええ。お母さんもいいって言うだろうから。それに、こっちに来てからカードを使ってないの。ちょうどお買い物がしたい気分だったし、いいわよ」

「じゃあ、コンシーラーを買ってもいい？」ケンドラが顎のニキビを指した。「これ、恥ずかしくて」

店員が出してきた見本の中から、アデルは筆ペンタイプのものを選んでやった。「これはどう？　あなたの肌の色に合ってると思うけど」

　ケンドラがうなずき、店員がコンシーラーの引き出しを開けた。

「お母さんに会いに行くのは夕食の前、それとも後がいい？」アデルが聞いた。

「後で。今日はこれからティファニーがうちに遊びに来るんだ。ティファニーのパパが六時くらいに迎えに来るって」

「そう」

「手技」に長けた大きな手のひらで乳房を包んでいたザックの姿が蘇ってくる。

「でもパパ、練習が延びるかもしれないから、迎えに来るのが少し遅くなるかも。それでも大丈夫？」

　正直、大丈夫ではない。まだ「パパ」に再会する心の準備はできていない。あのトイレでの記憶が多少でも薄れるまでは、できれば会いたくなかった。

「もちろん、大丈夫よ。シェリリンも私たちの行く時間がいつもより少し遅くなっても気にしないと思うから」

　店員に欲しいものを伝え、ティファニーが言った。「ケンドラはいいなー」椅子の背にもたれて続けた。「わたしも赤ちゃんの弟が欲しい」

「お腹の中で蹴ってるのがわかるんだよ」

「生まれたら、一緒に面倒を見させてね」

「いいよ。うんちのついたおむつ、取り替えさせてあげる」

「うえっ」ティファニーが鼻に皺を寄せた。

店員がマスカラ、ピンクとローズのリップグロス、そして中央に鮮やかなブルーのパウダーが収められた透明のキューブを出してきた。

「それ、ブルーのアイシャドウだけど、お父さんはいいって？」

ティファニーはうなずき、ザックのアメックスのプラチナカードを店員に渡した。「大丈夫だよ」

六時一五分、ザックがシェリリン宅のポーチにやって来た。一一月の薄暗い空の下、大きめのパーカに身を包んで立っている。いつもながら、彼の姿を目にしたとたんにアデルは胸がざわついた。

「やあアデル、どうも」

「ティファニー！」アデルが家の中を振り返って呼んだ。「お父さんが来たわよ」それからポーチに出ると、後ろ手で扉を閉めた。「話があるの」

彼はアデルを見つめてきた。無表情を装っているのがわかる。

「トイレでの一件のことなら、あれは二人ともどうかしていたことにするのがいちばんじゃないかな。それと――」

「その話じゃないの」アデルはザックの腕をつかんで階段の下に引っ張っていった。この人は昔、身体がヒーターみたいと言っていたけれど、そのとおりだ。彼の熱がアデルの手を伝わってきて腕まで温かい。「もっと大事なこと」

家に戻ってからずっと、アデルはティファニーの不安について考え、心を決めていた。やっぱりザックに話したほうがいい。「ティファニーから聞いたわ。あの子、まだ生理が来なくて、そのうちにひげが生えてくるかもしれないと思ってる。それが心配でならないみたい」

ザックがアデルのほうを向いた。「ティファニーがそう言ったのか?」

アデルはうなずき、彼の腕を放した。「ええ。あの子が私に打ち明けたことは、あなたに伝えておいたほうがいいと思って」

「その話はこの前、ぼくも聞いた。でも、ひげのことは言ってなかったな」

「テレビで見て、それで不安になったみたい」アデルは片方の肩をすくめた。「発育が遅いだけだと思うけど。デヴォンは小柄だったし」

「あの子の母親も小さかったからな。たぶんそうだろう」

小さくて、かわいらしくて、きれいだった。アデルはザックから視線を外して胸の前で腕を組んだ。夕方の空気はかなり冷たく、長袖シャツ一枚では耐え難い。「デヴォンのことも聞かれたわ」

「何を?」二人はシルバーのエスカレードに向かって並んで歩いた。

「高校時代はどんなだったかとか、その手のこと」

「それで?」

アデルは彼の顔を見上げてきっぱりと言った。「嘘をついた」

「どんな?」

「デヴォンは素敵な子で、みんなから好かれていたって」

はっきりとはわからないが、ザックの口元に笑みが浮かんだ気がした。

「つまり本当は、みんなに好かれていたわけじゃない、と」

アデルが足を止めた。「ええ。みんな、とは言えないわ」

ザックはパーカのポケットに両手を差し入れた。通りの先の何かが気にかかったらしく、アデルの後ろを見やっている。「嘘をついてくれてありがとう。きみがデヴォンのことを好きじゃなかったのは、知ってるよ」

「そうね」アデルは後ろを振り返ったが、誰もいなかった。「彼女にはひどい目に遭わされたから」

「きみだけじゃない」

え? この人もデヴォンにひどい目に遭わされたのだろうか? 「デヴォンやあなたのことはともかく、ティファニーはいい子だと思ってる。ケンドラにも優しくしてくれるし。あの子、今とっても難しい時だから、ティファニーには感謝してるわ」

「ティファニーはいい子だよ」ザックは目を細めて、まだ遠くを見つめていた。「でも、ひげが生えてくるかもしれないと心配していたのは知らなかった。何でもぼくに打ち明けてくれるものとばかり思っていたんだけどね。父親には言いにくいこともあるんだな」彼はアデルに視線を戻した。「あの子からまた何か聞いたら、教えてくれるかな」

アデルはうなずいた。「私も一〇歳で母親を亡くしたから、あの子の気持ちはわかるの」

「そうだったね。大学の時に聞いたよ」視線がアデルの口元、そしてシャツの胸元に下がる。ザックが声を一段と低くして意味深長な口調で言った。「きみにいいものがあるんだ」

いいものが何なのか知りたいが、考えたくはなかった。それはもう長いこと手にしていないものかもしれない。欲しくてたまらないが、欲しがってはいけないものかもしれない。動揺を隠したくて、アデルはわざと眉間に皺を寄せた。

「何よそれ。子供だましみたいな言い方はやめてよね」

彼はアデルをしばし見つめ、それから口を開いた。「へえ、ずいぶんと想像力が豊かなことで」

「私が?」言いわけをしようとしたが、次の言葉を口にするよりも先に玄関の扉が開いた。ティファニーがポーチの階段を下りてきた。

「帰ろうか?」ザックの声に、さっきまでの意味ありげな熱さはもうなかった。

「うん」バックパックを片方の肩にかけ、エスカレードの助手席のドアを開けると、ティファニーがアデルを振り向いた。「今日はどうもありがとう。ディラーズに連れて行ってくれて」

「どういたしまして」アデルはティファニーの肩に手を置いた。「一つ覚えておいて。発育が遅いのは、今はイヤかもしれない。でも、大人になったらいいことばかりよ。三〇歳でも二五に見えるし、友だちみんなにうらやましがられるから」

久しぶりにザックはデヴォンの夢を見た。彼はテキサス大の学生で、テキサス・メモリアル・スタジアムの地下通路を一人で歩いていた。スパイクの音がコンクリートの壁に響き、歩くたびに手に持っているヘルメットが腿に当たる。歩みが徐々に遅くなり、やがて止まる。大きく口を開ける入り口に、デヴォンが立っていた。埋葬時に着せたシャネルのスーツ姿で。

「ザック、お元気？」

胸に重しを乗せられたようで、ひどく息苦しい。

「ご挨拶もしてくれないのかしら？」

デヴォンがアッシュブロンドの髪をかき上げ、グリーンの瞳でザックを見すえている。

「私、妊娠したの」にっこりと微笑み、平たい腹に手を置く。「あなた、父親になるのよ」

胸の重しが肺を圧迫し、喉をきつく締めつける。ザックは喘ぎながら目を覚ました。激しい鼓動が頭の中で響いている。羽毛ぶとんが鉛かと思うほど重い。ふとんを払いのけて身体を起こし、ベッドの端に腰かけてため息をついた。目が覚めてこんなにもほっとしたことはなかった。

「ふう。まったく、なんて夢だ」

立ち上がり、暗い部屋を抜けてバスルームに向かった。足の裏の感触がカーペットからヒーターで温められたタイルに変わる。天窓から差し込む月明かりの中、ボクサーショーツを下ろして用を足した。以前に見た夢では、死の世界から舞い戻ったデヴォンに離婚は絶対にしてやらないとわめき散らされた。さっきの夢に比べれば、そのほうがまだましだ。

下着を上げてトイレの水を流す。それにしてもなぜ、今になってまたデヴォンが夢に現れて妊娠の話をしてきたのだろう？　まあ何にしろ、夢で本当によかった。途中で目が覚めてくれて助かった。

バスルームを後にしてベッドルームに向かう。一四年前のあの日の記憶が蘇ってくる。フットボール部の仲間と借りていた家にデヴォンが不意に現れ、妊娠していると告げられた。最後に寝た時にできたのだと。それは彼女と別れる数日前の出来事だった。

「未婚の母は嫌よ。絶対に嫌だから」デヴォンは胸の前で腕を組んだ。何が言いたいのかは、明らかだった。

目の前に立つ彼女を、かつての恋人を見つめながら、ザックは人生が砂のごとく手からこぼれ落ちていく思いだった。

できることは一つしかなかった。

そして彼は正しいことをした。

胸に鳥肌が立つ。キッチンに向かい、冷蔵庫を開けて牛乳の容器をつかむと、庫内灯の光の中、容器からそのまま飲んだ。

小さいころから、正しいことをするようしつけられてきた。ただ、選択の余地はなかったが、決断は容易ではなかった。そして、妊娠だけが理由の結婚は最初から問題ばかりだった。

容器を持つ手を下ろして唇の牛乳をなめる。最大の問題は妻への疑念をぬぐい去れないことにあった。妊娠は意図的ではなかったのか。ピルを飲むのをわざと止めたのでは？　死の二年ほど前、ついにデヴォンは故意を認めた。夜の営みがないことを巡って口論になった際、腹立ち紛れに白状したのだった。

「ええ、認めるわ、止めたのよ。デブになるのが嫌だったからね」デヴォンはまくし立てた。

「ずっと疑ってたみたいだけど、どう？　これですっきりしたでしょ」

「どうして黙ってたんだ」

「べつにどっちでもいいじゃない。今さら、何か変わるっていうわけ？」

デヴォンの言うとおりだった。何も変わらない。知ったのが一四年前でも、一〇年前でも、今でも、結果は同じだ。故意だろうが何だろうが、自分はデヴォンと結婚をした。それに彼女はかわいい娘を産んでくれた。

冷蔵庫に牛乳を戻してドアを閉めた。ティファニーのことは心から愛している。娘のことで後悔はない。だがあんな過ちは一度で十分だ。二度と犯すつもりはない。

愛を感じず、信じることもできない女性と結ばれることだけは、絶対にしない。一度それをして、最悪の結果になったのだから。

10

金曜の夕方五時、アデルはバスに乗ったケンドラに手を振った。ダンスチームは引率の保護者とこれからサンアントニオに向かい、日曜の午後まで帰ってこない。ほぼ丸二日の自由時間だ。アデルはのんびりと過ごすつもりだった。

バスを見送ってから、帰りにシェリリンの病室に寄った。退屈だと不満を漏らしていた姉にネイルファイル、フットローション、マニキュア、ペディキュアを持っていった。ペディキュアは自分のぶんも買った。二時間ばかり姉の相手をして帰宅、すぐにバスタブに湯を張り、友人のルーシー・ロスチャイルドの最新ミステリー本に没頭した。ルーシーは連続殺人犯の最重要容疑者にされたことがある。取り調べを担当した刑事と恋に落ち、二人は結婚した。

ジェットバスの湯に深く身を沈めた。チェリーの香りの泡が肩をなでる。髪は濡れないように頭の上で、ダサいとばかにされたシュシュでまとめてある。一人でのんびりしたい時は、湯船に浸かって素敵な小説を読むのがいちばんだ。湯が冷め、泡が立たなくなるまで癒しの時間を堪能してから、アデルはタオルを巻いてバスルームを出た。

家の中はがらんとして、やけに静かだ。リラックスできると思っていたのに、妙に落ち着かない。正直、これには驚いた。長いこと一人で暮らし、静かなのが当たり前だったのに。身体を拭いて白のTシャツとパンティに着替える。ふわふわのピンクの靴下を履いていたところで、ドアベルが鳴った。黒のワッフルローブをつかみ、玄関に向かった。

誰だろう？　まさか、ジョージじゃないわよね？　人間サンドイッチの注文だけは勘弁して欲しい。

違った。覗き穴の向こうに立っていたのは、ザックだった。ポーチの明かりが金色の髪を輝かせ、顔の左半分を照らしている。いつもながら、はっとするくらいに整った顔立ちだ。アデルの背筋を首の付け根辺りまで、電気にも似た熱い刺激が駆け上がる。どうしよう。この扉を開けたら、まずいことになるのはわかりきっている。

ザックが手を伸ばし、ドアベルを再び押した。三回続けて鳴らされたところで、アデルは錠に手を伸ばした。扉を開けたとたん、ザックの姿が目に飛び込んできた。青のフリースジャケットに、洗いざらしのジーンズ姿だった。

ザックはアデルの顔、黒のローブ、そして足元に目をやった。「いいね、その靴下」

「どうも」

彼の視線が再びアデルの身体を這い、顔に戻った。「一人？」

「ええ」

「だったらどうしてこんなに時間がかかったんだよ？　ぼくを入れるかどうか迷っていたと

か？」

「まだ迷ってるわ」

ザックが口の端を軽く上げて微笑んだ。「入れてくれよ」

それはまずいでしょう。

「きみにいいものがあるんだ。ここじゃ、見せたくない」

またそれか。「ジーンズのボタンに手をかけたら、警察を呼ぶわよ」

「は？」ザックがあきれ顔になり、フリースのポケットから白のブラジャーを引っ張り出した。「きみの、だろ？」

アデルはすかさず手を伸ばしたが、ザックは届かない所までブラジャーを持ち上げた。

「どこで見つけたのよ？」

「女子トイレの床。返して欲しいかな、と思って」

アデルは手を差し出した。「もちろん返して欲しいわよ」

「ぼくのものを持ってるだろ。交換しよう」

「何のこと？」

「監督のキャップ」

アデルはバスローブの前をかきあわせて胸の下で腕を組んだ。「ほかにも持ってるんでしょ？」

「うん。でもあれはラッキー・キャップなんだ。明日は大一番だからね。ほかのはかぶりたくない」

「中に入れてもいいけど、悪さしない？」

ザックは両手を上げた。ボーイスカウトの少年並みに品行方正、に見えないこともない。指先にぶら下がるブラがなければ、の話だけれど。

アデルがドアを開けると、彼は中に入ってきた。「ねえ、普通はまず電話するものじゃない？」

「番号、知らないし」

なるほど。「帽子は赤ちゃんの部屋よ」

先に立って進むアデルのすぐ後ろを、フローリングの床に響くブーツの足音がついてくる。目指す部屋に入った。小さな机とアデルのノートパソコン、ベビー用品の箱が所狭しと置かれている。

「お姉さんの具合はどう？」

「今日はいいみたい」机のキャップを手に取り、彼を振り向く。「赤ちゃんが元気だと、姉も機嫌がいいのよ」アデルはキャップを、彼はブラジャーを手渡した。

ザックが部屋を見渡した。「やることがいっぱいあるみたいだな」

「まあね」ブラを机に放り、あらためて部屋を見まわす。彼と彼の広い肩と厚い胸は見ないようにした。以前から狭いとは思っていたが、ザックがいると、パーティションで区切られた仕事場並みに窮屈な感じがする。

「そのベッドとか、いろいろと組み立てなくちゃならないの。本当は壁を青に塗ろうかとも思っていたんだけど。天井に雲を描いたら、かわいいかなって」アデルは肩をすくめた。部屋が狭いだけに、彼の石けんのにおいまでする。今すぐにでも抱きついて首筋に鼻を押しつけたい衝動に駆られた。

「ホームセンターに行かなくちゃ。この家、ドライバーもないから」

「万が一のために、工具はあったほうがいい」

アデルが笑みを浮かべた。「わかってるわよ。でもこっちに来る時、荷物に工具ベルトは入れなかったから」

今度はザックが笑みを浮かべる番だった。「工具ベルトなんて持ってるんだ？」

「まあね、工具セットに付いていたおまけの安物だけど」

ザックが目を上げてアデルの頭を見つめた。「それ、アフロにでもするつもり？」

「あ」シュシュを外し、頭を振って髪を下ろす。もしかして、今のは誘い？　得意の巧みな技を今日はいつしかけてくるのかしら？　「お風呂に入ってたから」

「大学の時、まずその髪に目を奪われた」ザックが出し抜けに言った。キャップで腿をとんとんと叩いている。「ジャングルで暮らす野性的な少女っていう印象だった。映画やアニメの中で、ヒョウ柄のビキニ姿でアマゾンを駆け回っている娘」アデルの目を見つめる。「言ってなかったよね」

「ええ。初耳」

「次に目を奪われたのが、その瞳だった。ピザ屋できみのバイトが終わるのを待っていたことがあっただろ？　どうしても寮まで送っていきたかったんだ」

「そうだったわね」みぞおちの奥がぎゅっとなり、彼の首筋に鼻を押しつけたい衝動がますます強くなった。「花の妖精の本を買ってきてくれたのよね」

「そうだっけ？」

「忘れたの？」

「しょうがないだろ。脳震とうを起こした数も覚えていないんだから」

「まあいいわ。でもあれは本当にうれしかった」

「夢を壊すようで申し訳ないんだけどさ」ザックが自嘲的な笑みを浮かべた。「たぶんきみを裸にしたくて、それで本をあげたんじゃないかな」

「あら」アデルは声を上げて笑った。「私が好きだったから、じゃないの？」

「いや、好きだったよ」ザックは照れくさそうに頭に手をやり、キャップをかぶった。「すごく好きだったし、きみとしたくてたまらなかった」

今もしたい。そんな言葉をアデルは期待した。二人して裸になって楽しもうよ、といった甘美な台詞を。

期待に反して、彼はドアに向かって歩きだした。「明日は大事な試合なんだ。じゃあ、おやすみ、アデル」

え？　本当に帽子を取りに来ただけ？　「帰るの？」

ザックが戸口で立ち止まり、アデルを振り返った。「いて欲しい？」

キスもなければ、身体に触れもしないの？　私の心のヒューズを飛ばして、ノーと言う回路をショートさせるつもりもないの？　本当はそう言いたかったが、喉が詰まって言葉が出てこなかった。

「やっぱりね」ザックは玄関に向かい、ノブに手をかけた。

「行かないで！」今日、彼を待っていたわけではない。夜をともにして欲しいと思っていたわけでもない。でも、後悔はなかった。

「どうなるかはわかってる、よね？」

「ええ」それは玄関を開けてこの人を中に入れた瞬間から、よくわかっていた。

「アデル、きみはいつもあいまいな感じだから、ぼくもどうしていいかよくわからなくなる。でも正直に言うよ。ぼくもこんな気持ちのまま帰りたくない」

アデルはジーンズの前の膨らみに目を落とした。「やだ」いや、これを望んでいたのだ。

ザックはノブにかけた手を下ろして扉に背中をあずけた。「常に」

「コンドームは？」

「じゃあ、帰らないで」

彼が両手を差し出した。まだぎりぎり、選択の余地が残っている。でも、あれこれ考えるより早く、アデルは玄関口に向かって駆け出していた。フリースに覆われた両肩に抱きつき、首元に顔を埋める。思い切り息を吸い込むと、ザックの香りが胸いっぱいに広がった。先週、彼に火をつけられた身体中のあちこちに再び火がともった。

「素敵な夜にして。明日、後悔しないように」

ザックはアデルの頭を両手で包むと、目を見つめた。

「プレッシャーをかけるね」

「できる？」

彼が顔を寄せてくる。「任せてくれ。知ってるだろ、プレッシャーがあるほど燃えるタイプなんだ」

アデルの軽く開いた口にザックの唇が重なった。巧みな、しっとりとしたキスに胸の奥がふわりと軽くなる。身体が宙に浮いた気がした。

玄関口の柔らかな明かりの中で、二人は抱き合って舌を絡ませた。ザックの手が豊かな髪から背中、そしてヒップへと下がり、アデルをぐいと引き寄せる。彼の硬い膨らみが押しつけられる。バスローブがはだけ、薄いTシャツ越しに頑強な肉体がはっきりと感じられる。この人が欲しい。アデルは心の底から思った。たとえ一晩だけでもいい。彼の愛撫が、キスが欲しい。この人を身体の奥深くまで、欲しい。

ザックが両手をアデルの肩にかけた。バスローブがはらりと落ち、足元の床で丸まる。彼にTシャツをたくし上げられ、裸同然のヒップを両手でしっかりと包まれると、アデルの口から熱いため息が漏れた。アデルは彼の唇に吸いついた。心のたがを取り払い、燃え上がる欲望に身を任せる。もう止められない。止める気もない。

キスが一段と濃厚さを増す。飢えた生き物のごとく激しく求め合う口と口。ザックが舌を差し入れ、アデルの口の中を優しくなめ回す。彼のものがアデルの奥深くに押し入ってきたみたいだ。身体が敏感に反応し、下腹部がじゅんと湿ってくる。アデルはたまらず彼に強くしがみついた。

フリース、その下のTシャツ、頭の後ろを両手でまさぐる。キャップを脱がし、フリースを肩から脱がせる。ザックが身体を揺すると、フリースが腕のところまで下がった。アデルはすぐさま彼のTシャツをたくし上げて、むき出しの胸をまさぐった。よく発達した筋肉に指を這わせ、熱い皮膚の感触をしばらく楽しんでから、いったん身体を離してその完ぺきな肉体を眺めた。太い二の腕に二つのZが絡み合うタトゥー。金の体毛に覆われた胸の筋肉は、見るからに硬そうだ。お腹はくっきりと六つに割れている。やや濃い金色の体毛がへその周りを覆い、ジーンズの中へと続いている。

「気に入った？」

身体に自信のある男性しか口にしない言葉だ。「ええ、とっても」

アデルがTシャツを頭から脱いだ。豊かな巻き毛がばさりと下りる。Tシャツを放り、ピンクの靴下と白のパンティ姿でザックの前に立つ。彼は扉に頭をあずけ、熱い欲情をたたえた瞳で見つめてきた。

どうかしら、と無言で問いかけるアデルに、ザックが満足そうな笑みで応えた。獲物を見つけた獣を思わせる表情だ。「最高だよ」

ザックに抱き寄せられた。たわわな乳房が彼の胸に押しつけられ、彼のほてった肌が硬くなった乳首を刺激する。早くも溶けてしまいそうなアデルの全身がさらに熱く燃え上がった。

ザックが再び顔を寄せ、狂おしいまでに激しく唇を重ねてくる。荒々しく、そしてまったりと甘い、恍惚のキス。こんなのは生まれて初めてだった。二人ともそのまま純然たる肉欲と色情の渦に身を任せた。しばらくして彼が低く呻き、唇を離した。息が猛々しい。欲情の炎に燃えるダークブラウンの瞳を見たとたん、アデルの身体の芯がまたうずいた。

「ベッドはどこ？」とザック。

アデルは彼の喉元に唇で触れ、手をジーンズの中に滑り込ませた。「こっちよ」アデルが先に立ってシェリリンのベッドルームに入った。

「明かりをつけて」部屋に入るや、彼が後ろからアデルを抱きしめてきた。声の震動が彼女の首の後ろをくすぐる。「明るくして、しよう」

アデルはベッドサイド・テーブルのランプをつけた。ザックが前ボタンを外してジーンズを脱ぐ様を見つめる。ショーツはグレーのボクサータイプで、腰と前の合わせ目に白のステッチが入っている。彼がジーンズを蹴り脱ぐが早いか、アデルはその腹から下腹部へと手を這わせた。ショーツの中に手を入れて、太いものをそっと包んだ。

私の初恋の人。初めての恋人。時間とともに思い出はかすんでいったが、今すべてが鮮やかに蘇ってきた。ザックのがっしりとした肉体の重みを思い出しながら、火傷しそうなくらいに熱い、滑らかなものを握る手を優しく上下させる。彼が太いうめき声を漏らして、手をアデルの手に重ねる。限界点まで来ると、彼はアデルの手を自分の肩へと持っていき、それからベッドにそっと押し倒して身体を重ねてきた。

ザックが首筋に唇を押し当てて甘い言葉をささやく。きみがどんなに欲しかったか。きみのせいで、身体の奥がどんなに燃え上がるか。きみに触れられると、どんなに感じるか。唇を肩に滑らせると、肌を心ゆくまで味わいながらゆっくりと下に移っていき、乳房にキスをした。舌の先で乳首を転がし、その熱い口に含む。

ああ、ザック。アデルは喘ぎ声を漏らして背を反らせた。もう何も考えられない。彼の頭をつかみ、潤んだ瞳で見つめた。ザックが私の乳房に口づけをし、硬く立った乳首を吸っている。彼はアデルの息が絶え絶えになるまで胸を攻めてから、標的を下腹部に移した。まずはお腹、続いてへそのすぐ下を温かく湿った舌が這い、熱い炎の跡を残していく。

続いてザックはベッドを下り、アデルの腿の間に跪いた。

「何？」

「きみの妖精と再会しようと思ってね」

パンティを靴下に覆われた足から抜くと、ザックは両手を腿の下に差し入れて軽く持ち上げ、両膝をたくましい肩にかけた。それから顔を寄せて、脇腹の妖精のタトゥーに口づけをした。

「食べてもいいよね？」彼の熱い吐息がアデルの肌をなでる。

アデルは唾を飲み込み、こくりとうなずいた。ザックが脇腹に口づけをし、内股に軽く歯を立ててくる。温かな手のひらを脚の間に差し入れ、アデルの腿を付け根に向かってなでていく。

彼の親指が敏感なところに触れた。

アデルは喉の奥から深いため息を漏らした。ザックの顔に満足げな笑みがこぼれたのが内股に感じられる。彼は片手をヒップの下に滑らせると、もう片方の手で濡れそぼった秘唇を開き、そこに顔を埋めてきた。

一四年前にもキスを受けた所だ。でも今度のほうがもっとうまい。舌をどう動かすか、どれくらい強く吸ったらいちばん感じるかを心得ている。見事な焦らしのテクニックに、アデルはもう達しそうだった。次の瞬間、溢れる泉の中に彼が指を滑り込ませ、いちばん感じるところを突いてきた。一四年前にはなかった技に、アデルはたまらず昇りつめた。

「ザック……」大波のごとき猛烈なオーガズムが全身に広がり、身体が弓なりになる。痙攣が治まるまで、彼はそのままでいてくれた。それからアデルの腿の内側に優しく口づけをすると、ゆっくりと立ち上がった。

「ずっとしたかったんだ。何週間も前から」ザックがジーンズの尻ポケットからコンドームを出した。「大丈夫?」

アデルは顔を上げて彼を見やった。身体に力が入らない。普通なら、この満ち足りた気分のままベッドの上で丸まり眠りに落ちてもいいところだ。でも、ザックの美しい肉体と力強く屹立したものを見つめていると、もっと欲しくなってきた。もっともっといっぱい。まだよ。今日はこの人をとことん味わい尽くすの。

アデルは軽く身を起こすと、ザックの手を握ってベッドに引き寄せた。ザックのほてった身体が上に覆いかぶさり、太くて熱いものが下腹部に押し当てられる。アデルは彼の手からコンドームの包みを取って開けると、脈を打つそれの頭にかぶせ、根元まで下ろした。

「こういうのはどうかしら？」ザックにまたがり、位置を確かめると、静かに腰を沈めていった。彼のものは見事にそそり立ち、信じられないくらいに硬い。時間をかけ、薄いゴムに包まれた盛り上がりや頂の一つひとつを堪能する。彼の先端が子宮の先に当たるまで、深く入れた。

ザックの口から深いため息が漏れる。彼は両手でアデルの腿と尻をまさぐり、腰をつかんできた。

「素敵だよ。最高だ」

「もっと良くしてあげる」

ザックにまたがったままゆっくりと身体を上げ、腰を艶めかしく揺らしながら、また下げていく。主導権を握り、彼をもてあそぶ。アデルの秘部が硬いものに吸いつき、強く締めつけ、さらに奥へと誘う。ザックの肉体を利用して、猛り狂う自らの情欲の炎をますます燃え上がらせていく。

「すごい。いつ覚えたんだ」アデルの腰をつかむ彼の手に力がこもる。

アデルは腰を前後に振りながらゆっくりと回し、互いの欲望を満たしていった。とろんとなったザックの目を上から見つめる。顔を寄せ、首筋にキス。彼の胸に乳房を押しつけ、耳元でささやいた。「すごくいいわ。硬くて、とっても大きい」

ザックが身体を横転させて上になった。指を絡ませて手を握り合い、唇を重ねる。舌が入ってくると同時に、彼のものがアデルの中に再び入ってきた。

雄々しく突かれるたびに、全身を圧倒的な快感が駆け抜けていく。頭がしびれ、失神してしまいそうだ。唇を離し、片脚をザックの腰に巻きつけ、彼のリズムに合わせて自分も腰を動かす。絶頂に向けて動きがさらに加速し、アデルは激しく突き上げられた。

「もっと、もっと来て」突かれるたびに、喘ぎ声が激しくなっていく。押し寄せてきた快感の津波に飲み込まれ、アデルの全身が痙攣を繰り返す。永遠かと思うくらいに、何度も、何度も。つま先を強く折り曲げ、拳をぎゅっと握りしめ、開いた口から無言の絶叫を上げた。

ザックが感嘆の言葉をかけてくれる。きれいだよ。すごくいい。さらに力強く奥まで突くと同時に、彼はアデルの中で果てた。アデルの両手を握りしめて、首元に顔を埋める。絶頂の瞬間、背中と肩の筋肉が石のごとく硬くなった。最後に漏らしたうめき声は、心の奥底から発せられたかと思うほど深かった。

熱い吐息がアデルの頬をくすぐる。ザックは耳に口づけをくれた。

「大丈夫？」

「うん」

「痛くなかった？」

痛い？　アデルは可笑しくなった。「ううん」

ザックが頭をもたげて、アデルの目をじっと見つめてきた。屈託のない笑み。「最後、ちょっと乱暴だったから。ごめんね」

アデルはたまらず彼に抱きついた。肩や背中をなで回して、目を見つめる。昔と変わらぬダークブラウンの瞳。でも、セックスは変わっていた。若いころとは比べものにならない。昔の彼とは違う。そして、アデルも。最大の違いは、もう彼を愛していないことだ。この人は素敵なセックスをくれた。ただそれだけ。信じられないほど良かったけれど、愛を交わしたわけじゃない。今の行為は、愛とは何の関係もない。そして、アデルはそれでよかった。今のアデルが何よりも欲しくないもの。それは、かつて心を引き裂かれた男性と再び恋に落ちることだった。

「なあ、お腹空かないか？」ザックが額をアデルの額に重ね、片手で彼女の腿をなで上げた。「ピザなんて、どう？」

その瞬間、大学時代の彼が蘇ってきた。ああ、この人はやっぱりザックだ。セックスの後、すぐにお腹を空かすんだった。「サンドイッチでもいい？」

「それ、すごくセクシーだね」アデルの脚を見つめて、ザックが言った。上半身裸で、下はジーンズ。心からくつろいでいる様子でキッチンカウンターのスツールに腰かけている。

「何が？」アデルはアイスティーのグラスを渡し、彼の横のスツールに腰を下ろした。

「着ているそれ」

「これ?」アデルは白いTシャツに目をやり、お腹の辺りの布地を軽くつまんで引っ張った。本当の意味でセクシーな服がないのが、ちょっと恥ずかしい。でもこっちに来る時、セックスのことはほぼ頭になかったのだから仕方がない。

「うん」ザックはハムとチーズのサンドイッチを口いっぱいに頰ばり、アイスティーで流し込んだ。

「ただの着古したTシャツよ」

「いや、きみのそういうところが昔から好きだったんだ。普通にしているだけでセクシーだよ」

私が、セクシー？ そんなこと、近ごろは考えたこともなかった。仕事と姉とケンドラの世話に追われ、いつも疲れていた。

「このTシャツがセクシーに見えるなんて、あんまり遊んでないのね」

「おいおい、一〇代の娘がいるんだぞ」ザックがグラスをカウンターに置いた。「あんまりどころか、全然だよ」

まさか。信じられない。「全然？」

「裸の女性と同じ部屋にいるのなんて、本当に久しぶりだな」

「久しぶりって、どのくらい？」アデルはアイスティーを口にした。

「そうだなあ。デヴォンが死んでからは、一度もない。最後はたしか、離婚の書類を渡した

四、五カ月前だったかな」
アイスティーが気管に入り、アデルはむせた。「デヴォンと離婚?」

「ああ。でも誰にも言わないでくれるかな。ティファニーも知らないし、知らないままにしてやりたいから」

「ええ。でも……」アデルはグラスをカウンターに置いた。「ううん、何でもない」

ザックがサンドイッチをもう一口頬ばった。「何?」

「その、私には関係ないことなんだけど。離婚するつもりだったのに、あなたのお宅、どうして今もデヴォン一色なのかな、と思って」

彼はサンドイッチを皿に置いてアデルに向き直った。「デヴォンが死ぬ前からああなんだ。ぼくのベッドルームとテレビの部屋の家具は新しくした。でも、ティファニーが変えたくないって言うから」

「ああ、それでか。デヴォンの大きな写真、気味が悪いと思ってたんだけど、それならしょうがないわね」でも、いつかは変えなければならないだろう。いつまでも昔のままでいるのは、娘のためにも、父親のためにもならない。

「気味が悪い?」

「でしょ。何とも思わないの?」

ザックが肩をすくめた。「慣れちゃったのかな。もうほとんど目に入っていないし」

「初めて家に行った日、あの大きな写真を見た瞬間、心臓が止まるかと思ったわ」

「だろうね」ザックが可笑しそうに笑って、ぽりぽりと胸をかいた。「あの日、家に戻ったら、きみがポーチの屋根の下に立っていた。目を疑ったよ。幻に決まってるって。白いセーター姿で、昔のままのワイルドな髪。でもきみは、ぼくを見てもうれしそうじゃなかった」

アデルは彼に向き合い、むき出しの両膝をジーンズに包まれた脚の間に差し入れた。「衝撃が大きすぎたのよ。まずはあのデヴォンの写真でしょ。で、今度は目の前にあなたが現れたから」

ザックはアデルの手を取って指の背にキスをした。「あの日以来、きみのことが頭から離れなかった」手を裏返し、手首に唇を押し当てる。くすぐったい温もりが、アデルの腕から肘に伝わってきた。「お姉さんのために戻ってきただけというのはわかってる。でもぼくにとっては、よかった。かなり自分勝手だけど、とにかくきみがしばらくここに残ることになって、よかったと思ってる」

サンドイッチを食べ終えると、ザックはもう一度アデルを求めてきた。今度は終わった後にお腹が空いたとは言わなかった。彼の腕に抱かれたまま、アデルはいつしか眠っていた。

翌朝、目が覚めると、彼女はベッドに一人きりだった。

一夜限りの素敵な情事らしく、ザックは黙って出ていった。また電話するよ、の空約束はなかった。気まずくてぎこちない、さようならの言葉もなかった。

これが愛のないセックスのルールだ。ひとときの欲望だけで身体を重ねた男と女の。これでいい。少しだけむなしい気もするけれど、これでいいんだ。

仰向けになり、天井の模様をぼんやりと眺める。そう、これがルールなのはわかっている。それなのに、アデルはザックへの思いを止められなかった。あの人は今どこで、何をしているのだろう。

どういうわけか、呪いは姿を現さなかった。少なくとも、今のところはまだ。あと何回か、あの人の身体を利用してもいいだろう。呪いのせいで彼が最悪の最低男に姿を変えるまでは、楽しめばいい。

11

靴売り場から、デヴォン・ハミルトン＝ゼマティスは新入荷の服に目をやった。選択肢は黒、グレー、ショッキング・ピンクの三つ。ショッキング・ピンクを着るのは、文字どおり死んでもいやだ。あの色は品がなさすぎる。グレーは顔がぼやけるからパス。

左舷に敵を発見。同じくジャージ素材のドルマンスリーブの黒いワンピースを狙っている女。名前はジュールズ・ブルサード。ニューオーリンズから来た生意気なジュニアリーガーだ。

デヴォンは靴箱の山をひょいと飛び越え、ロンダートからバク転に入り、フィニッシュはサイドハードドラー・ジャンプで決めた。伸ばした左足が誤ってジュールズの巨乳にヒット。ジュールズは後ろにすっ飛び、ヘインズのガードルの箱の山に突っ込んだ。

「あら、ごめんなさい」デヴォンは息一つ乱さず、涼しい顔で黒のワンピースをつかんだ。

ウォルマート勤めを言い渡されてから三年、デヴォンはいくつかのことを学んだ。

その一。ウォルマートには安物しかないが、プライドは安売りしなくていい。肉体は失ったけれど、ファッションセンスは失っていない。死後の世界でも生前と変わらず、周りから羨望の目で見られている。当然だ。

その二。どういうわけか、一〇代のころの活力と体力が戻っている。チアリーディングのハーキーやパイクといったジャンプに、バク転だって軽々とできる。大学時代に戻ったみたいに身体が軽い。ただ残念なことに、昔の体力が戻ったのはデヴォンだけではないらしい。コスメ売り場の女もそうで、不用意にリップライナーに手を伸ばそうものなら、容赦なく喉に強烈な手刀をお見舞いされるから要注意だ。

その三。お買い得を示す黄色いスマイルマークが並んだ棚の裏に、苦虫を嚙みつぶした顔の死人が山ほどいる。デヴォンと同じで、こんなさえない所に追いやられ、無味乾燥なBGMを延々と聞かされる退屈な日々に、誰もがうんざりしている。

デヴォンが命じられた労役は、ひたすら棚に靴を並べる作業だった。大好きな靴に触っていられるわけだし、最初はそれほど悪くないと思っていたが、とんでもなかった。やればやるほど、プラダやマノロ・ブラニク、ヴァレンチノを履いていたころが恋しくなる。安物の靴はフェンディみたいな、いいにおいがしないのだ。

それでもまだましか、とは思っている。厨房なんかに行かされていたら、たまったものではない。コールスロー・サラダとフライドチキンをエンドレスで作らされるなんて、考えただけでもぞっとする。

試着室に入り、昨日、家電売り場の女と争って勝ち取ったプリントのシフォン・ブラウスを脱いで新たな戦利品を頭からかぶる。黒のジャージ素材が身体にぴったりとフィットする。

姿見に映る自分を見つめ、デヴォンはにっこりと微笑んだ。うん、いつもどおりきれいね。完ぺきだわ。

ところが、ここでいつもとは違うことが起きた。鏡の中の姿がぼやけだし、ラックの服も蜃気楼のように揺らめいて消えていく。気づいたら、彼女は灰色のもやに包まれていた。一瞬、全身がぞくっとなる。見下ろすと、さっき着たばかりのワンピースがシャネルのツイードのスーツとミキモトのパールに変わっていた。

「やっと見つけました。まったく、言われた所にいたためしがありませんね」

デヴォンは顔を上げた。「ハイバンガー先生？」

「ハイバーガーです」六年生の時の担任が正した。「あなたの配属は婦人靴売り場です。婦人服ではありませんよ」

デヴォンは肩をすくめた。

「ついていらっしゃい」

デヴォンは昔の担任の後について、足を動かすことなく霞のような雲の中を進んだ。

「徳を一つ積みましたから、上に進めるチャンスが与えられました」

「徳を積んだ？　私が？」

ハイバーガー先生が小さくうなずいた。相変わらず、金ボタンのラベンダー色のスーツ姿だ。センスゼロの格好だけど、棺桶に入る時に誰かに着せられたのだから、先生のせいとは言えない。もっとも、死んだ時にあれがクローゼットにあったのは間違いないが。

「これで天国に行けるんですね？」

「それはあなた次第です」目に見えないエスカレーターに乗っているかのごとく、二人は雲を抜けて上へ上へと進んでいく。

「いいわ。行きましょう」地獄はウォルマートで十分だ。早く天国に行きたい。

「いいえ、まだです。生前、あなたが不当に扱った女性に与えた贈り物によって、あなたの魂が地上の肉体にあった時に犯した過ちは多少正されました」

「はあ？」

ハイバーガー先生がデヴォンを振り返った。「つまり、あなたの贈り物は巡り巡って、善きほうに働いたのです」

「善きほう？」

「驚きました？」

驚いたどころではない。ショックだ。例の女にかけたのは、デートがことごとく失敗する呪いのはず。私の男を取ろうとした泥棒女にふさわしい贈り物だと思ったのに。「いえ、べつに。そうですか、それはよかった」

嘘をついても、神はすべてお見通しですよ。

だったわね。「誰かいい人でも見つかったんですか？」

先生が立ち止まり、デヴォンも止まった。雲がするすると集まり、薄型テレビ風の画面に変わる。アメリカン・フットボールの試合が映し出された。サイドライン際に立っているのは、ザック。昔と変わらず、いい男だ。

「あの人、何を？」

「見ていなさい」

ザックは口頭で指示を出し、手で合図を送っている。シーダークリーク・クーガーズがボールを奪ったところだ。「うちの高校の監督を？」

「ええ」

「ＥＳＰＮのオファーは？」

「娘さんのためにシーダークリークに残ったのです」

「そうですか」それはよかった。ティファニーはあの町も家も友だちも大好きだったから。

画面が変わり、シルバーのキャデラック・エスカレードが映し出された。ヘッドライトがまっすぐに延びる暗い高速道路を照らしている。運転席にはザック。両方の親指でひっきりなしにハンドルを叩いている。焦れている時によくする仕草だ。懐かしいその癖を目にして、デヴォンは顔をほころばせた。デヴォンはデヴォンなりにザックを愛していた。彼はデヴォンが何よりも望み、何よりも愛するものをくれた。お金と地位。そして娘を。

「ティファニーは？」と聞いてはみたが、それほど心配はしていない。ザックがちゃんと面倒を見てくれているはずだ。ただ、愛娘には会いたかった。死によって多くのことが変わったが、その気持ちは変わらない。

「元気ですよ」

エスカレードが縁石に寄って停まった。ザックが車を降りて、見知らぬコンドミニアムの玄関に向かう。ノックをすると、扉が開いた。黒のスリップみたいな格好で現れたのはなんと、例の女だった。女はザックの腕の中に飛び込み、二人はしっかりと抱き合った。衝撃の光景にデヴォンは息が止まった。

「ちょっと、何よ、あれ！ 冗談じゃないわ」死によって多くのことが変わったが、憎悪に似た強い感情は変わらない。ザックが女の口に唇を重ねている姿に、怒りがふつふつと湧き上がってくる。一〇年の結婚生活の間、あの人には何人か女がいた。それは知っていたが、べつにかまわなかった。ザックをデンバーに一人残してシーダークリークに戻ると決めた日から、あの人が欲求のはけ口をほかの女に求めるのはわかっていた。浮気がマスコミにばれて騒がれたりしないようにうまくやってくれれば、それでよかった。寝たい女と寝ればいい。でも、あの女となると話は別だ。

「どういうことなんですか？」デヴォンは画面に近寄り、手で雲を払って映像をかき消した。

「この三年、デートはどれもうまくいきませんでした。彼女はいまだに独身ですよ」

「だったらどうして呪い……いえ、贈り物がザックには効かないんですか？」

昔の担任が肩をすくめた。「神の仕業は誰にもわかりません。ひょっとしたら、運命なのかもしれませんね」

「あの二人、つきあってるんですか？」

「まだ始まったばかりですが、ええ、そうです。あなたのおかげでもあります。あなたからの贈り物がなければ、違う誰かと結ばれていたかもしれませんね」

デヴォンは腕組みをした。冗談じゃない。自分のものを奪い取られるのがどんなに屈辱的か。それは経験した人にしかわからない。デヴォンがまだ小さいころ、母は車を取り立て屋に持っていかれた。家具もすべて差し押さえに遭い、二人は家から締め出された。二番めの夫に有り金まですべて取られた母とその娘は、親戚の厚意にすがって生きるしかなかった。物乞い同然の毎日だった。母が裕福な男性を見つけて再婚してからは金に不自由することもなかったが、当時のつらい思いは幼いデヴォンの心にしっかりと刻まれた。その経験から、デヴォンは人生の大切な教訓を学んだ。何が何でも勝つ。自分のものには、何人にも、何者であろうとも、指一本触れさせない。

絶対に。

「さっき、一つ徳を積んだと言いましたよね」デヴォンは組んでいた腕を解いた。「ということは、また別の贈り物を贈れるんですよね?」

「ええ。ですが、もうあの女性には贈らなくてかまいません。あなたが彼女に犯した過ちは正されましたから。今度は人類全体のために使ったらいかがですか。いろいろとすばらしいことができますよ。貧困の解消に役立てたり、難病の治療法を見つける手助けをしたり。そうした大いなる善のために使うのがいいでしょう」

ふん、大いなる怨のため、よ。

それはやめたほうが。

昔からハイバーガー先生の言うことはまるで聞かなかったし、今も聞くつもりはない。一つ、いい贈り物がある。そのせいでザックは心の底から腹を立て、私を憎み続けた。あれならば、あの女のことも憎むはず。デヴォンは目を閉じてつぶやいた。「これでいいわ」ハイバーガー先生はかぶりを振ると、再びひどく落胆した表情を浮かべた。「やっぱり何も学んでいないのですね」先生の姿がぼやけだした。

「あいつには渡さないわ！」デヴォンは消えていく先生に向かって吠えた。「あの女は、ずっと私のことをねたんでいたのよ。六年の時はティンカーベルの役を盗んだ。大学の時はザックを盗もうとした。ザックは私のものなのに！」

前と同じく、先生はどこからともなく現れたガラスの自動ドアの中へと姿を消した。シュウッという音とともにドアが閉まり、灰色の霧が壁に変わる。一瞬、また寒気がしたと思ったら、素敵なシャネルのスーツが消えた。今度の格好はおぞましいポリエステル製のワンピースだった。プリントは花柄で、襟は大きなレース。スカートの裾はちょうど膝下の辺り。一九八三年からタイムスリップしてきた気分だ。

デヴォンは周りを見渡した。布やリネン、シーツなどが棚やラックに並んでおり、その奥の壁には一面に陳列された電動の工具類。「どこよ、ここ？」

人の良さそうな笑みを浮かべ、胸ポケットに「ノーマン」と名前の入ったポロシャツ姿の男性が近づいてきた。

「こんにちは」男が言った。「シアーズへようこそ。家庭用の工具売り場ですよ」

12

ザックは顔を上げてアデルを見つめた。瞳の色がやや深くなったのがわかる。「入れてくれる？」

アデルはうなずいて一歩後ろに下がった。「試合はどうだったの？」

「勝ったよ」

「何対何？」

「いくつだったかな」ザックは顔を寄せ、アデルの柔らかな唇に唇を重ねた。ふわりとした軽いキスにするつもりだったが、アデルがそれを許さなかった。彼の唇を奪い、軽くという思いも奪い去る。舌と舌が絡み合う、肉欲の迸りを感じさせる熱いキス。ザックもそれでよかった。最高のものを手にするには、躊躇せずに初めから激しくいくのもありだ。

玄関の扉を蹴って閉め、アデルを荒々しく抱き寄せる。二つの頂が胸にはっきりと感じられる。アデルが両手でザックの上腕や背中をまさぐった。飢えた獣のように。彼女をこんなふうにしたのが自分だと思うと、うれしくなった。飢えているのはザックも同じだった。

ここを出たのが今朝の四時。一六時間後、彼はまた戻ってきた。アデルがもっと欲しくて、アマリロからアクセル全開で飛ばしてきた。彼女が会いたいと思っているかどうかもわからないのに。

アデルが片手をジーンズの前に滑らせてデニムの上から隆起したものを握り、艶めかしくなでてきた。高まる欲望をさらに刺激され、下腹の奥がきゅっと締まる。思わず膝が折れそうになり、ザックは力を入れて踏ん張った。

それから顔を上げて喘いだ。「会いたくてたまらなかった」

「来て欲しかったの。買っておいたわ」アデルが人差し指と中指を胸に差し入れる。出てきた指には、黒い包みのコンドームが挟まれていた。「特大サイズの箱を見て、レジの人、目をむいてたわ」

アデルもぼくを待っていてくれたんだ。ザックはうれしくなった。コンドームをアデルの手から取ってジーンズのポケットにしまう。「ぼくが来なかったら、どうするつもりだったんだ？」

「探しに行ったわよ」ザックの緑と黒のスウェットシャツを頭から脱がし、ベルトに手をかける。「番号を知らないから、電話はできなかったし」

「教えるよ」スリップの裾をつまんで腰の辺りまで上げる。「後でね」小さなシルクのパンティに包まれたヒップを両手で包んだ。

ベルトを外すアデルの首筋に顔を寄せて柔らかな肌を口に含む。花の香りが鼻孔をくすぐる。スリップのレースの胸元まで唇を滑らせた。「これ、素敵だね」

「今日、買ったの。洗いざらしのTシャツよりもセクシーでしょ」

「Tシャツもかわいいよ」ザックはアデルの両手をつかんで動きを封じ、背中に回した。

「まだだよ」自然と盛り上がった胸の谷間に顔を埋める。頬で乳房をなで、シルク並みに滑らかな生地の上から硬くなった乳首を吸う。最高の乳房だ。手に包んでも、口に含んでも、胸で触れても。

「放して。私も触りたい」アデルはもがいたが、ザックは許さなかった。まだだめだ。もっとゆっくりと楽しみたい。本をプレゼントしたことは忘れたが、この感覚は忘れていない。少なくとも身体が覚えている。二二歳に戻ったみたいだ。あの時に置いてきてしまったものを二人で一つ残らず拾い集めている。そんな気がした。

ザックがつかんでいた両手を放すと、アデルはすかさずジーンズに手を伸ばしてきた。ボタンを外してファスナーを下ろし、中に手を滑り込ませてくる。硬くなったものを柔らかな手のひらで包まれただけで、ザックは抑えが利かなくなりそうだった。

「ちょっと待って。もっとゆっくりと」アデルを後ろに向かせて胸に抱き寄せる。

「だめ」アデルは振り向くと、両手でザックの頭をつかんで唇を寄せた。「それはまた後で」長く艶めかしいキスをされ、ザックも「ゆっくりと」どころではなくなった。アデルの愛撫の一つひとつがたまらなくうれしい。求めている気持ちの強さが、はっきりと伝わってくる。

フットボール選手であれば、誰とでもいいから寝たい。そのためには何でも、どんなことだってする。周りにいたのは、そんな女ばかりだった。だから本気で自分を求めているのか、気を引くために演技をしているだけなのか、ザックには一目でわかる。アデルは演技などしていない。心の底から、ザックのすべてを求めている。そしてザックも同じくらい強くアデルを求めていた。心臓が激しく打つたびに彼女への思いが高まっていく。魂の奥底から衝動が湧き上がってくる。この場で押し倒したい。あの身体に顔を埋めて全身を舌で心ゆくまで味わい、熱く濡れそぼった中に奥深くまで入りたい。

ザックは頭をつかむアデルの両手を握って前に下ろすと、彼女の腰を折らせ、その手でテーブルの縁をつかませた。パンティを下げ、つるりとしたヒップを両手でつかむ。乳房も最高だが、このかたちのいいヒップも抜群だ。ポケットからコンドームを出し、ジーンズを下ろす。ベルトが硬い音を立てて床に当たった。

「脚、少し開いて」ザックは下着から隆起したものを出し、コンドームをするすると根元まで下ろした。

アデルが軽く脚を開き、その間にザックが腕を差し入れた。十二分に濡れている。秘唇を開いてそっとなでると、アデルの口から深いため息が漏れた。自身の先を当てがい、熱く吸いつく泉の中に一気に挿入する。アデルが背をのけぞらせた。信じられないくらい強く締めつけてくる。抜ける寸前まで腰を引き、また深く沈める。彼女の髪を片側に垂らし、顔を覗かせた首筋にそっと歯を立てる。ぼくのものだ。後ろから身体に覆いかぶさりながら、ザックは思った。彼女がヒップを押しつけてくる。もっと、もっととせがむアデルに、長く力強い突きで応える。何度も腰を激しく突き立てる。心臓の鼓動が頭の中で響いている。

アデルが絶頂に達し、中の壁が搾り取るように痙攣を繰り返す。ザックの下腹の奥底から快感がせり上がってくる。最後に思い切り突き、迸りが放たれたと同時に、コンドームが破れた。ザックのものをねっとりと包む熱い体液が彼をさらに奥へと誘い、すべてを吸い尽くす。経験したことのない強烈な快感の波が全身を駆け抜けていく。ザックは目を閉じた。悦びが肌をほてらせ、はらわたを鷲づかみにし、息を奪い取る。心臓がどくどくと打っている。一瞬、死んだかと思った。文字どおり、天に昇ったかと。

次の瞬間、ザックは我に返った。「ちっ」


アデルは黒いローブをはおってベッドルームを出た。キッチンで物音がしている。ザックはついさっき、生涯で最高の悦楽をくれた。情熱的で雄々しいセックス。それから身体を離すと、彼は下着とジーンズをはき、廊下に出て奥のバスルームに歩いていった。終始、無言だった。

ザックは背中をこちらに向け、シンクの前でグラスに水を注いでいた。キッチンの明かりが金色の髪を輝かせ、裸の肩、硬い筋肉に覆われた広い背中、そして背骨の凹凸を照らしている。ジーンズは腰骨の辺りまで下がっている。

彼が振り向き、グラスを持つ手を下ろした。ジーンズのファスナーは上がっているが、ベルトは締めていない。「コンドームが破れた」

「みたいね」ザックは元プロのアスリートだ。しかも、結婚生活はうまくいっていなかった。ということは、不特定多数の相手と寝てきた可能性が高い。アデルは彼の手からグラスを取ると、残りの水を飲み干した。本当は強いカクテルでも欲しいところだ。でもアデルは自分に言い聞かせた。取り乱しちゃだめよ。まだわからないのだから。「正直に話しましょう」

ザックがグラスにまた水を注ぎながら、広い肩越しにアデルを見やった。「ティファニーができた夜が最後だ。それ以来、ゴムをつけないでしたことはない」

アデルの心に安堵が広がり、緊張にこわばっていた背中と胃が少し楽になった。自然と顔がほころんだ。「本当に？」

「本当だ」

「だったら、大丈夫だと思う」彼の手からまたグラスを取り、アデルが打ち明けた。「私、セックスはすごく久しぶりだから」

「久しぶりって、どのくらい？」ザックが振り向き、キッチンカウンターにもたれた。

アデルは水を口にし、グラスを渡した。「三年ぶりかな。前の彼と別れて以来。彼の態度が急に変わったから、不安になってＨＩＶ検査を受けたんだけど、陰性だった。だから心配ないわ」

ザックは彼女の下腹を見つめた。「ぼくのおたまじゃくしがきみの卵を目指して泳いでいるんだぞ。それは心配じゃないのか？」

アデルはこくりとうなずいた。「ＩＵＤを入れてるから」

「ＩＵＤ？」ザックは水を一口飲み、ダークブラウンの瞳でグラスの底を見つめた。

「子宮に入れる器具のこと。避妊用のね」

「効果は？」

「妊娠の確率は一パーセント」

「確かなのか？」ザックはグラスをカウンターに置いた。眉間に皺が寄っている。「もう子供は欲しくないんだ」

ここで怒ってはいけない。それは頭ではわかっている。でも、どうしても抑えられなかった。突然、まるで敵でも見るような目を向けられたからだ。「確かよ。毎年お医者さんに行っているし、二カ月くらい前にも診てもらった。ＩＵＤはちゃんと入ってるって。本当よ。ねえザック、言っておくけど、私だって子供は欲しくない。そうじゃなかったら、わざわざ避妊具なんて入れないでしょ」

「デヴォンはピルを飲んでると言っていた。でも嘘だったんだ」

アデルは腕組みをした。「何よそれ。私も嘘をついてるっていうの？」

「この手のことで嘘をついた女がほかにもいたからな」

冗談じゃない。失礼にもほどがある。しかもデヴォンと比べるなんて。あの顔を思い切りひっぱたいてやろうか。「出てって」

頬を張りたい気持ちをぐっとこらえ、アデルはキッチンを後にして玄関に向かった。これも呪いのせいなのだろうか。いつもは理性的なザックが急におかしくなった。毎度おなじみの最低男に豹変。でも、今度ばかりは気持ちが治まらない。どうしても許す気になれなかった。

床に落ちている彼のスウェットシャツを拾いながら思った。どこの世界に避妊のことで嘘をつく女がいるっていうのよ？

デヴォンは、ついたらしいけど。

その情報はとりあえず頭の奥にしまい込んだ。それについてはまた後で考えることにしよう。

「ほかの女《ひと》がどうかは知らないけど、私は違う。そんな嘘、つくわけがないでしょ」スウェットを彼に差し出す。「そう思われただけでも、侮辱もいいところよ」

「コンドームが破れるなんて、今まで一度もなかったんだぞ」ザックがスウェットシャツを手に取り、頭からかぶる。

「だから？」

「だから、どうして今日に限って？」彼は腕を袖に通し、裾を下ろした。

アデルは怒りを抑えようと、一つ大きく息を吐いた。「ねえザック、あなたの子供は欲しくないの。シェリリンが退院して元気になったらすぐにここを出るし、もう二度と戻ってこない。私がいちばん嫌なのは何だと思う？　どこかの体育会系の子を産んで、一人で育てることよ」

「それはありえないね」ザックがジーンズのポケットから車のキーを出した。「ぼくはそんな男じゃない。わかっているくせに」

もう限界だった。「今日は自分から来たんでしょ。それが何よ、ゴムが破れたのは私のせいみたいに言って！　私が何か細工でもしたっていうわけ？」

「あれはきみが用意したコンドームだ。まともな男なら、誰だって疑——」

「出てけ！」それ以上は聞きたくない。アデルは玄関の扉を開けてテキサスの夜の闇を指した。

「おいおい、何をそんなに怒ってるんだよ？」

アデルは彼の胸を突いてポーチに押し出した。「ザック・ゼマティス、あなたにはショックかもしれないけど、覚えておいて。世の中の女が全員、嘘をついてまであなたの子供を欲しがってると思ったら大間違いよ。そんなことを考えただけでもぞっとする女だっているんだからね」

「なるほど」ザックはこともあろうに笑みを浮かべた。「怒ると、昔のアクセントが出るんだね」

「何よそれ。ふざけるんじゃないわよ。二度と来ないで！」アデルは力任せに扉を閉めた。テキサス訛りで彼にぶつけた言葉が頭の中でこだましている。汚い言葉はいけません、と母親に口酸っぱく言われてきた。シェリリンも同じしつけを受けてきた。でも、姉妹揃ってその教えに背いている。二人とも急速に壊れはじめている。ザックとあの最低男、ウィリアムのせいだ。ザックがマヌケ男に豹変したのは呪いのせいだと思いたい。でも、やっぱりできなかった。呪いとは関係ない。あの人は自分で勝手におかしくなったのだ。

ザックはリビングの暖炉の前で足を止め、デヴォンの写真を見上げた。アデルは気味が悪いと言っていた。首を傾げ、上から見下ろしているグリーンの瞳を見つめる。気味が悪いのとは違う。柔らかな照明がスポットライトのように当たるなか、メトロポリタン美術館の名画かと思うほどうやうやしく飾られた写真。どちらかというと、感じるのはナルシストの臭いだ。何にしろ、近ごろは写真についてあれこれ考えたこともなかった。デヴォンが死んで三年。誰かが名前を出さないかぎり、亡き妻に思いを馳せることはほとんどなかった。

「……あなたのお宅、どうして今もデヴォン一色なのかな、と思って」ゆうべ、アデルはそう言っていた。そうだろうか？　ぼくら親子は、デヴォンの死に対する娘の悲しみとぼくの罪悪感にずっと縛られて暮らしてきたのだろうか？　そうかもしれない。ティファニーが帰ってきたら、写真を外さないかと言ってみよう。

廊下を歩いてベッドルームに向かい、電気をつける。**ザック・ゼマティス、あなたにはショックかもしれないけど、覚えておいて。世の中の女が全員、嘘をついてまであなたの子供を欲しがってると思ったら大間違いよ。そんなことを考えただけでもぞっとする女だっているんだからね。**ザックは笑みを浮かべて下着になり、バスルームに向かった。ちょっと言いすぎたな。いや、ちょっとどころじゃないか。でもコンドームが破れた瞬間、まるで冷や水を浴びせられた思いだった。盛り上がっていた気持ちが一気に萎んで骨の髄まで凍りつき、はらわたをぎりぎりと絞られた気がした。こと避妊となると、女は信用できない。信じられるのは自分だけだ。でも、ぼくは本当にアデルが嘘をついていると思ったのだろうか？

シャワーの湯を出してから、バスルームに入る。いや、そうは思わなかった。ほんの昨夜までアデルはぼくから逃げていた。それに彼女がそんなに大切なことで嘘をつく人だとも思えない。

今日のフットボールの試合を振り返った。残り四分でひっくり返し、なんとか勝ちをもぎ取ったが、苦しい試合だった。それが自分のせいでもあるのはよくわかっている。監督のくせに、指示を出すことだけに意識を向けられなかった。頭はフィールドとアデルの間をさまよっていた。選手が必死で戦うなか、監督の自分は頭の中からアデルを追い出そうと必死だった。味方オフェンスと敵オフェンスの動きに集中し、効果的な作戦を図っていなければいけない時にアデルのことばかり考え、気づいたらシーダークリークまでの距離と時間を計っていた。

注意散漫もいいところだった。さっさと勝ちを収め、アデルのもとに帰りたくて仕方がなかった。そんなこと、長いフットボール人生で一度もなかったのに。いつだって試合に集中できた。このぼくが私生活をフィールドに持ち込むなんて、信じられない。これまで、何があろうとも試合に影響が及ぶことはなかったのだが。よりによって、女性のことであんなふうになるとは。

きっとこの三年ほどご無沙汰していたからだろう。それで気もそぞろになった。だからアデルのことしか考えられなくなったんだ。彼女をこの胸に抱き寄せて裸にする。そんな光景ばかりが頭に浮かんできたのは、そういうわけに違いない。様子がおかしいのは選手もほかのコーチも気づいていたし、ジョーには実際、はっきりと言われた。

「Z、どうした？　具合でも悪いのか？」ハーフタイム後、ロッカールームから戻る途中のことだった。「ぼんやりしているみたいだけど」

「何でもない、大丈夫だ」おかげで後半は多少ましになった。

選手たちには一二〇パーセントの力を出してこいと言っておきながら、恥ずかしいかぎりだ。アデルとの関係に、少し歯止めをかけないと。このまま突っ走ると、本当にまずいことになりそうだ。家を追い出されて、二度と来るなと言われてしまったが、ちょうどいい機会かもしれない。

取り乱してアデルを嘘つき呼ばわりしたのは悪かったと思う。でも仕方がない。コンドームが破れて、自分でもどうしようもないほど慌ててしまったのだから。妊娠する確率は一パーセントだと言っていたが、どうだかわからない。そんな数字、あてにならないじゃないか。いや、余計なことは考えるな。来月の州選手権に勝つことだけを考えろ。優勝トロフィーを持って帰ってくることだけに集中するんだ。

アデルのことはもっと知りたい。ベッド以外での彼女を知り、ベッドの中でももっとつながり合いたい。でも今はだめだ。今、いちばんいらないのは、ぼくの集中力をそぐ女だ。硬いところに柔らかな手で触れられたとたん、一緒にいたいという思いで頭がいっぱいになり、ほかのすべてを忘れたくなる。そんな女性《ひと》は、とくに。

ただ、アデルを完全に無視するという選択肢はない。それは望んでいないし、実際のところ不可能だ。試みてはみたが、うまくいかなかった。だがペースダウンは絶対に必要だ。少なくとも州選手権が終わるまでは。

目の前で扉を閉められた時のアデルの瞳を思い出した。州選手権まで三週間近くある。彼女も頭を冷やすのに、ちょうどいいかもしれない。

13

「アデルおばさん、一六の平方根ってわかる?」

トーストにバターを塗っていたアデルは一瞬、考えた。「四じゃないかな」キッチンテーブルで宿題中のケンドラを見やる。平方根の計算なんて、何十年ぶりだろう。「待って、三二かも」トーストを切って、スクランブルエッグの横に置く。「いや、やっぱり四、かな」

「もういい」ケンドラはため息をついてバックパックから電卓を出し、キーを叩いて用紙に書き込んだ。

「いくつだった?」

「四」

ケンドラはこの三日間、機嫌が悪い。日曜にあったダンスの大会からずっとだ。チームは三位で、彼女は個人の部で一〇位だった。

「集中できなかったし」がケンドラの言いわけだった。「気になってしょうがなかったから。わたしがいない間に、赤ちゃんが生まれるかもしれないって」

「全選手の中で一〇位でしょ。悪くないじゃない」姪を元気づけようと言ってはみたが、壁に話しかけているのと同じだった。「とにかく、その時その時で自分のベストを尽くすしかないの。うまくいかなかったら、次はうまくいくようにがんばればいいのよ」

「ママもそう言ってた」

「あなたのお母さんは頭のいい人だからね」アデルは自分の言葉に驚いた。私がこんなことを言うなんて。

「苦手なパートがあるから、練習するんだ。ティファニーも見てくれるって」

「よかったわね。練習はここで？」玄関から叩き出して以来、ザックとは顔を合わせていない。それでよかった。ただでさえ忙しいのに、コンドームが破れたくらいで血相を変えて騒ぐような男にかまっている暇などない。避妊に失敗する確率は一パーセントしかないと、ちゃんと説明したのに。

「ティファニーのところ。うちよりずっと広いし」ケンドラはまた電卓のキーを叩いた。

「じゃあ学校の帰りに送るわね。五時に迎えに行くから」アデルは姪の前に朝食の皿を置いた。「外で待っていてくれると、ありがたいんだけど」

「なんで？」

ティファニーのパパがバカ男で、女はみんな自分の子供が死ぬほど欲しいと思っているからよ。「やることがたくさんあるから。時間の節約になるでしょ」

「いいよ」

ケンドラを学校に送り、いつものように一〇キロ走ってから、サンドリリーを買ってシェリリンの見舞いに行った。いいにおいだし、華やかな感じだから喜んでくれるだろう。

けれど、病室にシェリリンはいなかった。とたんにアデルは不安に襲われた。もしや、分娩室に連れていかれたのでは。とその時、奥のトイレから水の流れる音がして、バスルームのドアが開いた。シェリリンがスリッパを引きずってベッドに向かってくる。ピンクのナイトガウンは皺くちゃ、後ろでまとめた髪もぼさぼさで、両目の下にひどいくまができている。

「脅かさないでよ。何かあったのかと思ったじゃない」アデルは激しく鼓動する胸に手をやった。「心臓が止まるかと思ったわ」

シェリリンがシンク脇の花瓶からしおれかけのバラを抜いて捨てながら言った。「退屈で死にそうよ。少しくらい心臓が止まるのは大歓迎。面白いじゃない」花瓶をすすいで水を入れる。

「よく眠れなかったの？」アデルは新しい花を持ってシンクに行き、花瓶にいけた。

シェリリンはすぐさまそれを抜くと、切り口に鋏を入れた。「また不眠症。一睡もできなかった」

「飲んでいい薬はないの？」

「ない」花を一本、続いてまた一本いける。「もうしょうがないと思って、VH1でやってた『フレイヴァー・オブ・ラヴ』マラソンまで見たのよ。シーズン1と2。くだらないから、眠くなるかと思って」

アデルは耳を疑った。『フレイヴァー・オブ・ラヴ』とは、ラッパーの恋人の座を巡って素人の女が醜い争いを繰り広げるリアリティ・ショーだ。たしか、ケンドラに見せてはいけない番組リストに入っていた。『チャイルド・プレイ』マラソンを見たと言われたほうが、まだショックは少なかっただろう。

「でも飽きるどころか、結果が知りたくて最後まで見ちゃったわ。どの〝身のほど知らずの女《ビッチ》〟がけり出されて、どいつが生き残るのか見届けたくて」シェリリンはもう一本、サンドリリーの切り口に鋏を入れ、花瓶にいけた。

「ちょっと、お姉ちゃん」

シェリリンが眉間に皺を寄せた。「私いま、〝身のほど知らずのビッチ〟って言った？」

「みたいね」

「本当に退屈なのよ」シェリリンが長いため息をついた。「そのせいね。頭がおかしくなったみたい」

頭がおかしいのはシェリリンだけではない。アデルだって、ザック・ゼマティスと寝るという、とんでもない愚行を犯してしまった。元彼とどうにかなるのがいいことのはずはない。それはよくわかっていたのに。ボイシが恋しい。ここがボイシなら、すぐ友だちに電話して、緊急のランチミーティングを開くところだ。あの人たちなら、あんたは偉い、ザックは最低だ、と言ってくれるに違いない。たとえ嘘でも。何かしらアドバイスもくれるだろう。まあ、それは聞かないとは思うけど。でもとにかく、元気づけてはくれるはずだ。

「ねえ、何か面白い話ない？　何でもいいから」シェリリンが花瓶をベッド脇に持っていっ

わめきだしそう」た。「毎日、壁ばっかり見てて、もううんざり。いらいらして、

アデルは一瞬、姉に打ち明けてみようかと思った。ザックのことを洗いざらい。でも、やめた。シェリリンとはもう長いこと、そういう間柄ではない。姉は何でもすぐに批判するタイプだし、ザックとは一晩限りの関係だ……正確には二晩だけど。しかも場所はシェリリンの家で、娘が留守の間にした。姉に何を言われるか、わかったものではない。というか、わからないといえば、自分の気持ちもそうだ。

「髪でも洗ってくれれば。カールをつけてきちんと整えてあげるから。それから談話室に行って、水槽の大きな魚が小さいのを食べるところでも見ない？」

「あら、残酷ね」シェリリンが引き出しからシャンプーを出した。「でも、最近ではいちばんのお誘いだわ」

アデルは姉の髪を巻いてやりながら、ケンドラや赤ん坊、ウィリアムとの離婚について話した。髪を整え終えたら、シェリリンが疲れたから少し眠るというので、魚の共食い見物は翌日にしてアデルは正午の少し前に病室を出た。

仕事がだいぶ遅れている。一人で集中できるのは、ケンドラを学校に迎えに行くまでの三時間しかない。でも角を曲がって家の前の道に入った瞬間、アデルの目に飛び込んできたのは、玄関ポーチに座るザックの姿だった。半ブロック先からでも、彼だとわかる。路肩に停まっているあのキャデラックを見誤るわけがない。あの長い脚、広い肩、短いブロンドの髪。ドライブウェイに入ったアデルを見つめる力強い視線。間違いない。胃がひっくり返りそう

で、心臓が飛び出しそうなくらい高鳴っているのもその証拠だ。ただ正直に言って、まだ会いたくない気もした。

ドライブウェイに車を停め、芝を突っ切ってザックに近づいていく。カウボーイ・ブーツの足元に箱がある。長さ三〇センチくらいの大きさで、光沢のあるピンク色の紙に包まれ、大きなピンクのリボンが巻いてある。

「このあいだは悪かった。ごめん」ザックが立ち上がって言った。

「具体的に何を悪かったと思ってるわけ？」アデルは腕組みをした。この前も私のブラジャーを届けてくれたから、箱の中身はランジェリーかも。でも、それくらいで許してもらえると思っているのかしら。だったら、顔を洗って出直して来なさいよね。

「コンドームが破れて取り乱したことだよ。二度と来るなと言われたけれど、考え直してくれないかなと思って」

「考え直す？　どうしてよ」いや、箱の中身がラペルラだったら、話は別だ。セクシーなやつだったら、許してあげてもいい。その手の下着は長いことつけてないし。でもあの箱、ランジェリーにしては大きすぎるけど。

ひんやりとした晩秋の風がザックの短い髪を軽く揺らした。「おわびのしるしに、プレゼントを持ってきたんだ。きみが欲しいもの、だと思う」

きみが欲しいもの。そう言って、いやらしいナース服をくれた男がいた。手錠と革のムチを差し出した男もいる。「何よ？」

「家に入れてくれたら、見せるよ」

「クロッチレスのパンティだったら、いらないわよ」アデルはポーチの段を上がってザックを振り返った。視線が同じ高さだ。目が合ったとたん、胃どころか、みぞおちから上が全部ひっくり返った。「プレゼントを持って謝りに来たくらいで、私が許すと思ったら大間違いだから」

アデルの真意をはかるように少し考えてから、ザックは肩をすくめた。「わかってるよ」

「それと、得意の技も効かないから」人差し指で彼の胸を突く。「あのずるい手にはもう乗らないわよ。まんまとひっかかって、裸になんかなりませんからね」

彼の目がいたずらっぽく笑った。「はい、承知いたしました」

「そこらの女ならだませるだろうけど、私はそんなに甘くないの」

「甘いなんて、思ったこともないよ」ザックがアデルの髪を耳にかけた。冷えた指先が彼女の頬をなでる。手が離れても、その感触は残っていた。「だからきみ用に新しいずるい手を考えたんだけど」

アデルは笑みをこらえた。そう簡単に許すわけにはいかない。あの日の取り乱し方はやっぱりひどかったし、謝りに来るまでに三日もかかったのもどうかと思う。彼女はザックをにらみつけてポーチの段を上がった。アデルが家に入って二人の上着をハンガーにかけていると、ザックがプレゼントを手渡してきた。ずっしりと重い。視線を彼のラルフローレンの黒のポロシャツから手の箱に落とす。入り口のテーブルにそれを置いてリボンをほどいた。どうやら下着ではないらしい。もっとも、箱の大きさからして違うとは思っていたが。

出てきたのはレザー製の工具ベルトだった。ドライバー、かなづち、メジャー付きの本格的なものだ。

「工具ベルト」アデルの顔に笑みがこぼれた。本当に欲しいものをくれた男の人は、ザックが初めてだった。

「悪いね、クロッチレスのパンティじゃなくて」

「いいえ」ジーンズの上からベルトを巻き、バックルを留める。「早速、使ってみたいんだけど、一緒にどう？」

「喜んで」

その言葉に別の意味が含まれている気もしたが、うれしくてそれどころではなかった。歩くたびに、かなづちが腿に当たる。ただの工具ベルトよ。幅広で横長の革に、金属がぶら下がっているだけ。アデルは頭の中で自分に言い聞かせ、深く考えないようにした。たとえば、彼がわざわざホームセンターに行って、私のためにこれを選んでくれたこと。それと、かわいいラッピングをして、ポーチで私の帰りを待っていてくれたこととか。きっとこれも、私を裸にするためのずるい手口に違いない。でも、ポイントが高いのは認めるしかない。

赤ん坊の部屋に入ると、ザックが壁際に積んである箱の山を見やった。

「どれから片付ける？」

「ベビーベッドから」

ザックは工具ベルトからマイナスドライバーを抜くと、段ボール箱に打ち込まれた太いホチキスの針を次々に外していった。アデルだったら、何時間かかるかわからない。火の出るような鋭いパスを放ってきた大きな力強い手を器用に動かす様を眺めながら、アデルはあらためて思った。ベッドの上だけかと思っていたけれど、男性もたまには役に立つのね。

「いいのに。自分でやれるから」彼を見ているうちに、みぞおちの辺りに熱い火がともった。あの手の感触を身体は覚えているらしい。その熱が血流に乗って全身に広がっていく。「忙しいんでしょう」

ザックが目を上げた。「忙しいよ。やることは山ほどある。それでもぼくはここに来た」しばしアデルを見つめてから、また作業に戻る。「本当はしばらく距離を置くつもりだったんだ。このあいだ家を叩き出されてから考えた。そうするのがいちばんだって。きみといると、ほかのことに集中できないから。今は集中しないといけない時なのに」

ザックはマイナスドライバーをアデルに返し、がっしりとした手で箱を開けた。「見ないといけないビデオが何本もあるし、今日の練習までにプレーを頭の中でイメージしておく必要もある。それなのにぼくは今ここにいて、きみのためにベビーベッドを組み立てている。きみのことを頭から追い出せなかったからだ。ビデオを見ても、まるで頭に入らない。きみのことしか考えられないんだよ」

ザックは段ボールから中身を取り出し、足元に落ちた説明書に手を伸ばした。「でもね、アデル、きみの気持ちがわからない。ぼくにいて欲しいのか、欲しくないのか」ポロシャツの裾がジーンズからはみ出し、日焼けした筋肉が覗く。身体を起こして説明書の上からアデルを見やった。「きみが何を求めているのかがわからないんだ」

アデルは彼を見つめた。長い脚に厚い胸板。その圧倒的な存在感に、部屋が狭く感じられる。ザックはベビーベッドを組み立ててくれると言う。そうすれば、私と一緒にいられるからと。でも彼にどうして欲しいのか、アデルにもよくわからなかった。呪いのせいでこの三年、男運はさっぱりだった。それだけに男性がそばにいてくれるのはうれしい。けれど相手が目の前のこの男性となると、事情が違う。頭の中が混乱して、手放しでは喜べなかった。

「帰って欲しい？」

「ううん」

「説得力がないね」

「いて欲しい。ただ、その……いて欲しいと思いたくないというか」アデルは深く息を吸い込み、ゆっくりと吐いた。「自分でもよくわからないの。昔の恋人とよりを戻すのがいいことなのかどうか。とにかくいろいろとありすぎて……。一般論だけど、関係が壊れた原因はたいていい残っているでしょ。未解決のままで」

「彼女はもういない」

「それはわかってる。でも、粉々になったものをまた拾うのが、いいことなのかどうか」

ザックは首を軽く傾げてアデルを見やった。「昨日、高校で練習を見ていた時に思い出しちゃったんだ。一四年前、寮の部屋で妖精の本をあげたことをね。思わず、あっと声を上げちゃったよ。次の瞬間、あれを渡した時のきみのうれしそうな瞳を思い出した。とっても気に入ってくれたんだよね」

「ええ」

「それから、デヴォンが妊娠したと伝えた晩のことも思い出した」

それはもちろんアデルも覚えている。

「その時のきみの瞳も」

アデルはベルベットの室内履きのつま先を見つめた。「粉々になったものを拾うと言ったのは、そういう意味よ」

しばらく、二人の間に沈黙が降りた。

「あの何日か後に、寮に行ったんだよ。でもきみはもういなくて、どこに消えたのか誰も知らなかった」

アデルは顔を上げた。「みんなに聞いてくれたの？」

「ああ」

アデルはかぶりを振った。「もうこの話はやめましょう」

「いや、だめだ」ザックが説明書を組み立てる前のベビーベッドの上に放った。「ずっと後悔してたんだ。きみを深く傷つけてしまって」

「もう昔のことよ。乗り越えたわ」

「本当に？」

「ええ」それは本当だ。でもだからといって、人生で二度も同じ間違いを犯すほど愚かではない。あれから年を重ねて、アデルは賢くなった。ザックへの思いを深めるつもりはない。理由はいくつかある。たとえばこの人の生活の拠点はここテキサスだが、アデルの住まいは一五〇〇キロも離れたところで今も主人の帰りを待っている。

「だったらいいんだけど。あの時のぼくは、正しいと思うことをするしかなかった。こんなことを言うとまた怒られるかもしれないけど、もし今、同じ状況になったとしても、まったく同じ行動を取ると思う。自分がしたことに責任を取るしかなかった。選択の余地はなかったんだ」

「わかってる。あなたは間違ったことができない人だった。そういうところも好きだったし。でも、だからと言って私の気持ちが楽になったわけじゃない」アデルは彼のダークブラウンの瞳を見すえた。「それに、またあんなふうに傷つけられるつもりもないわ」

「もう傷つけないよ」ザックがアデルの手を取って胸に抱き寄せた。「きみのことは好きだし、きみもぼくが好きだと思っている。二人とも、もう大人だ。きみがここにいる間、二人で楽しもうよ」

彼になでられ、アデルの背骨を熱いうずきが駆け上がる。服越しに、彼の胸の温もりが乳房に伝わってくる。だめだ、やっぱりこの感覚を諦めることはできない。今は、まだ。それに、この人への思いが深まる前に、ここを出るつもりだ。今度は大丈夫だろう。

「いいわ。でもデートには誘わないで」二人で出かけたら最後、たちまち呪いの餌食になるに決まっている。最悪な展開だけは、とにかく勘弁して欲しい。

「は？　もちろん誘うけど」

アデルはかぶりを振った。「だめ、やめて。台無しになるから」

アデルはザックの首に両手を回してキスを求めた。ザックのことは好きだ。この人のおかげで、アデルは久しぶりに男性から求められていると本気で思えた。でもこれは愛じゃない。胸が締めつけられてみぞおちの奥がぎゅっとなった、あの時の愛とは別物だ。ずっと昔、この人に抱いていた愛しくて切ない感じとは違う。大人になってからほかの男性に感じたことのある、軽めの愛とも違う。

これは、下腹から湧き上がってきて胸をかき乱す肉欲だ。もう子供ではないから、愛と欲望の見分けくらいはつく。両者はまるで違うし、後者を深い感情と取り違えたりはしない。

この日、二人は床で熱く愛を交わし、ザックはとろけそうなオーガズムをくれたが、取り違えはしなかった。彼は熱い情事を求めて、それから二日続けて会いに来てくれたが、それでもアデルは勘違いしなかった。

感謝祭の日曜、ザックとティファニーはオースティンの実家に帰った。でも月曜の朝早く、ザックはポーチに現れた。彼はいつものジョギングにつきあってくれ、走りながら昨日の感謝祭の話をした。母親お手製のコーンブレッドの詰め物のこと、フルーツサラダのアンブロシアのこと。

「アンブロシア、好きなの？」アデルは無理やり口を開いた。本当は走りながらしゃべるのは嫌いだ。息が切れて苦しい。でもザックは何ともないらしい。しかも余裕の顔で、何度か後ろ向きに走りまでした。

見せつけてくれるわね。

「きみは？　好きじゃないの？」

アデルはうなずいた。「いろんなものが、入りすぎているから」

「なあ、本当にテキサス人？」

それについてはときどき、自分でも疑問に思うことがある。

それからの二週間、週末の朝はたいてい一緒に走った。戻ってくると、シャワーで一緒に汗を流すか、バスタブに浸かって別のやり方で汗を流した。ザックは毎回欠かさずコンドームを用意し、アデルは毎回欠かさず、後で食べるシリアルバーかクロワッサンを用意した。二人で力を合わせて、ベビーベッドとぶらんこ式のベビーチェアも組み立てた。

ザックはいつも車を家のすぐ前の通りに停めたし、一緒に走っているところを誰かに見られても、まるで気にしていない様子だった。でもアデルはティファニーのことが気になっていた。父親が私と親しくしていると知ってあの娘が喜ぶとは、どう考えても思えない。

「パパがママの写真を外すって言うんだよ」ある日の放課後、いつものように車で家まで送っている途中、ティファニーに言われた。「もうそろそろいいだろうって。でもわたし、すごく怒ったの。そんなのイヤだって。ねえ、おばさんが子供の時はどうだった？　やっぱりパパに家中の写真を全部外されたの？」

「家中の写真を全部」は大げさだろう。「全部、というわけじゃなかったな。私のお父さんが見て寂しくなる写真だけだったと思う」バックミラー越しにティファニーのグリーンの瞳を見つめる。「別の何かを飾ったらどう？　ティファニーもお父さんもうれしくなるようなものとか」

ティファニーの眉間に皺が寄り、アデルは視線を前に戻した。

「ママの写真を見ても、パパはうれしくないってこと？」

そのとおりだ。「お父さんとよく話したほうがいいわね」

「ムリよ」ティファニーが腹立たしげに言った。「だって、金曜の試合のことしか頭にないんだもん」

金曜の試合とは、地元のスタジアムで行われる州選手権のことだ。今週は町中がその話題で持ちきりになっている。テキサス中でニュースになっていて、地元紙はもちろん連日のように取り上げ、ダラスやオースティンの新聞もザックを取材しに来た。元NFLのスター選手がテキサスの田舎町に戻って高校チームの監督に転身したのだ。話題性は十二分にある。

ただ、アデルは気になってザックに聞いてみた。こんなに騒がれてプレッシャーはないのだろうか。ザックは肩をすくめた。「あるよ。試合の直前は誰だって緊張する。L・C・ジョンソンだって、試合前はいつも吐いてたしね。吐くやつは珍しくない」

「あなたも？」

「いや、ぼくはないけどさ」

「ところで、L・C・ジョンソンって、誰?」

ザックは可笑しそうに肩を揺すると、アデルの首筋にキスをした。「NFLでもトップクラスのランニングバックだよ。ぼくがデンバーでプレーした最後の年なんか、本当にすごかったな。ランは一六〇〇ヤード、ぼくのパスもほとんど全部キャッチしたんだ」

アデルはキスがしやすいように髪をかき上げた。「戻りたい?」

「現役に?」ザックがアデルのむき出しの肩に指を這わせ、ブラジャーのストラップを外した。「そうだなあ、たまに思う時はあるけど、昔ほどじゃないよ。完ぺきなパスを投げた時の感じ。試合に勝った喜び。そういうのはできることならまた味わいたい。でも試合の翌朝、ベッドから無理やり起きるあの感じはもういい。ぼくを殺すつもりで来たやつにタックルされて、痛みと吐き気をこらえてプレーするのもごめんだね」

アデルは身体を離して彼の顔を見つめた。「怖いわ」

「しょうがないよ、それもフットボールだから。でもまあ、うちには住み込みのマッサージ師もいたし」

アデルはおかしそうに笑った。「デヴォンがマッサージをしてあげてる姿なんて、想像できないけど」

「いや、デンバー時代、デヴォンとは一緒に住んでいなかった」

「ずっと?」

ザックがうなずいた。「ほとんど別居だよ。デヴォンはこの町で暮らしていたんだ。あの大きな家を建てさせてね。で、ぼくが時間を見つけては、彼女とティファニーの顔を見に来ていた」

アデルには信じられなかった。この人と結婚していながら、遠く離れて暮らすなんて。

「なんだか夫婦じゃないみたい」

「確かに」

アデルはダークブラウンの瞳を見つめ、思わず自分には関係のないことを口走ってしまった。「そんなに離れてたのに、よく二人とも浮気しなかったわね」

「したよ」

いわゆる体育会系なのだから、当然、浮気くらいするだろう。でもなぜか、アデルはショックだった。自分がそんな立場にないのはわかっている。それなのに、彼の言葉がひどく胸にこたえてアデルは横を向いた。「そう」

ザックがアデルの頰に手を添えて顔を前に向けた。「ぼくが誰と寝ようが、デヴォンはまるで気にしなかった。きみには理解できないみたいだけど」

そのとおりだ。まったくわからない。

「きみは誰かを愛したら、その人の心も身体も欲しい。そうだろ？　でもデヴォンはぼくの心も身体も欲しくなかった」

「何が欲しかったの？」

「地位と金だよ。それが手に入れれば満足で、あとはぼくが何をしようがどうでもよかった」

「じゃあ、あなたが手に入れたのは？」

ザックはアデルを見つめた。そんなことは考えもしなかった、という顔をしている。彼はゆっくりとかぶりを振った。「どこからこんな話になったんだっけ？」

「フットボールから」

「そうだったね」アデルの腰に手を回して抱き寄せる。「試合、来てくれる？」

ザックの美しい顔を見上げながら、アデルはもう少しで〝うん〟と言いそうになった。でも何かが彼女を押しとどめた。胸の奥底にある、もう傷つきたくないという思い。この人に心をすべて許し、また真っ逆さまに恋に落ちてはいけないという思いが、彼女を止めた。

「シェリリンのお見舞いがあるから」とだけ言うと、アデルは落胆の色がにじむ彼の瞳から目をそらした。

14

一二月の第二土曜、シーダークリーク・クーガーズは州チャンピオンの座をかけて、オデッサ高校との決戦の日を迎えた。激しい戦いを繰り広げる選手たちに、スタジアムを埋め尽くす二万五〇〇〇人の観客が大きな声援を送り、足を踏みならした。

第二クォーターが終了した時点で、スコアは一四対一四の同点。今はハーフタイム。ザックはロッカールームで腕組みをして立ったまま、前半を振り返った。選手はここまでよくがんばっている。一糸乱れぬ動き。相手に食らいつき、諦めずにボールを追い続ける姿勢。教えたことはすべてやってくれた。だが、それでも足りないかもしれない。オデッサも調子がいい。しかも体格とスピードは向こうが勝っている。

ホワイトボードの前で、ジョーがディフェンスの指示を出している。今日は珍しく冷静だ。戦術を見直し、相手の陣形に対する動きを一つひとつ確認している。

選手たちのプレッシャーは痛いほどわかる。ザックも何度となく味わってきた。スーパーボウルの時もこんな感じだった。ジョーが話を終え、ザックは前に進み出た。選手一人ひとりをあらためて見つめる。全力で戦った男の顔が並ぶ。全身に血の赤と芝生の緑がにじんでいる。湧き上がる誇らしい思いに、ザックは胸を熱くした。

「ナイスゲームだ。最後まで足が止まらなかったし、何よりも気持ちで負けていない。コーチ陣を代表して、おまえらを称えたい。よくやった。ただし、おれは嘘が嫌いだからはっきり言う。おまえらもわかってると思うが、オデッサのやつらはでかくて速い。フィジカルは向こうが上だ。だが前半は一歩もひけを取らなかった。五分と五分のいい勝負だ。ゲームプランどおりにいっている。よく聞け、ここからが本当の勝負だ。一〇〇パーセントじゃ足りない。あいつらに勝つには、一二〇パーセントの力がいる。全員、残りの二〇パーセントを引っ張り出してみろ。どんな小さな隙も見逃すな。チャンスは絶対に捕まえろ。死ぬ気でいけ。おまえらなら、絶対に勝てる。フィジカルでは負けるかもしれんが、メンタルはおまえらのほうが上だ。最後は気持ちの強いほうが勝つ」

ザックは若き戦士たちの顔を見つめた。皆、短い髪が汗とヘルメットのせいでぐちゃぐちゃだ。

「勝利は目の前にある。これまでがんばってきたのは、今日のためだ。この先、大学でプレーするやつもいるし、違う道に進むやつもいるだろう。ただ、これだけは確実に言える。みんな、今夜のことは一生忘れない。栄光か、後悔か。それを決めるのは、おまえら自身だ。いいか、気持ちと気合いを忘れるな。その手で勝利をもぎ取ってこい」

ザックは選手とコーチを集め、円陣を組んだ。「よし行けっ。気持ち、気合い、勝つぞ！」

「気持ち、気合い、勝つぞ！」選手は胸とヘルメットをぶつけ合い、勝どきを上げると、運命の戦いが待つフィールドへと走っていった。

その後ろからザックとコーチたちも地下通路を抜け、シーダークリーク高の応援歌が勇ましく鳴り響くスタジアムの中に向かった。

第三クォーターも一進一退の攻防が続いた。だが残り五分、ここに来てついにオデッサが体格とスピードに物を言わせ、三八ヤードからタッチダウンを奪った。完全に力負けだった。

なんとかならないものか。ザックはサイドライン際に立ち、互いのオフェンスとディフェンスを食い入るように見つめた。第四クォーターに入って五分、それはついに見つかった。オデッサ・ディフェンスの穴だ。ビデオでは見落としたくらい小さなほころびだが、あそこをうまく突けば、試合をひっくり返せるかもしれない。すかさずタイムアウトを取ると、ザックはフィールドに入ってクォーターバックに耳打ちした。左だ、左から攻めろ。

それだけ言うと、ザックはきびすを返してまたサイドラインに向かった。その時、何かが気になり、ふと顔を上げた。どうせ応援のホーンの音かポンポンか何かだろう。と思ったのだが、その目がとらえたのは彼女の姿だった。二階席の五〇いくつかの列に座っている。注意を引かれたのはあのワイルドな髪、いや、あの微笑みかもしれない。何にしろ、昔からいつもそうだった。どんな人ごみの中にいようが、いつでもアデルに目を奪われるのだ。

ザックはフィールドに向き直ると、キャップのつばを下げて小さく微笑んだ。来てくれたんだ。こいつはますます負けられないな。

生まれも育ちもテキサスだけに、アデルもアメリカン・フットボールの基本くらいは知っている。試合は四クォーターに分かれていて、お互いにボールを取ったら、相手のエンドゾーンを目指す。でもザックの姿を追っているうちに、もっとずっと複雑なのだと気がついた。最初、ザックはただ立っているだけだと思っていた。けれどよく見ると、手をひっきりなしに動かしている。左や右を指し、手でサインらしきものを出したり、作戦か何かを伝えるために選手をフィールドへ送り込んだりしている。しょっちゅうヘッドセットのマイクに何事か言い、クーガーズがいいプレーをすれば、拳を突き上げる。まるで部隊を率いる将官だ。そんな彼の姿を見ているだけで、アデルは胸の辺りがふわりと温かくなった。彼がこちらを見上げた時は、みぞおちの辺りがきゅっと締めつけられた。

ピーコートの襟を立ててケンドラを見やる。二列下の席にティファニーやほかの友だちと並んで座っている。アデルはあらためて思った。あの子にいい友だちができて本当によかった。そうでなければ、私のシーダークリークの日々は、とんでもないことになっていたに違いない。あの一三歳の少女のせいで。

周りで歓声が沸き起こり、アデルはフィールドに目を戻した。クーガーズが敵陣一五ヤード地点でボールを奪っていた。残り四分、クーガーズはエンドゾーンに向かって少しずつだが着実に攻め込んでいく。白熱の試合展開に、見ているこっちが焦れてくる。アデルに爪を嚙む癖があったら、手の指一〇本すべてをだめにしていたに違いない。タイムアップまで残り三〇秒を切った。空気がぴんと張りつめ、アデルの全身も緊張でこわばる。クーガーズのクォーターバックがボールを受けた。後ろに下がり、一度右を向いてから、左にパス。ボールはきれいな弧を描いて飛び、レシーバーの手の中に。レシーバーは一〇ヤード地点から猛然と走り、エンドラインを駆け抜けた。スタジアムに歓声と足を踏みならす音が響きわたり、スコアボードに六点の文字がともる。残り五秒、あと一点だ。

「こいつは延長だな」隣の男性が言った。顔を緑と黒に塗ってクーガーズのユニフォームを着ている。

延長って？　これほどの緊張には、もう耐えられそうにない。アデルはザックの心境を思って感心した。すごいわね、こんなプレッシャーに打ち勝てるなんて。ザックがタイムアウトを取った。選手たちを呼び集めて指示を出し、サイドラインに下がると、両手を腰に当てる。チームが陣形を組むのを見つめながら、キャップのつばに手をやってしきりにかぶり直している。

「ツーポイント狙いか」隣の男が重い声でつぶやいた。真剣そのものの口調だ。「くそっ、大丈夫か。頼む、決めてくれよ」

アデルがフィールドに視線を戻すと同時に、ボールが後ろに出た。クォーターバックがそれをつかみ、何歩か下がって左に投げる動作に入る。相手ディフェンスがパスに備えて左のエンドゾーンを固める。一瞬、右サイドが空いた。クォーターバックが味方ランニングバックにボールを手渡す。オデッサが気づいた時にはもう、ランニングバックはボールをエンドゾーンに運んでいた。

「おおっ、すげえ。スタチュー・オブ・リバティーだ！」隣の男が叫ぶ。スタジアムの半分が沸き返り、半分からため息が上げる。スコアボードのクーガーズ側にさらに二点がともり、電光掲示板の時計にゼロが二つ並んだ。試合終了だ。

「勝ったの？」

顔にペイントをした男は大きくうなずいてアデルに抱きついてきた。

「い、今のあれ、い、いいの？」飛び跳ねる男の顔をなんとかよけながら、アデルは言った。右手でパスをするかと思ったのに、左手で渡した。あれって、反則じゃないのかしら。

「いいもなにも、最高のトリックプレーだ！」男が雄叫びを上げる。アデルの耳をキーンとさせたまま、男は座席を三列飛び越えるとフィールドに向かって駆けていった。アデルは席に座ってザックの姿を探した。一瞬、どこにいるのかわからなかったが、すぐに見つかった。選手たちに囲まれている。みんな全身で喜びを表している。選手が二人、氷がいっぱいに入った大きなバケツを持ってきて、中身をザックの頭に浴びせた。キャップと肩の上を大量の四角い氷が跳ねるなか、彼はうれしそうに笑って頭をぶるぶると振った。

表彰式が始まり、アデルはケンドラと並んでその様子を眺めた。大きな金色のトロフィーの授与。それをクーガーズの選手が順番に高々と掲げていく。ＭＶＰの発表。勝利監督の挨拶。式の後、ザックはテキサス中のマスコミのインタビューを受けた。すべてが終わって観客席の人々が帰っていくなか、ザックと選手たちもフィールドを後にし、ロッカールームへ向かいはじめた。

「行こうか」アデルはピーコートのポケットからシェリリンのやることリストを出した。クリスマスツリーを二本買わなければ。一本は病室、もう一本は家用で、両方の飾りとプレゼントもいる。「クリスマスの前にすることがいっぱいあるわね。うちとお母さんの病室の飾り付けをしないと」

アデルはフィールドに目をやり、最後にもう一度、ザックを見つめた。先月、学校の女子トイレで二人のチアリーダーからアデルが救い出した、あの幸運のキャップも。

ティファニーはいちばん後ろで、父親が来てくれるのを待っていた。父はみんなと代わる代わる握手をしている。スタジアムの出入り口には、たくさんの人が監督と選手を待ち構えている。父のキャップと満面の笑みが見える。ティファニーはうれしさと誇りで胸がいっぱいになった。父のことが大好きだ。だからときどき、不安にもなる。万が一、パパがママみたいなことになったら、どうしよう。父を失うことを思うたびに胃がきりきりし、息ができないほど胸が痛くなった。

大きなカウボーイ・ハットの男性が父の手を握り、ハグをしている。泣いているみたいだ。変なの、大人のくせに。

フットボールは嫌いじゃない。でも勝負の厳しさは、ダンスとは比べものにならない。ダンスの大会は大変なのだ。

父は相変わらず次々と手を握り、背中や肩をぽんぽんと叩かれている。ティファニーはピンクの腕時計を見やった。さっきから四〇分もたっている。なのに、まだまだ終わりそうもない。もうっ、早くしてよ。少しくらい待つのはいいけど、こんなに遅いのはありえない。本当はベッキー・リーのママのシンディ・アンに送ってもらうことになっていた。でもやっぱりパパと一緒に帰りたかったから、待つことにしたのに。

ようやく、父がこっちを向いた。にっこりと微笑み、手を振っている。ティファニーが手を振り返すと、父の笑みは一段と大きくなった。でも、そのまなざしの何かがひっかかった。上げた手を下ろして後ろを見やる。少し先にケンドラとアデルが立っていた。前に向き直ると、父が手招きをしているのが見えた。足元に置いてあった緑と黒のスタジアムチェアをつかみ、人をかきわけて進む。あと少しのところで、父が手を差し伸べてきた。でも、その手はティファニーの顔を過ぎ、後ろにいるアデルの手を握った。父は彼女を力強く抱き寄せた。「ちょっとすみません」父は話を中断し、片手をアデルの腰に、もう一方の手を顔に添えた。それから、町中の人が見ている前で彼女にキスをした。

ティファニーの胸に激痛が走った。心臓をペンチで挟まれたみたいで、恐怖で息ができない。「パパ……」喘ぐように、彼女は言った。

けれど、その声は届かなかった。父はアデルの唇を吸うのに夢中だった。

15

「おめでとう」アデルはザックと唇を合わせたまま言った。彼女の両手の下にある肩は、大きなバケツにいっぱいの氷を頭からかぶったせいでまだ湿っている。

ザックが唇を強く吸い、アデルを抱き寄せて耳元でささやいた。「後でお祝いをしよう。二人だけで」

「クリスマスで学校はお休みだから、難しいかも」

ザックが不満げな声を漏らした。「なんとかして、きみを脱がせる方法を見つけるよ」身体を引き、アデルの瞳を見つめる。「来てくれてありがとう」

アデルも見つめ返した。ザックは目尻に笑みをたたえ、ダークブラウンの瞳がきらきらと輝いている。アデルの胸の奥からせり上がってくるものがあった。誇りと喜び、そして別の何か。「来てよかった」

「Z監督！」

誰かの声に、ザックがアデルの後ろを見やる。笑みを浮かべて両手を離すと、もう一度顔を見つめてきた。「また後でね」

「また後」は次の月曜の朝だった。その日、ティファニーとケンドラはダンスの練習試合でサンアンジェロに出かけており、ザックは朝早く、短パンとスウェットシャツ姿でやって来た。そのままいつものジョギングに出かけたが、今日はいつもと違い、ザックは途中で止まってはキスをしてきた。大きな身体は、冬だというのに温かい。アデルはその腰に腕を回した。五番街とイエロー・ローズ通りの角で彼は舌を差し入れ、硬くなった下腹部を押しつけてきた。アデルも恥骨を押しつけ返した。結局、ジョギングは途中で切り上げ、シェリリンのバスタブに湯をため、バラの香りがするバブルバスの泡の中に二人で身を沈めた。

「土曜日、試合を見ていて思ったんだけど、サイドライン際に立っていたあなた、ちょっとたくましかったわよ」

バスタブの中、アデルは向かいに座るザックに足を伸ばしてすねをなでた。

「ジュニア・リーグのご婦人たちが大騒ぎするわけね」

アデルは顔を下げ、泡で笑みを隠した。

ザックが不服そうな顔をすると、手を伸ばしてアデルの足を握った。「ジュニア・リーグのご婦人たち、だけ？」

「ほかにも何人か、ね」アデルはおどけて肩をすくめた。「試合より、あなたを見ているほうがずっと面白かった」

「きみを見つけた時は、まさかと思った」アデルの土踏まずを親指で揉む。「でもよかったよ。見つけたのが後半で」

「どうして？」

「きみを目にしたとたん、プレッシャーが、そうだな、一〇倍に跳ね上がったから」アデルの足を持ち上げて甲に口づけをする。「きみの前で、みっともないまねはできないしね」泡が足首をなでている。その足にキスするザックを見つめているうちに、アデルの胸の中で温かな泡のようなものがみるみる膨らんできた。「町中の人の前で、でしょ？」

「それもある。でもやっぱり、きみに恥ずかしいところを見せたくない気持ちのほうがずっと大きかった」両手の親指でアデルのかかとを包み、足裏の親指の付け根にキスをすると、軽く首を傾げてザックが言った。「現役の時、試合中に女の人にいいところを見せようと思ったことなんて一度もないのにな。きみだけだよ」アデルの甲をそっと噛む。「最初は大学で、次が今」

その言葉にアデルは目頭が急に熱くなった。「今も？」

「当たり前だろ。じゃなかったら、こんなバラの園みたいなところで、いかにも女の子なバブルバスの風呂になんか入らないよ」

「ガーリーなバブルバスは、お好みじゃない？」

ザックが首を振った。「ぼくの好みはきみだよ。あの日、中学の体育館で見かけてから、またこうして一緒にいられたらいいなと思ってたんだ」

一緒にいたいと思うのと、愛とは違う。でも目の前でそう言ってもらえて、アデルは正直うれしかった。「いかにも女の子なバブルバス」を口いっぱいに飲み込んだみたいに、胸の奥がふわりとする。困ったことになった。大問題の元凶は、ダークブラウンの瞳でつま先の向こうからこちらを見つめているこの人だ。

「どうしたの?」

アデルはかぶりを振った。「なんでもない」

ザックは知らないほうがいい。というか、アデルだって知りたくもない。とにかく、この人にまた強く惹かれているのは確かだ。いまにも恋の淵の底まで落ちていってしまいそうだ。彼の唇が触れるたびに、アデルの心臓が打つたびに、身体がはっきりとそう伝えている。女子トイレでキスをしたあの時から、アデルの恋心はいつの間にかこんなにも深まっていたらしい。

「だったら、どうしてそんな難しい顔をしてるのかな? 眉間に皺が寄ってるけど」

言われるまで気づかなかった。アデルは無理やり笑顔を作った。「向こうに帰ったら、寂しくなるなと思って」それは嘘ではない。でも今、アデルが考えていたことでもない。

「まだ先の話だろ。それにさ、わからないよ。そのころには帰りたくなくなってるかもしれないしね」

アデルは続きを待った。シーダークリークに残ってくれ。ここでぼくと一緒にいてくれないか。でも彼は何も言わず、アデルの足指の付け根を優しく嚙んだ。もうここを出たほうがいい。深みにはまり込んでしまう前に、この人からできるだけ遠くに逃げないと。

賢い女なら、そうする。なのに、気づいたらザックに手を伸ばしていた。ザックが足を放してアデルを引き寄せ、バスタブの脇にあるコンドームをつかんで立ち上がった。アデルはその手から黒の四角い包みを取り、彼の前に跪いた。バラの香りの泡が乳房をくすぐり、ジェットバスの水流が腿に当たる。もう一方の手で隆起したものを包み、顔を見上げる。半分閉じたまぶたの奥で、ダークブラウンの瞳に熱い火がともっているのがわかる。アデルは唇を開き、彼を口に含んだ。

ザックが深いうめき声を上げ、顔にかかるアデルの髪を押しやる。アデルは彼を包んだ手を上下に動かしながら、大きく張った先端のすぐ下の筋を舌で強く突いた。

「気持ち、いいよ」ザックはかすれ声で言うと、欲望の炎をたたえた瞳でアデルを見つめ、髪に指を絡ませてきた。ほかの男がよくするように、腰を突き出したり頭を押さえたりといった乱暴なことはしない。ただ髪に手をやり、静かに見つめている。きみの気持ちがとてもうれしいよ。そう言うと、頭をのけぞらせてアデルの口の中で果てた。

アデルの腕に手をかけて優しく立たせると、「ありがとう」と言ってしっかりと抱き寄せた。「最初にしてくれた時のこと、覚えてるよ」背筋に指を伝わせ、両手でヒップを包む。「私も」身体の間に手を滑り込ませ、彼のペニスを握る。さっきより少しだけ柔らかい。手を上下に動かしてまた硬くした。「それと、すぐにまた元気になったことも。こんなふうに」

硬いものにコンドームをはめると、ザックの肩をそっと押して身体をバスタブに沈めた。盛り上がった胸の筋肉の上で泡が弾けている。彼にまたがり、両手を顔に添えて唇を重ねた。

乳首が彼の温かな肌に触れる。髪に指を入れて、首筋から喉元に唇を這わせる。それから両手で全身をなで回した。届くところにはすべて触れたかった。もう、ただのセックスではない。肉体とは別の何かが存在している。彼を身体の奥深くに招き入れ、両手で顔を包んで瞳を見つめた。アデルが腰を回すたびに、彼の熱い吐息が頬をなでる。

「ザック」アデルの口から熱いささやきが漏れる。間もなくオーガズムが全身の皮膚を駆け抜け、ハートを鷲づかみにされた。膣の壁が彼のものを締めつけ、同時に彼の指先がアデルのヒップに食い込む。続いてザックも果てた。彼の唇に唇を重ねる。胸の中にある生まれたばかりのさまざまな思いをキスに込めた。

ザックはアデルの頬にかかる髪をゆっくりと払うと、顔をじっと見つめてきた。何かを探すかのように。「先週のよりもいいセックスなんて、ありえないと思ってた。でも、勘違いだったよ」

アデルはたまらず彼の首に抱きついてこめかみに口づけた。もうどうしたらいいのかもわからない。この人にまた、どうにもならないほど深く恋してしまった今、私はいったい……。ザックがアデルの肩にそっと歯を立てた。「来週からしばらくは、かなりばたばたすると思う。年明けまで学校が休みだからね。それでもやっぱりきみに会いたい。お姉さんの出産が終わって、きみがアイダホに帰る日まで、できるだけ一緒にいたいな」鎖骨にキス。「でもきみがいなくなったら、寂しくなるだろうね」

アデルにも言いたいことはたくさんある。たとえば、私も寂しくなる、とか。でも言わなかった。新たに生まれた彼への思いが、胸を切なく締め上げていた。いや、もしかしたらこの思いはずっと前から隠れていて、また火をつけられるのを待っていたのかもしれない。いずれにしろ、アデルは怖かった。胸の奥も頭の中もぐちゃぐちゃだった。「お腹は空いた？」「ぺこぺこだよ」ザックがアデルの目をしっかりと見つめて言った。「このあいだのワッフル、まだある？」

「エゴ？」

「うん。大好きなんだ」

アデルは微笑み、小さくかぶりを振った。私のことはともかく、私が作るエゴは大好きなのね。

ザックが帰った後、アデルは新作の執筆に打ち込み、異銀河のキャラクターや突飛なストーリー展開で頭をいっぱいにした。ザックにまた恋をしてしまった事実については考えたくなかった。その思いを解剖し、一つひとつ取り上げて細かく分析することだけは絶対にしたくない。宇宙の旅を思い描き、新たな生物を創り出すほうがずっと楽だ。

夕方の五時半、ケンドラを迎えに中学校へ向かった。サンアンジェロから戻ってきたバスの後ろに車を停めた瞬間、アデルは異変に気づいた。いつもと様子が違う。姪が一人ぼっちで立っている。両目とも真っ赤で、バックパックが右肩から力なくぶら下がっている。

「どうしたの？」アデルは助手席に乗ってきたケンドラに聞いた。

「べつに」

「ティファニーは？　今日は送らなくていいの？」

「ローレン・マーシャルと帰った」

「ローレンのお継母さんって、ジュヌヴィエーヴ・ブルックスじゃなかったっけ？」

「そう」

たしか、ティファニーはジュヌヴィエーヴが嫌いだったはず、だけど。

「どうして？」車を出して病院に向かう。「いつもみたいに送ったのに」

「もう送って欲しくないって」

アデルは姪を見やった。「けんかでもした？」

ケンドラがかぶりを振り、後ろでまとめたダークブラウンの髪の先がコートの肩先で揺れる。「このあいだの試合の後、おばさん、ティファニーのパパとキスしたでしょ。ティファニー、見てたのよ」

「あ」アデルは道路に視線を戻した。しまった。「それで私が嫌いになった、と」

「すごく怒ってた。おばさんもほかのママと同じだって。パパに近づきたくて、それでティファニーに優しくしただけだって」

「そんなわけないでしょ」赤信号で停まり、髪を耳にかける。「ケンドラ、あなたもそう思ってるの？」

ケンドラは肩をすくめた。「そうじゃないけど……でも……」

「ティファニーに言われたの。もううちに来ないでって。ダンスの練習も見てくれないって。このまま金曜まで練習できなかったら、今度の試合、負けちゃう」ケンドラの目に涙がたまった。「それにティファニーに嫌われたら、みんなにも嫌われるに決まってる」

「そんなことないわよ」

「ううん、もうだめ」鼻をすすり、涙をぬぐった。「ティファニーに嫌われたら、ムリだから」

アデルは自分が送った地獄の中学時代を思い出し、身がすくんだ。

「だから引っ越しなんかしたくないって言ったのに」ケンドラが泣きじゃくった。「前の学校がよかった。前の友だちに会いたい」

「誰かチームのほかの子にうちに来てもらえばいいじゃない。それで練習すればいいわ」

「でも」

「でも、何？」

「そうしなさいよ。明日の夜は？　リビングの家具をほかの部屋に移しておくから」

「聞いてみる」

だが次の日に迎えに行くと、ケンドラはまた一人ぼっちだった。その日もティファニーに冷たくされた姪は、寂しさをさらに募らせていた。結局、その週の金曜まで事態は改善を見ず、アデルはザックに話すことにした。その日、ダンスチームの生徒は大会の旅費を集めるため地元のショッピング・モールへクッキーを売りに行っており、アデルは姉の家でザックとベビー・バウンサーを組み立てていた。

「ねえ、ティファニーのことなんだけど、何か言ってなかった？　州選手権の後、キスしたでしょ。あれ、見たらしいのよ」

ザックは手元の説明書から目を上げた。「え？　見られてないと思うけど」

「ううん、見てたのよ」

「何も聞いてないな」説明書を置いて金属製の脚を手に取る。「きみには言ったの？」

「ううん、私とは話したくないみたい。ケンドラに言ったのよ。すごく怒ってるみたい」

「そうか。ちょっと戸惑っているだけだろ。すぐに落ち着くよ」

「そうかしら」アデルはナットやボルトの入ったビニールの袋を開けた。

「何？」

ザックの娘のことで、あれこれ言うのは嫌だった。「じかに話したほうがいいんじゃない？」

「そうするけど、その前にきみが知っていることを聞かせてくれないかな」

「ティファニーは私のことが許せない。それでケンドラとも絶交しようと思ってる」

ザックはアデルの手からビニール袋を取ると、長いねじを取り出した。「今夜、ちゃんと話してみるよ。まあ大丈夫だろ」腰をかがめ、目を凝らして説明書を読む。「まいったな、ややこしいぞ、これ」

アデルは箱から赤ん坊用の小さなシートを取り出し、ジャングルの動物がプリントされた布地をなでた。「かわいいわね」付属のオルゴールのねじを巻くと「ロッカ・バイ・ベイビー」のメロディが部屋を満たした。「こういうのを見たり聞いたりしていると、赤ちゃんが欲しくならない？」

ザックは説明書から顔を上げてしかめ面をした。「全然」

アデルは声を上げて笑った。「ベビー用品の作り方はもう覚えたでしょ。私の時も手伝ってもらおうかしら」

「きみの時？」ザックは弓状のパイプに手を伸ばした。「まさか、タイムリミットが迫っているなんて言うんじゃないだろうね。そういうタイプじゃないと思ってたけど」

「迫っているどころじゃない。肩を叩かれてるわ、もう時間よって。子供は前から欲しかったんだけど、こうしてシェリリンのそばにいると、本気で巣に入りたくなるわね」

「巣に入る？」

「ヒナとね。一羽、いや二羽かな」

「二羽？」

「もう一人欲しいと思ったことはないの？」

ザックは肩をすくめた。「デヴォンは一人っ子で、ティファニーを自分と同じように育てたいと思っていた。ぼくもそれでよかったし」

「ティファニー、言ってたわよ。弟が欲しいって」

「ああ。でもあの子は、自分が持っていないものは基本的に何でも欲しがるから」

「で、あの子は私たちにこうして会って欲しくない、と」ザックはパイプをつなぎながら言った。「年が明けてオースティンから戻るころには、けろっとしているよ」

私もそんなふうに楽観的になれたらいいのだけれど。

「そうだ、あの子たちを連れて四人で映画かどこかに行こうか」

最悪の結果になるかもしれないが、うまくいく可能性もあるか。「そうね」

「デートだよ」

アデルはかぶりを振った。「デートはだめ」

ザックに例の呪いが襲いかかるのだけは、何としても避けないと。

「なあ、どうしてそんなにデートが嫌なんだよ?」

わけは言えない。話したら、頭がどうかしてると思われるに決まっているから。

ザックはティファニーにクリスマスの飾りの入った箱を渡し、その中から金紙の星を手に取った。クリスマス当日はたいていオースティンにいるが、自宅のツリーの飾り付けは欠かさない。デヴォンは業者に頼んでいたが、ザックとティファニーはツリー選びも飾り付けも自分でするのが好きだった。

「なあティファニー、州選手権の後、パパとアデルがキスしたのを見たんだよね。聞いたよ。どうして何も言わなかったんだ?」

ティファニーは片方の肩をすくめただけで、手の電飾から目を上げなかった。「恥ずかしかった。なんで騒ぎにならないのか、意味がわからない。町中の人が見てる前であんなふうにいちゃついたのに」

それは少し大げさだ。あの場にいたのは住人のせいぜい半分だったし、よっぽど想像力を働かさないと、あのキスを見ていちゃついているとは考えないだろう。もっとも、アデルと二人きりになるまで待てばよかったのだが。ティファニーが見ているなんて、思ってもみなかった。

「アデルはいい人だよ」

「わたしは嫌い」

「嫌いなのは、パパがアデルのことをいい人だと思ってるからだろ。そういう考え方はやめなさい」ときどき、ティファニーはデヴォンそっくりに思える。ザックにはそれが心配だった。「今週、ケンドラが練習に来てないみたいだけど。友だちに八つ当たりするのは良くないぞ」

ティファニーは豆電球をツリーに下げて唇を噛んだ。何も言わなかったし、言う必要もないと思っていた。どうせ父にはすべてお見通しだろうから。

ザックは椅子に乗ってツリーのてっぺんに手を伸ばし、星の飾りを載せた。「曲がってない？」

ティファニーは顔を上げてうなずいた。

「そんなふうにいつまでも怒ってても、自分が損をするだけじゃないかな」椅子から降りながら、ザックが言った。

「どういうこと?」

「アデルおばさんのことでケンドラと仲良くしないのはもったいない、と言ってるんだ。ティファニーは頭のいい子だからよくわかってる。そうだよね? もうすぐ大きな大会があるんだろ」

ティファニーが本当に聞きたい言葉はわかっている。でも、娘を喜ばせるためにアデルに会うのをやめるつもりはなかった。「腹を立てているせいで試合に負けるティファニーなんて、パパは見たくないな」

「わたし、知ってるよ。パパが何をしてるか」ティファニーは箱を置き、きらきらしたティンセルを手に取った。「ケンドラとはこれからも仲良くする。ケンドラのことは好きだし、チームのメンバーだから。でもあのおばさんは嫌い。仲良くなんてしないから」

ザックは小さくかぶりを振った。思っていたよりはうまくいったが、期待したほどではない。「先週までは、おまえも好きだったじゃないか。そんなに強情な子だとは思わなかったな」

「だって……」涙が二粒、ティファニーのまつ毛に浮かんだ。「あの人、わたしをお買い物に連れてってくれたから。ママの話もしてくれたし。だからわたし、おしゃれのアドバイスまでしてあげたんだよ。シュシュはダサいから、やめたほうがいいって。でも結局、あの人もパパに気に入られたくて、それでわたしに優しかっただけなんでしょ。やっぱりみんなそうなんだ」

「ティファニー、そんなことないよ」

「そうだもん」

ティファニーも本気でそう思っているわけではない。それは自分の気持ちをごまかす言いわけだ。誰であろうが、デヴォン以外の女性に入ってきて欲しくないのだろう。それはザックにもわかっている。ただ、どうしていいのかがわからなかった。

リビングを出てキッチンに向かい、冷蔵庫から水のペットボトルを出した。もうじきティファニーと二人でオースティンの実家に行き、年明けまでそこにいることにしている。ちょうどいいかもしれない。ティファニーに必要なのは、頭を冷やす時間だ。戻ってくるころには落ち着いているだろうと、アデルには言った。ティファニーの怒りも治まっていると。そうであって欲しい。フットボールのシーズンが終わったばかりなのだ。せっかくの休みだ、のんびりと過ごしたい。余計な騒ぎはないほうがありがたい。

いや、絶対にいらない。

16

クリスマス。窓の外は気温四度と冷え込んでいる。病室の床には色とりどりの紙片が散らばり、小さなツリーの根元や脇には包みの開いたプレゼントが積まれている。ココアとドーナツを囲んで、三人は映画の『ア・クリスマス・ストーリー』をテレビで見ながら、シェリリンの日増しに大きくなるお腹に手を当てて代わりばんこに胎児の動きを感じた。

みんなでチョコレートとキャンディケーンもたっぷり食べた。アデルはサンタ帽姿の母娘の写真を撮ってやり、ベビーベッドやぶらんこを組み立てるのがどんなに大変だったのかを姉にこぼしたが、ザックのことは黙っていた。まだ早い。自分の気持ちの整理もついていないし、関係が長続きするとも思えない。シェリリンの子供が生まれたら、すぐにここを出る。早く自宅に帰りたい。自分の物に囲まれて、自分のために毎日を過ごせる暮らしが待ち遠しい。たぶん、デートが失敗する呪いは解けたか、もう終わったはず。それだけに早く元の生活に戻りたかったが、ザック以外の誰かとデートをするのは、なんだか間違っている気がした。誰かほかの男性の腕に抱かれているところを想像しただけで、ハートが尻込みした。

この二日間、オースティンにいるザックとは話していない。実家の家族と一緒だからいろいろと忙しいのかもしれない。いずれにしろ、アデルにはちょうどよかった。彼と距離を置くのが今はいちばんだ。一人の時間がいる。考える時間が。入院中の姉、手のかかる一三歳の姪、そしてザック。少しは息をつかないと。この町に来てからというもの、ノンストップのジェットコースターに乗せられたみたいに、感情が激しく上がったり下がったりの連続だった。

夕方の四時、アデルはケンドラと病室を後にした。夕食は軽く済ませ、早めにベッドに入った。翌朝、目が覚めたら七時だった。身体がだるく、少し吐き気もする。昨日はしゃいだのとチョコレートを食べすぎたせいだろう。もうひと眠りしようと丸くなったところで、電話が鳴った。ぼんやりとした頭で、アデルは思った。ザックかもしれない。

電話は病院からだった。シェリリンの血圧が急激に上がったため、緊急で帝王切開をするという。

「ケンドラ!」アデルは姪の部屋に走った。「すぐ病院に行くわよ。手術で赤ちゃんを取り出すって」

二人は手近な服をつかみ、大急ぎで着替えた。

「昨日は元気だったのに」不安でいっぱいのケンドラの瞳から、涙が頬を伝って落ちた。

赤信号をことごとく無視して飛ばしたが、分娩室に着いた時にはもう、ハリス・モーガンは新生児集中治療室に運ばれていた。小さな待合室でシェリリンが出てくるのを待つ間、ケンドラは泣きじゃくりどおしで、アデルは黙って肩を抱いてやった。

ようやく出てきた姉は顎まで白いシーツに覆われ、精も根も尽き果てた顔で両目とも真っ赤だった。ケンドラは母の胸に顔を埋めて大泣きした。怯えきった姪はひどく幼く見えた。

「ママ、大丈夫？」ケンドラが涙声で言った。

「大丈夫よ。疲れてるだけだから」

「ごめんね、いちばんいて欲しい時にいてあげられなくて」アデルはこみ上げてくる涙を必死でこらえた。

「なに言ってるのよ。いちばんいて欲しい時に来てくれたじゃない」シェリリンがケンドラの腕をさすりながら言った。「この何カ月か、あなたがいなかったら、どうなっていたことか。アデル、本当にありがとう」

アデルの顔に笑みが浮かんだ。「よかった、ここに来て」心からそう思っていた。

「赤ちゃんは？」ケンドラが聞いた。

シェリリンはアデルの瞳をしばらく見つめ、それから娘の額に口をつけて言った。「ケンドラと同じ、濃い茶色の髪よ。生まれてすぐに泣いたの。いいことなのよ。子猫みたいにかわいい声だったわ」

涙を流しているアデルをシェリリンが見やった。「もう泣かないの。私は大丈夫よ。赤ちゃんも大丈夫。みんな大丈夫なんだから」

その日の昼ごろ、アデルはケンドラとシェリリンを車椅子に乗せて新生児集中治療室に行き、三人で保育器の中のハリスを見つめた。青いニット帽をかぶり、鼻カニューレの管が頬にテープで留められている。おへそから体温計が出ていて、小さな手の甲に点滴の管が入っている。三人が足や脚に触れると、ハリスは目を開けてこちらを眺め、それからあくびをした。今日は疲れた、というように。実際、疲れたに違いない。ハリスは再び眠りに落ちた。

それからの三日間、アデルは心配でほとんど眠れなかった。幸い、シェリリンの血圧はゆっくりと下がっていき、ハリスは体重が六〇グラムほど増えた。土曜の午後、シェリリンはようやく退院できるまでに回復したが、ハリスはもう少し体重が増えるまで保育器に入っていなければならないという。ただ、いちばん危惧していた肺の働きは順調で、日ごとに良くなっていた。

アデルとシェリリンが退院の荷造りを済ませ、玄関まで行くのに車椅子の到着を待っていると、ウィリアム・モーガンが病室に入ってきた。ウィリアムはアデルが思っていたよりも老けていた。背も低い気がする。髪は薄くなっていた。さすがに例の女は連れてきていないようだ。

「席を外してくれるかな」アデルを見るなり、ウィリアムがぶしつけに言った。相変わらず偉そうな口調だ。やっぱりいけ好かない。

アデルは姉を見やった。「出ていったほうがいい？」

シェリリンは首を振った。「あなたがそうしたいなら別だけど」

アデルはにっこりと笑い、もうじき元義理の兄になる男をにらみつけると、ベッドの端に腰を下ろして胸の前で腕を組んだ。「同席させてもらうわ」

ウィリアムは眉をひそめた。

シェリリンが唇の端だけ軽く上げて疲れた笑みを作り、ヘアブラシを旅行用バッグに入れながら言った。「赤ちゃんは見た？　ケンドラにそっくりよ」

「ああ」ウィリアムはアデルをにらみつけていた目をシェリリンに向けた。「ぼくの父の名前をつけようと思う」

「アルヴィン？」シェリリンがかぶりを振った。「そうね、ミドルネームなら」

「おい、ぼくの家族――」

「名前はハリスよ」シェリリンがウィリアムの言葉を遮って言うと、バッグのファスナーを閉めた。「出生証明書もそれで出したから」

「ぼくに相談もしないで？」

「相談しようにも、いなかったじゃない」

「ぼくの息子だぞ」

「各週の週末と、毎年の夏に一カ月だけ一緒にいられるわよ。あの子が大きくなったらね」

看護師が車椅子を押して現れ、シェリリンが笑みを浮かべた。「あら、お迎えが来たわ」病室を横切ってゆっくりと歩き、車椅子に腰を下ろすとアデルに言った。「バッグを取ってくれる？」

「うん」

「ケンドラはうちにいるわ。退院する私のために準備をしてくれてるの」シェリリンは間もなく元夫になる男に言った。「電話してあげて。会いたがっていると思うから」

看護師に押されてシェリリンが病室を後にし、アデルはベッドの上の旅行用バッグを手に取った。「ケンドラに会う時は、おたくの助手はホテルに置いていきなさいよね。あの子、いろいろと大変だったんだから。わざわざ問題の彼女と顔を合わさせなくてもいいでしょ」

ウィリアムが眉をひそめた。いきなり腐臭を嗅がされたような顔だ。「きみには関係ない。ぼくは父親だ。ケンドラの扱いはよくわかっている」

「あらそう。だったら最近は、ずいぶんとご立派な親ぶりですこと」

「きみに言われる筋合いはない」

アデルは疲れていた。この何日かはとくにストレスで気分がすぐれないし、一昨日の晩は、せっかくかかってきたザックの電話にも寝ていて出られなかった。ウィリアムのなめた態度に黙っていられる気分ではなかった。「家族を見捨てた人に言われる筋合いもないわよ」

「きみだって、シェリリンと六年も会っていなかっただろ」

痛いところを突かれたが、アデルはすかさず言い返した。「それは認める。もっと会いに来たほうがよかったとは思う。だけど姉は最大のピンチの時、私に助けを求めてきた。この何カ月か、赤ちゃんを守ろうと必死で闘っている間、姉の手を握っていたのは私なのよ。ティーンの娘の世話をしたのもこの私。あんたじゃない！　あんたは家族に背を向けて、歯科助手だかなんだか知らないけど、どっかの若い女を選んだ。今さらのこのこ現れて、偉そうな口を利くんじゃないわよ」

「相変わらず品のない女だな」

「相変わらずの勘違い男ね」もうこの男は家族じゃないし、ここにはケンドラもいない。今こそはっきりと言ってやる。「ウィリアム、あんたはただの歯医者。心臓外科医じゃない。いじるのはただの歯。心臓の弁じゃないの。まったく、何様のつもりよ」

　廊下に飛び出したアデルは、危うくシェリリンの足につまずいて転びそうになった。「もういないと思ったのに」

　シェリリンが優しく微笑んだ。「助けがいるかもしれないと思って、念のためよ。でも助けがいるのは、ウィリアムのほうだったみたいね」

　看護師に押されて廊下を進んでいると、シェリリンがアデルの手を取って静かに言った。

「歯科医は立派な職業よ」

「うん、わかってる」

　途中、薬局に処方箋を出してから家に戻り、シェリリンをベッドに寝かせた。

「薬を取りに行ってくるわ」アデルがまたコートに袖を通しながら言った。「何かあったら、ケンドラに言って。リビングにいるから」胃が少しむかむかする。深く息を吸ってゆっくりと吐く。「すぐ戻るわ」ベッドのハンドバッグをつかんだ。

「どうしたの？　顔色が悪いけど」

「何でもない」アデルはハンドバッグを手から落としてバスルームに駆け込んだ。この何日か調子は良くなかったが、吐いたのは初めてだ。吐き気が治まってから、うがいをして歯を磨いた。「あのコップは使わないで」バスルームを出てアデルが言った。「風邪を引いちゃったみたいだから」

「いつから？」

「二、三日前。たまに吐き気が」ハンドバッグをまた手に取る。「朝、起き抜けがちょっとつらいの」

「ひょっとして、妊娠してる？」

「ばかなこと言わないでよ」ハンドバッグからキーを出す。「お姉ちゃんたら、赤ちゃんのことで頭がいっぱいなのね。妊娠じゃないわ」

姉が眉をひそめた。「つわりみたいだけど。二度妊娠したからよくわかるわ」

「お姉ちゃん、やめて。違うって。ＩＵＤも入ってるし」

「ふうん。セックスはしていない、とは言わないのね」

「言わなかった？」

「そういう人がいるの？」

アデルは肩をすくめた。

「誰よ？」

もうばらしてもいいだろう。あと何日かすれば、ザックは戻ってくる。一緒にジョギングをすれば、シェリリンも顔を合わせることになる。もしまた一緒に走れば、だけど。「ザック・ゼマティス」

「高校のアメリカン・フットボール部の監督さん？」シェリリンが目を大きく見開いた。

「このところずっと新聞やニュースに出てた人？」

「そう」

「ケンドラのお友だちのパパ？」

「うん。ベビー用品を作るのをちょっと手伝ってもらったの」

「それだけの関係じゃないみたいね」シェリリンが顔をしかめた。「どうするつもり？」

「どうもしないわよ。妊娠なんかしてないから」

「薬局に行ったら、妊娠検査薬を買いなさい」

アデルはあきれ顔でベッドルームを後にした。最後に生理が来たのはいつだったか。まだ二週間……いや三週間か。でもこれくらい遅れたのは初めてじゃないし、大丈夫だろう。


「買ってきた？」ベッドルームからシェリリンの声がした。

「薬？」カウンターに袋を置く。「もちろん」

「そうじゃなくて」シェリリンが背中を丸めて片手をお腹に当て、そろそろとした足取りでキッチンに入ってきた。「妊娠検査薬」

「シーッ。ケンドラに聞かれたらどうするのよ」

「大丈夫。ウィリアムが連れて行ったから」シェリリンはカウンターのスツールにゆっくりと腰を下ろした。「買った？」

「買ったわよ。お姉ちゃんがうるさいから。でも平気だって言ってるでしょ。IUDは入ってるし、ゴムも使ったし」破れたけど、一回だけだ。確率はゼロに近いはず。

シェリリンが袋から箱を取り出して開け、説明書を読み上げた。「五秒以上、尿を直接かけること」プラスチックのテストスティックをアデルに渡す。「膣に挿入したらだめだって」

「はいはい。わかりました」

アデルはスティックを手にバスルームへ向かった。三分ほどで戻ると、それをカウンターのハンドタオルの上に置き、姉に水の入ったグラスを渡した。

「手は洗った？」シェリリンがスティックを見つめながら言った。

「はいはい、洗いましたよ」うんざりした顔で言うと、アデルはトースターにパンを入れた。

「これ食べて、飲んで」姉にトーストと薬を渡してから、テストスティックを後ろ手に持ってきっちり二分待ち、前に出して見つめた。＋だった。

「どうだった？」シェリリンがトーストをかじりながら聞いた。

アデルは慌てて説明書に目を走らせた。「これ、不良品だわ。だってゴムはつけたんだし」

「毎回？」

「一回だけ破れたけど」

「一回で十分よ」

頭から血が一気に引いていく。アデルはコートとハンドバッグをつかんだ。

「どこに行くの？」

「新しいのを買ってくる」四五分後、さっきのと同じ妊娠検査薬が五本、テーブルの上に並んだ。判定結果は、どれも陽性だった。指先とつま先の感覚がなくなり、ここ何日にも増して具合が悪くなってきた。顔だけがやけに熱い。気を失って床に倒れそうだ。アデルはシェリリンの隣に力なく腰を下ろした。でもどうして。いや、こんなはずはない。何かの間違いだ。

アデルの顔の前でシェリリンが手をひらひらとさせた。「ちょっと、大丈夫?」

「え?」声に力がない。長く暗いトンネルの奥から聞こえてきたかと思うほどかぼそい。

「つきあっている人がいること、どうして私に言わなかったのよ?」

「どこまで本気か、自分でもわからなかったから」

「どこまでって、どう考えても本気じゃないの」

「ちょっと黙ってて」アデルは両手で頬を覆った。「……最悪。妊娠するなんて」

「どうするの?」

「知らないわよ! たった今わかったんだから」

「彼に言わないと」

「でも、妊娠してないかも」

シェリリンがテストスティックを指した。「六本とも陽性だけど」

「でも、どれも不良品なのかも」アデルはわらにもすがる思いだった。「ありえないことはないし」

「そんなわけないでしょ」

さまざまな考えが頭の中をぐるぐると駆けめぐり、こんがらがって激しくぶつかり合っている。「でも、ザックにはばれないかも」彼の反応は考えるまでもなかった。コンドームが破れた晩のことは、忘れようもない。

姉がじっと見つめてきた。ケンドラがときどき向ける表情に似ている。あんたの話を聞いているとこっちまでバカになる、と言いたげな顔だ。「ばれるに決まっているでしょ。ちゃんと話しなさい」

「水曜まで戻ってこないから。それまでにどうするか考える」

シェリリンが手を伸ばしてアデルの冷たい指を握った。「彼のこと、どう思ってるの？」

「ザックのこと？」アデルはかぶりを振った。わからないというように。でも本当はわかっていた。「愛してる」アデルはつぶやいた。声に出したのは、初めてだった。「こんなはずじゃなかったんだけど……。こうなりそうな気はしていて、止めなくちゃとは思ってた。でも、できなかった」

「大丈夫、きっとうまくいくわ」

「無理よ」瞳の奥に涙がこみ上げてきた。「あの人は本気じゃないから」それに、私の子供は絶対に欲しがらない。アデルはかぶりを振った。涙が頬を伝った。どうしてこんなことに。とにかく、ザックの気持ちが変わることはありえない。

はっとして、アデルは両手をテーブルについた。もしかして、これも呪いのせい？　今度は妊娠で関係が壊れるパターンなの？　いや、この期に及んでまだそんなことを考えるなんて。やっぱり私、頭がどうかしてる。

シェリリンが立ち上がってアデルの肩をぽんぽんと叩いた。「私が面倒を見てあげるわ。アデルが見てくれたようにね」深く息を吸ってゆっくり吐くと、目を丸くした。「あら。あの鎮痛剤、効いてきたみたい。なんだかすごくいい感じよ」

17

ザックはドアベルを押し、我ながらそこにいる自分に驚いた。アデルには一月二日に戻ると伝えてあったが、昨晩、文句ばかり言うティファニーを連れて早めに帰ってきてしまった。ティファニーは始終ふくれ面で、何かと突っかかってきたし、ザックはアデルとの心安らぐ時間が恋しくて仕方がなかった。明日は新年の一日だ。ケンドラをあずけられる人がうまく見つかったら、ダウンタウンの新しい店にアデルを連れて行こう。ニューイヤー・パーティーで盛り上がっているはずだ。どういうわけかデートをかたくなに嫌がっているが、そこはどうにかしてもらわないと。二人はもう、セックスだけの関係ではないのだから。

扉が開いて目の前に現れたのは意外にも、青いバスローブ姿の女性だった。髪はブロンドで、やや前かがみに立っている。

「あ、すみません」ザックは家を間違えたと思いきびすを返したが、玄関口の番地に目をやり、向き直った。「アデルは、いますか?」

「ケンドラを連れて病院に行っています。ザックさん、ですよね」

「え、はい」疲労の浮かんだ顔とターコイズブルーの瞳を見つめる。「シェリリンさんですね」

シェリリンが扉をさらに開けてザックを招き入れた。「アデルはすぐに戻ります」

「赤ちゃん、お生まれになったんですね」

「ええ」シェリリンがザックの後ろに手を伸ばして扉を閉めた。

「おめでとうございます。赤ちゃんは？」

「まだ病院ですけれど、元気です。ベビー用品を組み立ててくれたそうで、どうもありがとう」

「いえ」慎重に歩く彼女の後について、ザックはリビングに向かった。「何かお持ちしましょうか？」コーヒー、紅茶、それとも車椅子か？

「結構です」シェリリンはゆっくりとソファに腰を下ろした。「それで、妹とはいつから？」

ザックは椅子に腰かけながら答えた。「大学で出会って、三カ月くらい前にここで再会しました」壁の時計を見やる。「アデルは遅くなりそうですか？　お疲れでしょうし、私がいてはご迷惑かと」

シェリリンが険しい目をさらに鋭くし、気にしなくていいというように静かに首を振った。

「妹のことは、どう思っているのかしら」

こんなに厳しい目に晒されるのは久しぶりだ。二〇〇一年のベアーズ戦でパスを五本、インターセプトされて以来か。

「素敵な女性だと」

「それはわかっています。あなたのお気持ちは？」

まるで尋問だ。女性のことでこんなふうに追及されたのは、何年前……いや、初めてだ。

「やっぱり、今日はお暇したほうが」

ガレージのシャッターが開く音が聞こえ、シェリリンがクッションに身体をもたせかけた。

「帰ってきたわ」

一分が五分にも感じられる。ようやく、ドアの閉まる音に続いてキッチンからアデルの声がした。「ただいま。ウィリアムのバカ、カツラかぶってたわよ」

「こっちよ」

アデルの声をじかに耳にするのは一週間ぶりだ。オースティンから何度か電話をしたが、つながらなかった。

「お茶、買ってきた、スターバックスで。身体にいい――」ザックを見つけた瞬間、アデルは目を見開いてその場に立ちつくした。ざっくりとしたセーターにジーンズ姿で、両手にカップを一つずつ持ったまま。

「やあ」ザックが立ち上がった。

「戻ってくるの、水曜じゃなかったの？」

ザックは肩をすくめた。「飽きちゃってね」本当は、会いたくてね。ソファに座り、犯罪者を見るような目を向けているあの姉がいなければ、すぐさま両手でアデルの顔を包み、キスするところだ。アデルがその手を取って、ベッドルームに誘ってくれるまで。あるいはバスタブに。もしくはシャワーに。じゃなければこの場で。でもこの状況では、どうしようもない。アデルをうちに招いて自分のベッドで愛を交わしてもいいのだが、ティファニーがいる。

「お邪魔だから、行くわね」シェリリンがソファの端まで身体をずらすと、ザックがすかさず歩み寄って手を貸した。姉は「ありがとう」と言って立ち上がり、慎重な足取りでアデルのそばに行き、紅茶のカップを手に取って一口すすった。「言いなさい」

「シーッ」アデルはザックにちらりと目をやり、また姉に向き直った。「まだはっきりとはわかってないいんだし」

「アデル、バカなこと言わないで。わかりきってるでしょ」

アデルは姉をにらみつけ、それから作り笑いを浮かべた。「おやすみなさい」

シェリリンは肩越しにザックを見やった。「ザック、お会いできてよかったわ」

「私もです」ザックは出ていくシェリリンの背中を見つめた。この姉妹は何か隠しているらしい。でもそれよりも、まずはすることがある。シェリリンの姿が見えなくなるや、アデルに歩み寄り、頬を両手で包む。顔を近づけて唇を重ね、彼女が口を開けて受け入れてくれるのを待った。けれど、アデルは口を閉じたまま身体を硬くしていた。再会した当初、深みにはまるのを避けていたころのように。

ザックは身を離してアデルの瞳を覗き込んだ。「どうしたの？」嫌な予感がした。姉の出産が終わったらここを出るという話は繰り返し聞かされてきた。だからじきにいなくなるのはわかっている。ただ、こんなに早いとは思っていなかった。こんなにもがっかりするとも。

「うん……」アデルが片方の肩をすくめ、目を閉じて深く息を吸った。

ザックは両手をアデルの肩に置いた。「何？」気が変わって、シーダークリークに引っ越してきてくれればいいのだが。この先も定期的に会ってセックスを楽しみたい。これからもアデルのいる暮らしがいい。

アデルが目を開け、ゆっくりと息を吐いた。「話があるの」

肩を握る手に力が入る。帰るという知らせに備えて、ザックは身体をこわばらせた。ぼくが戻るなと言ったら、思い直してくれるだろうか。

「私、妊娠したかも。たぶん、だけど」

ザックは両手を力なく落として、青白いアデルの顔を見つめた。頭から血の気が失せ、胃の奥がずしりと重くなる。「冗談だろ」

「だったらいいんだけど」

足元の床が揺れてぱっかりと口を開け、底なしの穴に落ちていく気がした。「どうしてはっきり言えるんだ？」

アデルは紅茶を一口飲んだ。喉が温まり、胃が縮む。ザックのダークブラウンの瞳と眉間の皺を見つめて続けた。「妊娠検査薬を六つ試したの。どれも陽性だった」アデルはザックのすべてを愛していた。ブロンドの髪が額にかかる感じも、笑った時の唇のかたちも。笑わせてくれる仕草や言葉も、二人だけでいる時にくれるまなざしも。でも今の目はそれとは違っている。アデルは心の底から思った。その胸に抱き寄せて、大丈夫だよと声をかけて欲しい。たとえ嘘でもいいから。「私、妊娠したの」

でも、ザックがしたのは後ずさり、だった。私、放射能に冒されているの、と聞かされたみたいに。「ふざけんなよ」両手で顔をごしごしとこすり、指でこめかみを押さえる。「なんだよそれ！ 冗談じゃない。どういうことだ」

心は沈んだが、驚きはしなかった。アデルはザックの脇を抜けてソファに腰を下ろした。疲れているし、具合も悪い。このまま眠りたい。目が覚めて、全部が悪い夢だったらどんなにいいだろう。「私にもわからない。こんなはずじゃなかったの」

ザックは両手を力なく下ろしてアデルを振り向いた。「言ってたじゃないか、ＩＵＤがどうとかって」

「入ってるわよ。入ってた。というか……知らないわよ」アデルはもう一口紅茶をすすった。「ゴムが破れたのは一回。たった一回だけよ。意味がわからない。こんなことになるなんて。私もショックなの」ザックを見やると、ますます心が沈んだ。彼の顔はコンドームが破れた晩と同じだった。不審と不信に満ちた目も。「ザック、言わないで」今は聞きたくない。でも、かまわずにザックはそれを口にした。「私も、か。よく言えるな。ＩＵＤなんて最初から入ってなかったくせに」

ザックもショックを受けているのだろうから、できればきつく当たりたくはない。けれど、今のアデルに最低の侮辱を我慢できる余裕はなかった。ショックなのはアデルも同じだ。それでもザックを責めてはいないのに。「私がたくらんだとでも言いたいわけ？」

ザックはフランネル・シャツの胸の前で腕を組んで押し黙っている。でも、答えは顔に書いてあった。

「ＩＵＤは嘘じゃないし、ゴムに細工なんかしてないわよ。だいたい、私にわかるわけがないじゃない。そっちのおたまじゃくしが、ＩＵＤをものともしないくらいバカみたいに元気だったなんて」

「でもきみはわかっていた。ぼくと結婚するにはこれしかないって」

アデルは紅茶のカップをテーブルに置いて立ち上がった。ザックのことは愛している。それだけに彼の言葉がぐさぐさと胸に突き刺さってきた。「結婚なんて誰が言ったのよ」

「要するにそういうことだろ」ザックが顎を上げてアデルを見下ろした。「ぼくがきみをはらませる。それで二人は結婚。違うか？」

「違うわよ」

「はっきりさせておく。プロポーズはしないからな」

傷ついたハートはもう限界だった。「出てって」アデルは玄関扉を指した。疲れているし、具合も悪い。もう耐えられそうにない。「明日、医者の予約をしたから」アデルの唇は怒りでこわばっていた。「はっきりしたら、連絡する」

ザックがジーンズの前ポケットからキーを出した。「明日の何時？」

「一〇時半」シェリリンの産婦人科医に電話を入れたところ、ちょうどキャンセルが出たというから、そこに予約を入れてもらっていた。「お昼ごろに電話する」

「車を出すよ」

「いいわよ。運転くらい自分でできるから」

「出すと言ってるんだ」

「わかったわよ」だが一緒に行ったからといって、何かが変わるわけではない。二人は妊娠を知る。ザックの気持ちは変わらない。アデルの孤独と不安も、途方に暮れる思いも変わらない。この先、私はどうしたらいいのだろう。


翌朝、産婦人科に向かう間、ザックはいつになく無口だった。エスカレードの中は彼の香りでいっぱいで、スパイシーなデオドラントと石けん、レザーのにおいが混ざり合っている。カーキ色の綿パンツ、ブルーのボタンダウン・シャツにウールのコート姿。シャワーを浴びてすぐに出てきたらしく、髪はまだ濡れている。顔はひどく疲れていた。それはそうだろう。気分はどうか、何か欲しい物はないかとザックは聞いてきたが、言葉はそれだけだった。

待合室にはカップルがたくさんいた。大小さまざまに膨らんだお腹の女性たち。アデルが問診票に記入している間、ザックは二人のコートをドアのそばのフックに掛け、隣に深々と座るとゴルフ雑誌を広げた。アデルはクリップボードから目を上げ、向かいに座るカップルを見やった。夫が妻の丸いお腹に手を当て、耳に顔を寄せて何事かささやいている。妻はにっこりと微笑んで夫の肩に頭をあずけた。愛し合っている男女。身ごもったことがうれしくて仕方がない様子だ。

胸の奥をぎゅっとつねられた気がして、アデルはクリップボードに目を戻した。目の端でザックを見やる。この先、私にはないのだろう。お腹に優しく触れられることも。ほっとする言葉をささやかれることも。たくましい肩に安心して頭をあずけられることも。ザックが雑誌から顔を上げた。何一つ感情の見えない目だった。

三〇分ほど待っただろうか。看護師がやって来てアデルの名を呼んだ。立ち上がると、ザックも立ち上がった。アデルは振り向いて小声で言った。「ここにいて」

「そうはいかない」

ザックの目の前で股を開いて座る姿を思い、頬が赤くなった。「恥ずかしいから」

ザックが顔を寄せて耳元でささやいた。「きみのあそこに顔を埋めたこともある。今さら恥ずかしいもないだろう」

頬の赤みが顔中に広がった。「いいわよ。でも妊娠がわかっても、汚い言葉を口にしたり、はめられたとか言ったりしないで」

ヘレン・ロドリゲス医師の診断中、ザックはアデルの右肩辺りに黙って座っていた。医師から妊娠を告げられた時も、何も言わなかった。顔を見るのが怖くて、アデルはザックのほうを向けなかった。

診察が終わり、アデルは身体を起こした。紙製のカーテンが腰の辺りでかさかさと鳴った。「IUDはどこに行ったんですか？　六月に診てもらった時は、あると言われたのですが」

ロドリゲス医師が立ち上がり、ラテックスの手袋を外した。「おそらく子宮にあるのではないかと。エコーで診てみないと何とも言えませんが」手袋をゴミ入れに放り、アデルのカルテを手に取る。「服を着てください。エコー検査をしましょう。看護師がご案内します」

アデルの頭をさまざまな思いが駆けめぐっていた。どれ一つとしてうまくまとまらない。妊娠した。もう疑いようもない。この私が赤ちゃんを産むことになるなんて。医師が診察室を出ていって初めて、いろいろと聞きたいことが頭に浮かんできた。ＩＵＤが子宮にあると言っていたが、それはどういうことなのだろう。

「妊娠、か」ザックが眉をひそめ、パンティとジーンズを手渡してきた。

診察台を降り、テーブルに手をついてパンティに足を通した。ザックが腕に手を添えてきた。全部なしにしたい。アデルは心からそう思った。

「どう思ってるか知らないけど、私、喜んでなんかいないから」胃の辺りがむかむかする。胸の奥も。どうしようもないほど怖い。大丈夫だよ、と誰かに言って欲しかった。「あなたもそうでしょうけど」

「どうだか」ザックが手を離した。「きみはタイムリミットが近づいている女だからな」

アデルは顔を上げてザックを見つめた。ジーンズをはき、まだ平たい下腹の上でボタンをはめた。「勘違いしないで。いつか家族が欲しいとは言ったけど、それと予定外の妊娠とは話が違うわ」

ザックは何も言わなかったが、人を見下すような目がすべてを物語っていた。この人は予定外とは絶対に思っていない。その思いは、これからも変わらないのだろう。

アデルとザックは看護師について別の部屋に行った。一五分後、アデルは診察台に横たわっていた。透明なジェルを塗られた腹の上で医師がプローブを動かしている。「IUDは見あたりませんね。あれば映るはずなんですが」

アデルは首を持ち上げて医師を見やり、それからモニターを見つめた。「消えた?」

「骨盤の中にはありません」

「それって、いいことなんですよね?」

「ええ、とても。IUDを装着した状態での妊娠は、リスクが非常に高いですから。その場合、子宮頸部を広げてIUDが自然に体外に出るのを待つしかありません。そのままにしておくと、妊娠七週目で流産の可能性は二五パーセント。中期には五〇パーセントに上がります」

「でもIUDがどこかに消えるなんて、そんなことがあるんですか?」ザックが聞いた。

医師はザックを振り向いた。「約七パーセントは体外に排出されます。通常は入れてから一年以内に」アデルに視線を戻す。「あなたの場合は三年たっていますから、稀なケースですね」モニターを指してプローブを動かす。「これが心臓です」

アデルは目を凝らしてモニターを見つめ、ザックもよく見ようと椅子をそばに寄せた。

「黒いのに囲まれている、その白いやつですか?」

「ええ。それが赤ちゃんです」

アデルには小エビにしか見えなかった。

医師がプローブを少しずらした。「これも」

アデルは凝らした目でそれを見つめた。テレビの砂嵐みたいだ。黒い円が二つと、その中に小さな白いのが二つ、ぼんやりと映っているだけ。「心臓は二つ映るものなんですか？」

医師がぷっと吹いた。「赤ちゃんが二人いるんですよ」

「え？」

「嘘だろ」ザックが椅子の背もたれに寄りかかった。

「二人？」耳の奥がぐわんぐわん鳴っている。

「ええ、双子の赤ちゃんです」

アデルは目を閉じた。「嘘でしょ」

三〇分後、アデルはザックが取ってくれたコートに袖を通した。妊婦用のビタミン剤、次の予約日が書かれた診察券、双子のエコー写真を手にクリニックを出て、おぼつかない足取りで車に向かう。あまりのショックに呆然として頭がうまく回らない。手元のエコー写真に目を落とした。「ただのぼやけた白い点じゃない。これが赤ちゃんなの？」つぶやいたその声は、自分のものとは思えないほど小さかった。「双子なんて欲しくないのに」写真をザックの目の前に突きつける。「ザック、あなたのせいよ」

「ぼくとぼくの元気なおたまじゃくしのせい、か」

「やめて、全然笑えない。本当に、どうすればいいの……」アデルは指を二本立てた。「二人って」

ザックが助手席のドアを開けた。「双子か。まったく、卵がいっぱい出る薬でも飲んだのかよ」

アデルはザックの腕を思い切りはたいた。「ちょっと、双子をはらませておいて、それで何？　今度は被害者面するの？」ハリスを身ごもっていたシェリリンのお腹を思い出した。あれの二倍になるのだろうか。「そんなの嫌。クジラみたいになっちゃう。手も足もぶくぶくに。それもこれもザック、全部あなたが悪いんだからね！」涙が頬を伝った。

アデルが車に乗り込み、ザックがドアを閉めた。アデルは手で涙をぬぐった。双子！　一人でもどうしていいかわからないのに、二人だなんて。一人でも大変なのに、二人って。アデルはうつろな目で窓の外を眺めた。

ザックは車に乗り込むとエンジンをかけ、しばらく何も言わずに座っていた。ヒーターの音だけが車中に響いていた。

「一度でいいから」ザックが口を開いた。「お腹の大きくない花嫁と式を挙げたかったよ」

アデルは驚いて振り向いた。「は？　結婚なんてしないわよ」

ザックがヘッドレストに頭をあずけ、目を閉じてため息をついた。「きみは妊娠してる。それも双子だ。一人じゃ手に負えないだろ」

アデルも頭の片隅ではそう思っていたが、ザックの前で認めたくなかった。「それとこれとは話が違う」激しくかぶりを振った。「私もしたくないし、あなただって本当はしたくないんでしょ」

「そういう問題じゃない」ザックがギアをドライブに入れ、駐車場から車を出した。「好きな日を選べよ。郡庁舎《コートハウス》で済まそう」その声には感情らしきものが皆無だった。

「ばかじゃないの？　妊娠で失敗して、結婚で失敗の上塗り？　そんなことするわけないじゃない」最低だ。ロマンチックさのかけらもない。愛なんてどこにも見あたらない。おかしくて笑いだしそうだ。こんなにも悲しくなければ、だけど。「私のこと、ちっとも愛してないくせに。そんな結婚、こっちもごめんだわ。はっきり言いなさいよ。本当は嫌でしょうがないんでしょ。デヴォンの時と同じくらいに」

ザックはアデルを振り向いて髪を見やった。「あの時ほど嫌というわけでもない、かな」

彼の言葉を待つ間、アデルは気づいたら息を止めていた。本当はどこかで期待していた。愛している、結婚しようと言ってくれるのを。これで二度めだ。私を愛していないこの男《ひと》をまた好きになってしまった。でも今度のほうが、性質が悪い。二度めだけに、二倍悪い。

「きみはデヴォンじゃない」ザックがアデルの瞳を見すえて真顔で言った。

アデルの喉から嗚咽とともに乾いた笑いがこみ上げてきた。なんという皮肉な運命だ。デヴォンとは水と油で、ずっと憎み合っていた。なのに二人とも同じ男にはらまされ、二人ともその男に愛されていないなんて。ただ、アデルの妊娠はわざとではない。それに、結婚相手にいちばんに求めるのも、金と社会的地位ではない。「そうね、確かに私はデヴォンじゃない。あなたに求めるものも、もっと大きい。お金なんて簡単なものじゃないわ。私が欲しいものは、あなたにはきっと差し出せない」

「何だよ?」

「妻への誠実さ、よ」

「ぼくには無理だと?」

アデルは静かにうなずいた。「男性が誠実になるには、理由がいるから」

「はあ?」ザックが鼻で笑った。「どういうことだよ?」

「妻を愛していないと、だめなのよ」


ザックの向かいで、ティファニーは皿の上のラビオリをフォークで転がしていた。半分食べたきりで、さっきからずっとその調子だ。

「もういいのか?」

ティファニーはうなずいたが、顔は上げなかった。

「大事な話がある」

「アデルのこと?」

「ああ」

「聞きたくない」

言われなくてもわかっている。ザックだって、本当は話したくない。ティファニーとは。自分の中で気持ちの整理がつくまでは。でも、ケンドラから聞く前に話しておいたほうがいいだろう。「アデルが赤ちゃんを産むんだ」

フォークが止まり、ティファニーが顔を上げた。

「双子の」

「パパの?」

「ああ」

グリーンの大きな目がさらに大きくなった。「それって、したってこと……」ティファニーが吐き捨てるように言った。「……セックス」

「赤ちゃんは普通、そうやってできる」

ティファニーは表情を一変させ、変質者を見るようなまなざしを向けてきた。「なにそれ、気持ち悪い! それって……最低」一度大きく息を吸い、また口を開いた。「結婚もしてないくせに」

ザックは良心がひどく痛んだ。娘にしてみれば、ぼくは罪人《つみびと》と変わらないのだろう。それも、変態の罪人と。

「なんでしたのよ……そんなこと」

ザックは立ち上がって皿を手に取った。「パパは大人だから。大人はときどきそういうことをするんだ。おまえにもいつかわかる」

「パパ、きもい!」

きもい、か。頭の中で娘の言葉がこだましている。ザックは皿をキッチンに下げ、冷たい御影石のカウンターに両手をついてうなだれた。どうしてこんなことに。ついこのあいだまで、久しぶりに楽しかったのに。神よ、何でも差し上げますから、どうか二週間前に戻してください。すべてがうまくいっていたあの時に。州選手権で優勝し、ほっとひと息つけたあの時に。毎朝アデルに会いに行って愛を交わし、後で一緒にワッフルを頰ばるのが楽しくて仕方がなかったあの時に。

なんでまた、ぼくは同じ過ちを繰り返してしまったんだ。一度めで学んだじゃないか。アデルとする時はいつも気をつけていた。だからIUDが入っていると言われた後も、ゴムをつけていたのに。

診察中のアデルの顔が思い浮かぶ。真っ青で、ひどく疲れていた。診察台を降りてピンクのパンティに足を入れようとした彼女は、気を失って倒れそうだった。それで慌てて腕をつかんだ。そのまま胸に抱き寄せて、大丈夫だよと声をかけてやりたい衝動に駆られたが、できなかった。何一つ、大丈夫ではなかったからだ。

双子。一人でもありえないのに、二人だなんて。もう子供は欲しくなかった。ティファニーだけでも大変なのに、どうしたらいいんだ。妻だって、もう欲しくない。結婚を口にするつもりはなかった。でも、車の中でクジラみたいに膨れちゃうと言って泣くアデルを見ているうちに、胸が痛んで思わず言ってしまった。妊娠の半分は自分の責任だし、アデルはあまりに痛々しかった。気づいたら、あなたの子供ができたとデヴォンに告げられた一四年前と同じく、結婚を申し出た。でもデヴォンと違い、アデルは同じ思いを抱いていた。あの時と同じく、結婚を申し出た。でもデヴォンと違い、アデルはきっぱりはねつけてきた。おいザック、もっと喜んでいいんじゃないのか。

「ばかじゃないの？　妊娠で失敗して、結婚で失敗の上塗り？　そんなことするわけないじゃない」とアデルは言った。「私のこと、ちっとも愛してないくせに。そんな結婚、こっちもごめんだわ」助かった、そうだろ？　エンドゾーンで勝利のダンスを舞ってもいい気分のはずじゃないか。だが、とてもそんな気にはなれなかった。「はっきり言いなさいよ。本当は嫌でしょうがないんでしょ。デヴォンの時と同じくらいに」双子を身ごもっている、いないは関係ない。誰とであれ、結婚について深く考えたことはなかった。デヴォンとの結婚を決めた時、胸には責任感、諦め、はめられたという思いしかなかった。あの時と同じで、新しい命、それも二つの命を創ったことに対する責任は今回も感じている。腹にいきなり蹴りを食らい、ノックダウンさせられた気分もあの時と同じだ。でも、はめられたとは思っていなかった。アデルはぼくを陥れたわけではない。だましたのなら、あれほど取り乱しはしない。ぼくの誤解だったと面と向かって言ったほうがいいか。いや、疑って悪かったと、ちゃんと謝ったほうがいい。そうだ、アデルの気持ちが少し落ち着いたら、そうしよう。

「パパ？」

ザックは振り向いてティファニーの顔を眺めた。「ん？」

「アデルと結婚するの？」

「申し込んだよ」カウンターについていた手を離し、身体を起こした。「でも、断られた」

ティファニーがありえないという顔をした。「あの人、パパのこと好きじゃないの？」

アデルはぼくとの結婚を拒み、ぼくが浮気をすると信じて疑っていなかった。「そうだね。今は好きじゃないと思う」

「パパは好きなの？」

「ああ」好きだ。指に絡む髪も、ジョギングの時に赤らむ頬も。姉のためにテキサスに戻ってきた家族思いのところも。今、娘の前では思い出すわけにいかない、もっといろいろなところも。でも何より好きなのは、一緒にいると潑剌とした気持ちになれるところだ。そんな充実感を抱いたのは、本当に久しぶりのことだった。

ティファニーがザックに歩み寄って抱きつき、胸に顔を埋めた。「ごめんなさい。きもいなんて言って。パパがいちばんだよ」

いや、今はとてもではないが「いちばん」の気分ではない。急に、自分がどうしようもない人間に思えてきた。完全に叩きのめされた気分だった。なんとかして試合を立て直す術を見つけなければ。

ただ、はっきりしていることが一つある。双子を身ごもったことで、アデルがすぐにこの町を去ることはなくなった。

アデルはソファに横になったまま、こぼさないように紅茶をすすった。テレビをつけ、もうじき終わる朝のニュース番組を眺める。シェリリンとケンドラは一時間ほど前に病院へ行った。昼前にはハリスがこの家に来て、母と姉との暮らしを始めることになっている。

クッションを抱いて丸まり、紅茶をもう一口すすった。それまではこのまま静かにしていたい。ソファで寝たせいで肩と首が痛い。自分のベッドが恋しい。でも一人での暮らしを思ったとたん、胸の辺りが嫌な感じになった。妊娠のせいで具合が悪いのとは明らかに違った。ドアベルが鳴ったが、放っておいた。また鳴った。アデルはため息をついてクッションを脇に押しやった。ザックだ。そうに違いない。こんなに朝早くからあんなにしつこいのは、あの人しかいない。重い身体を起こして玄関に向かった。でも、扉を開けたアデルの目に飛び込んできたのは、ティファニーのグリーンの瞳とネオンブルーのアイシャドウだった。

「パパに聞いた。パパの赤ちゃん、産むんでしょ」ティファニーが挨拶もなしに、いきなり言った。

「ええ」アデルは顔を外に出して辺りを見まわした。「一人？　ここに来たこと、パパは知ってるの？」

「ううん。ジョーとシンディ・アン・ベイカーがうちに来て、パパも一緒に朝ごはんを食べに行った」コートのファスナーをしきりにいじりながら続けた。「つきあってるんだと思う」

「誰が？　ジョーとシンディ・アン？」

ティファニーがうなずいた。

ほんの一カ月くらい前、人間サンドイッチがしたいと私に言っていたあのジョーが。

「お入りなさい」アデルはドアを閉め、ティファニーをリビングに案内した。

「男の子、女の子？」

「え？」

「赤ちゃん」

「ああ、まだわからないの」

ティファニーがアデルの腹の辺りを見つめた。「お腹、膨らんでないけど」

「まだ早いから」

ティファニーが顔を上げた。「いつ生まれるの？」

「八月よ」

ティファニーが目を丸くして自分を指さした。「わたしの誕生日も八月なの」

アデルは黙って微笑んだ。またも皮肉な話だ。

「聞いたよ。パパと結婚しないんでしょ」ティファニーが胸の前で腕を組んだ。「どうして？」

一三歳の少女にどう説明したらいいのかわからない。だからシンプルに言った。「あなたのパパが私のことを愛していないからよ」

「変わるかもよ」ティファニーが肩をすくめた。「いつか。よく考えたら？」

「いつか」まで待つ気はない。アデルは首を傾げて言った。「あなたは私のことが好きじゃないと思ってたけど」

「事情が変わったの」

事情が変わった、どころの話ではない。

「ケンドラは？」

「お母さんと病院に行ってるわ。赤ちゃんが退院するの」

「え？　今日？」

ドライブウェイから車の音がした。「ほら、帰ってきた」

数分後、四人は赤ん坊の部屋で、ザックが組み立ててくれたベビーベッドで眠るハリスを見つめていた。でもアデルはひとり部屋を後にし、自分の唯一の居場所であるソファに身を沈めて目を閉じた。身も心も疲れ切っていた。一年くらい、ずっと眠っていたい。

うちに帰りたかった。

18

「ちょっと、なに言ってるの？」ルーシー・ロスチャイルド＝マッキンタイアが椅子に座り直した。チョコレート・トルテをすくったフォークが口の前で止まっている。

クレア・ヴォーンはキッチンテーブルの向かいからアデルを見つめた。あぜんとして目を大きく見開いている。マディ・ジョーンズはワインのグラスを置いて片眉を上げた。「バカなこと言わないでよ」

アデルはかぶりを振った。ここはボイシの自宅。三人の親友と一緒にルーシーのトルテに舌鼓を打っていた。戻ってきてから一日半。今晩は皆で久しぶりに集まって夕食を作って食べ、近況を報告し合った。爆弾発言はデザートまで取っておいた。

「冗談とかじゃなくて」アデルはトルテを一口食べた。「本当に妊娠したの」

「なんでもっと早く言わなかったのよ」とマディ。

アデルは肩をすくめた。「だって、言ったらその話しかしないでしょ。まずはそっちの近況を知りたかったし」

マディが唇の端を上げた。「そっ、ち？」テキサス訛りに敏感に反応したらしい。

「で、どれくらいなの？」クレアが聞いてきた。

「八週め」二カ月か。吐き気は治まらないし、胸も張ってきて痛い。明らかに大きくなっているのがわかる。Cカップの壁を突き破らんばかりの勢いだ。

三人は目配せをし合い、マディが口を開いた。「で、父親は？」

「ザック・ゼマティス、という人」名前を口にしたとたん、ザックの思い出が一気に蘇ってきて、ハートがきりりと痛んだ。物理的な距離は傷の癒しに何の効果もないらしい。

ルーシーの眉間に皺が寄った。「なんでかな。どこかで聞いたことある気がするんだけど」

「元プロのアメフト選手だから」ザックの自宅で、その卓越した手技を讃えるコメントを読んだ日のことが蘇ってくる。記憶をかき消そうと、アデルはトルテを頬ばった。「デンバーのチームにいたの」

ルーシーの眉間の皺が深くなった。「あのザック・ゼマティス？」

「クォーターバックの？」マディが置いたワインにまた手を伸ばした。「あのすごく大きな人」

「そう」あら、トルテがびっくりするくらい美味しい。この味に集中して、今はザックのことも、会いたい気持ちも忘れてしまおう。最初に振られた時みたいに。あの時も一気に燃え上がり、二人で濃密な時間を過ごした。でも幸せははかなくも泡と消え、あの人は私をぼろぼろにしたんだ。

「アメリカン・フットボールはよく知らないの」クレアがかぶりを振った。「ごめん、だからその人のことも。それより、どうやって知り合ったのよ」

「出会ったのはテキサス大の時で……」アデルはこれまでの経緯《いきさつ》をざっと説明した。ザックが初体験の相手だったことや、デヴォンのことも。「今はシーダークリークで娘さんと暮らしてる」と話を締めくくった。

ろ、何をしているのだろう。デカフェのコーヒーをすすり、ザックに思いを馳せる。今ごろ、何をしているのだろう。

彼には黙って出てきた。傷ついたからでも、恨んでいるからでもない。言えば、いつ戻ってくるのかと聞かれただろうし、その答えは自分でもわからないからだ。いや、あの人はもしかしたら、私がいつ戻るのか知りたいとも思っていないかもしれない。そんなことは、どうでもいいのかも。あれから電話もないのだから。つまり、どうでもいいと思っている可能性が高い、ということだ。私に結婚を断られて、今ごろはどうせ、どこかで祝杯でもあげているのだろう。

「セーフセックス講座でも開いておけばよかったわね。まあ、もう遅いけど」とマディ。

「ちゃんと避妊はしたのよ。二重に」少なくとも、そう思っていたのは確かだ。

「その人の仕事は？」とクレア。

「高校のフットボール部の監督」と答えたとたん、サイドライン際に立ってキャップをしきりにかぶり直していたザックの姿が脳裏に浮かんできた。胸が痛む。でもここで泣くわけにはいかない。今はだめ。親友の目の前でそれはできない。上げ潮みたいにこみ上げてくる悲しみに浸るわけにはいかない。今はまだ。

「それで、その赤ちゃんのことは何て?」

アデルは指を二本立てた。「そのじゃないの、その子たち。双子だから」

「は?」

「ウソ!」

「ほんと。で、ザックは私が結婚するためにわざと妊娠したと思ってる」

「バカじゃない」

「サイテー」

クレアがアデルの手を握った。「アデルはそんな女じゃない。それもわからないんだったら、その人、あなたにはもったいないわ」

アデルはにっこりと笑ってクレアの手を握り返した。「ありがと」

「で、どうするの?」とルーシー。

アデルは肩をすくめ、ルーシーの頭越しに暗い窓を見つめた。外は少し前から今年初めての雪が舞いはじめており、すべてを真っ白く染めている。一月最初の週末。新しい年。新しい雪。新しい命。

「私たちみんな、アデルの味方だから。何でも言ってよね」ルーシーが三人の思いを代弁した。

「うん、わかってる」かけがえのない友の顔を一人ずつあらためて見つめる。四人は家族も同然だ。これまで力を合わせて数々のことを乗り越えてきたし、悲しみも喜びも、物書き稼業の悩みも分かち合ってきた。血こそつながっていないが、それに負けないくらい太い絆で結ばれている。でもいまや、アデルの気持ちも暮らしも大部分がここからはるか彼方にある。シェリリンとケンドラとハリスのそばに。そしてザックの。父親から遠く離れた所で二人の子を育てるつもりはない。それでは子供たちがかわいそうだ。ザックは子供のそばにいなくても、何とも思わないかもしれない。三年前まで、ティファニーとの関係もそうだったのだから。でもアデルはそうはいかない。一人で妊娠したわけではないし、一人で育てるつもりもない。子供が生まれたら、ザックと親権についても話し合わないと。あの人にテキサスから出ろとは、とてもではないが言えない。それではティファニーが気の毒だ。やっぱり、私がここを出るしかないのだろう。でも親友と離れて暮らさなくてはならないと思うと、悲しみがなおいっそう増した。

「具合は？　疲れてるみたいだけど」とルーシーがたずねた。

「うん。すごく眠くて、朝起きた時はだるいの。でもこれが普通みたい。飛行機の中で読んだ妊婦の心得の本にそう書いてあった」この二日間、手元にはいつもその本と胎児のエコー写真があった。

「ちょっと見てもらえる？」キッチンを出て、ドレッサーの上の写真を手にして戻り、テーブルに置く。この何日かで、少しだけど母親になると思えてきた。写真を見れば見るほど実感が湧いてきて、自分が守ってあげないと、という気持ちが強くなってくる。こんなかたちで母親になるはずではなかったが、子供に罪はない。温かな母性が波のように全身に広がり、アデルは片手を下腹にそっと当てた。小エビみたいに見えるのも、この子たちのせいじゃない。

「あら」クレアがにっこりと微笑んだ。「かわいいじゃない」

ルーシーがおかしそうに笑った。「アデルにそっくりよ」

マディが身を乗り出して見つめた。「おちんちんは？」

「ちょっと、やめてよ。女の子なんだから」ドアベルが鳴ったので、アデルは玄関に向かった。親友たちの笑い声がキッチンから聞こえてくる。リビングを抜け、玄関扉を開けた瞬間、アデルは凍りついた。空から降ってくる雪のせいではない。アデルを襲ったのはそれとは違う類の寒気だった。

「ドウェイン……」

「どうも」元彼がラム革のジャケット姿でポーチに立っていた。「元気そうだね」

あまりのことに、どうしていいかもわからなかった。恐怖の叫びを上げようか、警察を呼ぼうか、それとも顔をぶん殴ってやろうか。こそこそうちに来ては、その証とばかりに変な物をポーチに置いていくという変態行為を三年も続けたストーカー男だ。

「これを返そうと思って」ドウェインがレジ袋を差し出した。「アダルトショップで一緒に買ったナース服」

アデルは袋を引ったくり、胸の前で腕を組んだ。「いつもみたいにポーチに置いて逃げればよかったんじゃないの」

ドウェインが寒さで赤い頬をさらに赤らめた。「その、ちゃんと言いたかったからさ。あれはもうしないって」顔の前に白い息が雲のように広がる。ドウェインが片方の肩をすくめた。「なんであんなことをしちゃったのか、自分でもよくわからないんだ」

アデルにはわかる。

「急に変な衝動が湧いてきて……」

「おかしなことをした、ってわけ？」間違いない、呪いだ。

「うん……でももう大丈夫だから」ドウェインがにっこり笑った。あのころ、アデルのハートをとろけさせた爽やかな笑顔だ。「相変わらずきれいだね」

厚ぼったいセーター、ジーンズ、けば立ったスリッパ。髪はダサいシュシュで適当にまとめただけ。どう見ても、超イケてないけど。

「今度、軽く飲みにでも行かない？」

たとえお腹に赤ちゃんがいなくても、この人の誘いを受けるつもりはない。面倒なことにならないようにやんわり断ろうと口を開きかけた時、ドウェインの背後から別の声が飛んできた。「行かないね」

驚いているドウェインの背後の暗がりにザックの姿があった。黒っぽいウールのコートに包まれた広い肩と髪に舞い降りた雪がポーチの明かりに輝いている。アデルの胃が心臓にぶつかるかと思うほどせり上がった。

「誰だよ、こいつ」とドウェイン。

ドウェインも大柄だが、ザックはさらに大きい。ダークブラウンの瞳でドウェインをねめつけている。自分の完ぺきなパスをあつかましくもインターセプトしようと狙うディフェンスをにらみつけるみたいに。

「おまえには関係ない」ザックがアデルとドウェインの間に割って入った。「一昨日、急にいなくなったと思って来てみたら、もう知らない男から誘いを受けているとはね。そんなこと、ぼくが許すと思ってるのか」親指を立てて後ろを指す。「こいつに言った? 妊娠してるって」

「それは、まだ」

ザックがアデルの瞳を見つめた。「まだ妊娠してる、だろ?」

アデルは顔をしかめた。「当たり前でしょ。失礼ね、そんなことするわけないじゃない」

「ぼくに黙って消えたから、まさかと思ってね」

じつはそれも頭をよぎったが、すぐに思い直した。エコー写真を見なかったら、あるいは選択肢の一つとして真剣に考えたかもしれない。でも写真を見て、お腹に本当に赤ちゃんがいると実感したし、時間がたつにつれて、その思いはますます深まっていた。「万が一そう決めたんだったら、ちゃんと言うわよ」

「えーっと……」ドウェインが後ずさりをした。「じゃあアデル、また今度」

「そうね」

「今度はない」

アデルはザックの瞳を見つめた。この人が目の前にいるのが信じられない。「ていうか、どうやってここに来たのよ？」

「普通に飛行機に乗って、空港でナビ付きのレンタカーを借りて、だけど？」

「そうじゃなくて、なんで私がここにいるってわかったの？」

「シェリリンに聞いたんだ」二人の間に白い息の雲が漂う。「今朝、家に行ったら、一昨日アイダホに帰ったって。どこに行くのか、いつ戻るのか、ぼくにはひと言もなしでね」

「べつに報告する義務はないでしょ」

「なに言ってるんだ。もう一人じゃない。ぼくの子供が二人もお腹にいるのに、勝手なまねは困る」

シーダークリークに戻るつもりではいた。でも、今この人にそれを言う必要はない。やけに偉そうな態度が気に食わない。アデルはザックの胸に人差し指を突き立てた。「そういうふうに上から言うの、やめてもらえる？　何をしようが私の勝手でしょ」

ザックは胸に突き立てられた指に目をやり、それからアデルの顔を見すえた。「アデル、もうきみだけの身体じゃないんだ。お腹にはぼくの子供がいる。その日の気分で急にいなくなるのはやめてくれ。こうやって逃げ出すとか」

アデルは手を下ろした。「逃げてなんかいないわよ」

「一四年前もそうだっただろ」

「逃げたんじゃない。出ていったの」

「同じことだ」

「同じじゃないわよ」

「まあいい、話は中でしよう」

冗談じゃない、もう話したくもないわ。

「なあアデル、寒くて凍えそうなんだけど」

凍えちゃえばいいのよ、と思いながらも、一歩下がってザックを中に入れた。

「こんばんは。あ、はじめまして」アデルの背中越しにザックが中に向かって声をかけた。

扉を閉め、ナース服の袋を片手に部屋に戻った。三人ともリビングの中程に立って胸の前で腕を組み、ザックを検分するように見つめている。アデルはザックの脇を抜けてレジ袋を椅子に置き、紹介を始めた。「ザック、みんな私の親友。こちらがルーシー・ロスチャイルド＝マッキンタイアで、ミステリー作家」続いてクレアを指す。「クレア・ヴォーン。ヒストリカル・ロマンスを書いてる。で、こちらがマディ・ジョーンズ。ノンフィクション作家で、専門は犯罪もの」

「皆さんのことはアデルから聞いています。お会いできてよかった」ザックがコートを脱いだ。しばらくいるつもりらしい。コートの下は白地にブルーのストライプのドレスシャツで、裾はきちんとジーンズの中に入れてある。「寒いですか？」

「ええ」

「ぼくは気持ちいいな」

マディが首を傾げてザックを見つめた。「かなり寒いですけど」

「こういうちゃんとした雪は、デンバーにいた時以来なので。まあ、雪が恋しくなるとは思いませんでしたけどね」屈託のない笑顔。家に乱入してきた男性ホルモンと、女三人の常に冷静な思考が混ざり合う。張りつめていた空気が和らぎ、三人ともザックに笑みを返した。

アデルがコートをかけに行くと、三人は早速、雪のフライトはどうだったかなど、ザックに質問を浴びせはじめた。

マディが本題に入った。「お腹の子供のこと、どうするつもりですか？」アデルの父親のような口ぶりだった。

ザックが微笑んだ。「それはぼくとアデルの問題ですから」

マディはうなずき、バッグと上着を取った。帰る前にアデルの肩に手を置いて目を見つめた。「私があげたペン型スタンガン、まだある？」

アデルが眉根を寄せた。「たぶん」

「探して。それと催涙スプレーも」ザックを一瞥する。「あの人が裏切ったら、やっちゃいな」

マディらしいジョークだ。本気も多少は混じっているかもしれないが。

次にルーシーが言った。「何かあったら、すぐ電話して」

「ありがと」

最後にクレアが口を開いた。「大好きだから」

「わかってる」ハグを交わす。「私も」アデルは三人にあらためて手を振って玄関を閉め、リビングに戻った。ザックは炉棚の写真を眺めていた。

「逃げたんじゃない。シーダークリークに戻るつもりだったのよ」

「いつ?」手にしていたフォトフレームを置き、ザックが振り返った。

「それはわからないけど」

「何にしろ、一言くらいあってもいいだろ」

「言おうかとも思ったんだけど」アデルは手で顔をごしごしとこすった。「でも一人で考えたかったのよ。頭の中がぐちゃぐちゃだし、怖かったし。どうしたらいいのか、わからなかった。自分が何をしているのかも。もう三五なのに、こんなこと初めてだから」アデルは涙をこらえた。本当はザックの胸で思い切り泣きたいが、それはできない相談だ。「自分がどうしようもないバカに思えてしまうがない。信じてくれないだろうけど、これだけは言わせて。避妊のことは、ちゃんと気をつけてたのよ。なのに、こんなことになるなんて」

部屋の向かいからザックがアデルを見つめ、それから言った。「信じるよ」

やっと信じてくれた。でも今さらそう言われても、たいした慰めにはならない。

「最初から信じてあげるべきだった。いや、本当はわかってたんだ。きみはそんなことをする人じゃないって。でも自分を見失って、あんなにひどいことを。悪かったよ、ごめんな」

思わぬ謝罪の言葉に、アデルはどきっとした。傷だらけのハートが彼の言葉に額面以上の意味を探しそうになる。「そうよ」はやる気持ちを抑えるように、胸の前で腕を組んだ。「そっちが悪いわ」

「それと、信じてくれないかもしれないけど、今日はけんかをしに来たんじゃないんだ」

アデルが眉間に皺を寄せた。なるほど、危うくだまされるところだった。「中絶していないか、確かめに来たというわけね」

「それもちらっとは考えた。でもそれでここに来たわけじゃない」

「じゃあどうして来たのよ。それも、電話もなしでいきなり」

「してもよかったんだけど、会って話したかったんだ。電話じゃなくて」ザックがアデルに近づいてきた。「このあいだ言ってたよね、男性が誠実になるには、妻を愛していないとだめだって。あれからしばらく考えてわかったんだ。きみの言うとおりだ。デヴォンはぼくが誰と何をしようが気にしなかったし、ぼくも彼女を愛していなかった」口をつぐみ、アデルの目を見つめて深呼吸を一つする。「でもきみは違う。愛してるよ、アデル。それをどうしても伝えたくて、ここまで来たんだ。愛している」

アデルは彼の顔を見上げた。ハートがスポンジみたいにぎゅっとなった。

「子供ができたと言われた時は、正直、終わったと思った。でも大間違いだった。今朝、お姉さんの家できみがいなくなったと知って、心の底から思った。このままじゃ、ぼくの人生は終わったも同然だって」ザックが温かい両手でアデルの頬を包んだ。「きみのいない人生なんて、考えられない」顔を寄せてアデルの口元に話しかける。「きみがいない人生なんて、考えたくもない」

「ザック、私も愛してる」そうささやいたアデルの口にザックが唇を重ねてきた。甘く優しく、胸を焦がすほど熱く。アデルもザックの首に抱きついて口づけを返した。もっと深く、もっと熱いキスを。ザックは頭を上げ、アデルを胸に抱き寄せた。熱い吐息がアデルの頬をなでる。

「うちにおいで。一緒に暮らそう」ザックが耳元で言った。「結婚しよう。子供ができたからじゃない。ぼくが責任を感じているからでも、きみが怖がっているからでもない。結婚しよう。ぼくはきみを愛しているし、きみもぼくを愛しているから。ぼくらは一緒にならなくちゃいけないから」

アデルは身を離してザックを見上げ、ダークブラウンの瞳を見つめた。涙がまつ毛からこぼれる。胸のうずきを抑えて、アデルは答えた。「はい。怖いからでも、子供ができたからでもない。あなたを愛しているから」

ザックが親指でアデルの涙をぬぐった。「きみが戻ってきた時、きっと何か理由があると思ったんだ」ザックの口元が軽く緩んだ。「正直、完全に性的な理由だと思っていたんだけどさ」

「戻ったのは、姉を助けるためよ」

「ぼくのことも助けてくれたね」アデルの不安を鎮めてハートの傷を癒すように、ザックはそっと唇を重ねた。

いや、ザックもアデルを助けてくれた。おかげで呪いが解けたのだが、それは言わないほうがいいだろう。「あなたも私を助けてくれたわ。シェリリンにも力を貸してくれたじゃない。ベビー用品の組み立てとか」

「あれはきみと一緒にいるための口実だよ」

ザックの胸に抱きつき、その温かい身体に身をあずける。「工具ベルトをくれた日から、好きになったんだと思う」

「ふうん、工具の輝きに惑わされた、と」

アデルがうなずいた。「あなたの素敵な工具にね」

ザックがおかしそうに笑った。「きみがうちのポーチに立っていた日のことは忘れない。お化けでも見たような顔をしてたけど、とてもきれいだった」

「ふうん、寝不足の顔とぼさぼさの髪に惑わされた、と」

「その髪には惑わされっぱなしだよ」両手でアデルの背中をなで、セーターを優しく脱がす。「あの日まで、きみは思い出でしかなかった。大学時代のかわいい彼女。ぼくを初めての男性に選んでくれた人」アデルの顔を見つめてセーターを床に落とした。「神に感謝だね。きみが思い出から飛び出して、ぼくの毎日に戻ってきてくれたんだから」

アデルはザックのシャツのボタンに手を伸ばした。「ティファニーは?」

「あの子は大丈夫。弟ができて喜んでると思う」

ボタンを外していた手を止め、アデルが顔を上げた。「弟?」

ザックはシャツの裾をジーンズから出し、アデルの裸のお腹を見つめた。「男の子たちは元気？」

「女の子よ。女の子はつわりがきついんだから」

「そうか、大変だね」シャツを脱いでアデルを抱き寄せた。ほてった肌に彼女の裸のお腹が当たる。ザックは微笑み、おどけた顔で言った。「胸、大きくなったね」

「痛いの」

「そうか、大変だ」うれしそうな顔でザックが言った。

アデルが静かにかぶりを振った。「双子だからね。妊娠だけでもびっくりなのに、二人もだなんて」

「だね」ザックの顔に笑みがこぼれた。今度はもっとうれしそうな顔だった。

アデルはザックの厚い胸板を両手でゆっくりとなでた。まさか、この世でいちばんありえないはずの相手と結ばれるなんて。かつてアデルのハートを粉々に砕いた相手と一緒になるとは。長年の呪いを解いてくれる男性が、まさかザック・ゼマティスだったなんて。

こうなるとは、夢にも思っていなかった。ザックは心からの愛で私を最悪のデート地獄から救い出してくれた。このお腹の中で息づいている二人の赤ちゃんもくれた。もう迷いは微塵もなかった。

エピローグ

デヴォンはコヴィントンのシースドレスで闊歩する婦人服売り場の同僚に目をやった。あのドレスは私のものだったのに。不覚にも、ボディスラムで豪快に投げられて負けた。高級リゾート地ロングアイランド出のお嬢様育ちが、まさかあんな技を持っていたとは。

目の前のショーケースに目を落とし、照りの悪いパール製品を見つめる。ウォルマートの靴売り場から、よりによってシアーズの宝石売り場に飛ばされるなんて。どうして私ばっかりこんな目に。自慢だった素敵なジュエリー・コレクションのことばかり思い出されて本当につらい。場所が違うだけで、ここもウォルマート地獄と同じだ。

ブラックヒルズのゴールドジュエリーに目をやる。どれもこれも間違いだらけだ。シアーズはグリーンにピンク、ブラックヒルズ・ゴールドがお気に入りらしい。でもこんなもの、いつつけるっていうの？　たとえプラチナを買う余裕がなくたって、これで自分を飾る人の気が知れない。

何日か前、ネックレスが入荷した。どれもさまざまな色のゴールド製で、フォクシーレディ、ホットママ、ニコル、ヴェロニカといったシアーズのオリジナルブランドばかり。多少でも品のある人なら、量販店のオリジナルブランドのジュエリーを身につけるのが下劣で、個性のこの字も感じられない安っぽい行為であることは、誰でも知っている。

さえないルビーのペンダントを手に取ろうとした時、ショーケースがぼやけ、揺らめいてなくなった。店内の壁も煙のように消えた。寒気がして下を見ると、シャネルのツイードとミキモトのパール姿で雲の中に立っていた。顔を上げると、ハイバーガー先生がどこからともなく現れていた。

「よろしい、今度はちゃんと持ち場にいましたね。あなたを探し回っている暇はありませんから。大切な仕事がたくさんあって、私は忙しいのです」

ちゃんともなにも、そんなに長くここにいたとは思えないけれど。

七カ月になります。先生が口を動かさずに言った。「あなた、また一つ徳を積みましたよ」

え、どういうこと？　意味がわからないんだけど。「あの人、妊娠したんですよね？」

「ええ、双子の男の子です」

双子。「やった！」デヴォンは拳を突き上げた。「やっぱり、神はいるのね」

もちろんいらっしゃいます。あなたの声も聞こえています。

あら、失礼。

見えないエスカレーターで並んで上に向かう途中、デヴォンが聞いた。「それで、何がどうなっているんですか？」

「ご自分の目で見てごらんなさい」

エスカレーターが止まり、雲が晴れた。薄型テレビみたいな画面に、どこかの広い庭が広がっている。例の女がいた。白のロングドレス姿で、まとまりのない髪にバラの花輪を載せて。後ろにダークブルーのスーツ姿のザックが立っている。両腕を女の腰に回し、手を妊娠で膨らんだ腹の上に置いている。幸せそうだ。フットボール・フィールド以外では見たことがないくらいに。私といた時には見せたことがないくらいに。ちょっと、呪いをかけたのにどうしてよ。不公平じゃないの。この私がシアーズでこき使われてキュービック・ジルコニアや模造パールを延々と売らされているっていうのに、ザックがあの女と幸せになるなんて。

「あの二人、結婚してるんですか？」

「ええ、たった今」

怒りと憎しみが一気に湧き上がり、胸の内で激しく渦を巻く。ありえない。許してなるものか。「また贈り物ができるんですよね」

「ええ、大切にお使いなさい」

デヴォンは指を唇に当てて頭を巡らせた。どうしてやろうか。これまでの作戦はすべて裏目に出た。だったら今度は何かいいことをするしかない。絶対にしくじらない何か。たとえば……。

その時、ティファニーがザックに向かって歩いて来るのが目に入り、デヴォンの胸に誇りと愛が広がった。最愛の娘はずいぶんと大きくなっていた。淡いピンクのシルクのドレスに身を包み、髪を頭の上で一つにまとめてピンクのバラの輪で飾っている。きれいになった。

あの年ごろの私にそっくりだ。

ザックに何か言われたらしく、ティファニーが満面の笑みを浮かべて彼の腕を小突いた。それから腰をかがめて両手を筒のようにして口を覆い、新しい継母のお腹にささやいている。

「何を贈るか決まりましたか？」ハイバーガー先生が言った。

デヴォンは口を開け、また閉じた。自分にはくれなかった愛を新しい妻にはあげているザックが憎くてならない。あの名前も口にしたくない女はもっと憎たらしい……でも、ティファニーは幸せそうだった、心の底から。「まだです」

「いつまでもこうしているわけにはいきませんよ。さあ、どうしますか？」

画面に映る光景をもう一度見つめた。ザックとあの女には復讐してやりたいが、それ以上に娘には幸せになってもらいたい。

気づいたら、デヴォンは言っていた。「何もしないでおこうと思います」たとえシアーズに戻されて、品のかけらもないネックレスを永遠につけることになっても。

ハイバーガー先生が微笑んだ。「ようやく、ですね」

「ようやくって、何が？」

重そうな金の扉が現れた。先生が入ると、シュッという音とともにドアが閉まり、デヴォンの周りにある灰色の霧が壁に変わった。勝手は知っているのに、またもぞっとして全身に鳥肌が立つ。見下ろすと、シャネルのスーツがかげろうのように揺れていた。

「今度はどこよ？」と叫んでみたが、答えはない。スーツが消え、キャロライナ・ヘレラの黒いシルクのカクテルドレスに変わった。靴はクリスチャン・ルブタンのパンプスになっていた。

周りを見渡して、デヴォンは息をのんだ。グッチ。フェンディ。ルイ・ヴィトン。この光景とにおいは忘れようもない。震える手を口元にやる。高級デパートのサックス・フィフス・アヴェニュー。それもニューヨーク五番街の本店だ。生きている人みたいに泣けるなら、涙で顔をぐしゃぐしゃにしたことだろう。

ようやく、デヴォン・ハミルトン＝ゼマティスは天国に行けた。

訳者あとがき

二〇〇九年のRITA賞に輝いたレイチェル・ギブソンの新作『恋愛運のない理由』（原題 Not Another Bad Date）をお届けします。本書のヒロイン、アデルは独身の三五歳。売れっ子SF・ファンタジー作家として充実した日々を送っているけれど、男性運はさっぱり。突然ひどいことを言われて前の彼氏と別れて以来、デートをした男性がことごとく超のつく最低男に豹変するのだからたまらない。ひょっとしたら、ダメ男としか出会えない呪いをかけられているのかも、とアデルは不安になる。本当は男性恐怖症で、そのせいで男運がないとも思えないし。ただ、大失恋のせいでそうなってもおかしくない深い傷は負っていた。

大学時代、アメリカン・フットボール部のスターだったザックと激しい恋に落ちた。でもふたりがつきあいはじめて間もなく、ザックは元恋人でチアリーダーのデヴォンが自分の子を身ごもっていると知り、責任を取らなければならないからとアデルの元を去る。深く傷ついたアデルは大学を辞め、故郷のテキサス州シーダークリークさえも離れた。

それ以来、なかなか運命の人と思える相手が見つからないアデル。作家仲間で親友の三人が次々に素敵な伴侶を見つけるなか、寂しさと焦りを募らせていた彼女のもとに、シーダークリークに暮らす姉シェリリンから電話が入る。何もかもが完ぺきで、申し分のない人生を送っていると思っていた姉だったが、なんと夫が娘とお腹の子を置いて若い彼女と出ていったという。気持ちが落ちつくまでそばにいて欲しいと姉から涙ながらに頼まれ、アデルはしぶしぶ地元に帰る。そこで再会したのが、大学時代にふられた相手ザックだった。久しぶりに顔を合わせた瞬間から、ふたりは強く意識し合う。さて、よりは戻るのでしょうか？

アデルの三人の親友、ルーシー、クレア、マディを主人公にした作家シリーズの四作目にして最終作の本書。『大好きにならずにいられない』『幸運の女神』をはじめプロ・アイスホッケー選手との恋愛を書いてきたギブソンが、ここでは元プロ・アメリカン・フットボール選手とフットボールに疎いヒロインとの恋物語を紡いでいます。本書のヒーロー、ザックはNFL（ナショナル・フットボール・リーグ）時代に名クォーターバックとして鳴らし、けがで引退した今は高校のアメフト部クーガーズの監督をしています。アメリカン・フットボールは米国でいちばんと言えるほど人気のスポーツで、中でもとりわけ注目度の高いポジションが、プレッシャーに動じない強い気持ちと確かな判断力を求められる司令塔役のクォーターバックです。チームの中心選手としてNFLで頂点に上り詰め、続いて選手やコーチから全幅の信頼を置かれる監督としてクーガーズをテキサス随一の強豪チームにしたザックが、町の人々の尊敬を集め、女性にもてるのもうなずけます。ところが普段は沈着冷静なザックが、元恋人のアデルが不意に再び現れたことで心を乱していく。アデルも自分をひどく傷つけた元彼と再びどうにかなるのはいけないとわかっていながら、ザックを意識しないではいられない。そんなふたりの心の葛藤と微妙にすれ違う思いが、テンポ良く、ユーモラスに描かれています。

ユーモラスといえば、死後の世界からアデルに呪いをかけるデヴォンの件《くだり》もそうです。「呪い」と書くとおどろおどろしい感じがしますが、そこはさすが名手ギブソン。軽妙な筆致で描いてあるので、わがままで意地の悪いデヴォンもどこか憎めなく思えてきます。

アデルの姪ケンドラとザックの娘ティファニーの名脇役ぶりも見逃せません。両親の離婚話に胸を痛め、母の急病が不安でならないうえ、見ず知らずの地で他人同然の叔母と暮らさなければならなくなったケンドラと、幼くして母を亡くした悲しみや成長期の悩みを抱えながらも明るさを失わないティファニー。片や、久しぶりに再会したケンドラとの接し方の難しさに頭を痛めるアデルと、長らく亡き妻に任せきりにしていた娘ティファニーと父子の絆を築こうと努めるザック。それぞれの関わり合いのなかで、四人の距離が縮まったり広がったりしながら、物語が進んでいく。ギブソンの手腕が光る巧みな構成力に脱帽です。

二〇一〇年一〇月

ライムブックス

恋愛運《れんあいうん》のない理由《りゆう》

著　者　レイチェル・ギブソン
訳　者　織原《おりはら》あおい

2010年11月20日　初版第一刷発行

発行人　成瀬雅人
発行所　株式会社原書房
〒160-0022東京都新宿区新宿1-25-13
電話・代表03-3354-0685　http://www.harashobo.co.jp
振替・00150-6-151594
ブックデザイン　川島進(スタジオ・ギブ)
印刷所　中央精版印刷株式会社

落丁・乱丁本はお取り替えいたします。
定価は、カバーに表示してあります。
 ISBN978-4-562-04397-2　Printed in Japan